Lothar Stövesandt
Der sein Verlies verließ
und sich im Nebel fand

Die Namen aller erwähnten oder gar beschriebenen Personen wurden geändert. Die Gründe liegen auf der Hand oder auch nicht.

Ich widme dieses Buch all den Schatzgräbern, die nicht aufgehört haben zu fragen, weil sie wissen, dass (und warum) wir immer Suchende bleiben.

Lothar Stövesandt

Der sein Verlies verließ
und sich im Nebel fand
Eine biographische Erzählung

Bibliografische Information der Deutschen
Nationalbibliothek:
Die Deutsche Nationalbibliothek verzeichnet diese
Publikation
in der Deutschen Nationalbibliografie;
detaillierte bibliografische Daten sind im Internet über
www.dnb.de abrufbar.

Copyright © 2009 Lothar Stövesandt
3. überarbeitete Fassung
Copyright © 2014 Lothar Stövesandt
Umschlaggestaltung: Lothar Stövesandt

Herstellung und Verlag:
BoD-Books on Demand, Norderstedt

ISBN: 9783735781451

stolot2@web.de
www.glaubensbaustelle.de

Inhalt   Seite

Begegnung im Nebel	7
Unscheinbarer Beginn einer großen Leidenschaft	12
Ein Blick zurück	14
Ein Blick noch zurücker	17
Es gibt noch mehr	24
Das erste Mal im Saal	38
Fortschritte	46
Ein kleiner Blick in den Dienst	56
Es geht langsam abwärts	63
Neues Leben (?)	75
Paul etc. - Wegweiser zur Welt?	77
Fremde in einem neuen Land	83
Ein bis zwei Heimkehrer	98
Versuch des Neueinstiegs	107
Genesis der Leidenschaft	114
Erste Hinweise auf etwas Anderes	117
Hauskreis und Verwirrung	120
Mehr Hauskreis, noch mehr Verwirrung	127
Ein Gärtner greift ein…	137
Ein Maulwurf taucht auf	140
Und wieder: Babylon die Große	149
Ein wirklich geheimnisvoller Gärtner	159
Leben in neuer Dimension	162
Und der Dienst für Gott?	169
Wieder im Nebel	176

Gebt Acht, dass man euch nicht irreführt!
Denn viele werden unter meinem Namen auftreten
und sagen: „…die Zeit ist da". Lauft ihnen nicht nach.
Luk 21,8

Überall wo ein Aas ist, da sammeln sich die Geier.
Matt. 24, 28

Prüft alles und behaltet das Gute
1.Thess. 5, 21

Gibt einer Antwort, bevor er gehört hat,
ist es Torheit und Schande für ihn.
Spr. 18, 13
Die Bibel, Einheitsübersetzung

You can take a horse to the water
But you can't make him drink
George Harrison

Begegnung im Nebel

Unruhe.
Ganz starker Drang nach irgendwas.
Raus?
Weiß nicht wohin; noch nicht mal, wo ich bin und warum.
Augen aufmachen scheint eine gute Idee zu sein.
Trau mich nicht. Warum eigentlich?
Es ist so angenehm dunkel. Ich sehe nichts und könnte in mir alle Bilder malen, die ich will.
Krieg aber kein schönes zustande.
Los! Trau dich!

Na toll. Alles weiß. Blendend hell.
Und jetzt?
Meine Augen gewöhnen sich an die Helligkeit. Fast wie eine Offenbarung eröffnet sich mir die Erkenntnis: um mich herum ist nichts.
Außer dem Weiß.
Kann Helligkeit schlimmer sein als Dunkelheit?
Mein Gefühl sagt „Ja!". Sehr laut und fast panisch.
Noch mal: raus hier!
Wo raus denn? Hier ist doch nichts. Kann man sich denn in einem Nichts eingesperrt fühlen?
Definitiv ja.
Stehe einfach auf. Unverständlich - ich weiß doch gar nicht, ob ich sitze oder liege oder was sonst meine Position ist. Aber ich stehe auf.
Und jetzt?
Losgehen, was sonst.
Richtung?
Egal - geh!
Entscheide mich für die helle Seite *vor* mir. Die andere weiße eben.
Gehe wirklich los. Versuche es wenigstens. Nach ein paar Schritten geht's nicht weiter. Bin irgendwo gegen gestoßen.
Doch nicht nichts.
Scheint eine Art Wand zu sein, die sich überhaupt nicht vom Rest der fehlenden Umgebung abhebt und nirgendwo aufhört. Aber ich weiß, ich muss weiter. Soll ich mich jetzt bis in alle Ewigkeit an etwas lang tasten, was sich mir als Mauer darstellt, die kein Ende hat? Quatsch. Ich setz' mich hin, mach' die Augen wieder zu. Dunkel war eindeutig schöner.

Klappt nicht. Die Helligkeit bleibt. Sehe aber plötzlich Türen vor mir. Mehrere. In großen Abständen, keine Ahnung, wie viele überhaupt. Verlieren sich zu beiden Seiten hinten im Nichts. Aber da bin ich ja sowieso schon.

Mache die Augen auf. Die Türen bleiben.

Gut, ich kann also raus.

Weiß intuitiv, dass ich wieder aufstehen muss, und folge dem Impuls.

Die Türen entsprechen der vernünftigen Vorstellung, dass sie dem Zweck dienen, Getrenntes zu verbinden: sie haben eine Klinke. Ich weiß nicht warum, aber ich gehe sehr vorsichtig an das Nächstliegende heran, was sich als Tätigkeit anbietet: nämlich dieses Instrument zu betätigen. Als ginge eine Bedrohung von ihm aus, lege ich ängstlich meine Hand darauf und drücke sie leicht nach unten.

Mir passiert nichts. Kein elektrischer Schlag, keine Falltür die sich öffnet, oder was immer ich sonst vielleicht erwartet haben mag. Die Klinke quietscht nicht, klemmt auch nicht, gibt einfach nur nach. Das tun Klinken so, wenn sie intakt sind.

Ich öffne die Tür einen Spalt, um erst mal zu sehen, wohin sie führt. Auch alles hell. Aber irgendwie nebelig. Kann nicht erkennen, ob sie in ein Zimmer, einen Flur, eine Vorhalle oder gar in ein Draußen führt. Gut, dass ich Alternativen habe. Bei der nächsten Tür aber das gleiche Bild. Mir wird flau im Magen. Sehr flau, darum gehe ich schnell eine weiter.

Versuch Nr. 3: Nebel.

Weiter: Nebel.

Nach dem siebten Versuch mit dem gleichen Ergebnis gebe ich auf. Ziemlich verzweifelt. Sieben in ihrer Gleichheit verwirrende Alternativen. Wenn das alles Zimmer sind, welches soll ich nehmen? Warten weitere Türen auf mich, mit der gleichen Ungewissheit? Ich muss mich entscheiden, denn ich spüre deutlich, wenn ich hier stehen oder sitzen bleibe, holen mich irgendwelche unerfreulichen Dinge ein, auch wenn ich nichts sehe und keine Ahnung habe, was das sein könnte.

Die Überforderung durch diese Entscheidung zwingt mich in die Knie. Mir fällt nichts anderes ein, als wieder die Augen zu zu machen.

Natürlich, so viel habe ich über diese Situation in der Kürze der Zeit schon gelernt: die Türen sind trotzdem da. Ich meine, ich sehe sie auch weiterhin mit geschlossenen Augen.

Ich spüre eine Bewegung. Als ob mich etwas anhebt. Scheine zu schweben. Die Türen bleiben unter mir zurück, werden immer kleiner, mir wird schwindelig. Was passiert hier mit mir? Plötzlich hat das helle Ding, die Wand oder Mauer vor mir, ein Ende. Ich kann darüber hinwegsehen.

Gäbe es außer mir hier noch jemanden, könnte der nicht verblüffter sein als ich. Die Türen führen alle in denselben (Raum?), keine verschiedenen Zimmer, keine Flure, Vorhalle, kein Draußen. Nur Nebel. Nicht diese klassische Nebelwand, die kein Auge durchdringen kann. Wirkt eher transparent und von einem Leuchten erfüllt. Einladend, was ich für Nebel nicht selbstverständlich finde.

Ehe Panik in mir aufkommen kann angesichts der unsicheren Lage in schwindelnder Höhe, befinde ich mich wieder am Boden. Durchlebte ich gerade einen Traum, würde mich dieser augenblickliche Standortwechsel nicht verwundern. Dies ist aber kein Traum. Trotzdem kein Erstaunen darüber. Eigenartige Reaktion dieses Menschen, den jeder – auch ich selbst – nur als übervorsichtig und misstrauisch kennt.

Da mir die Frage, welche Tür ich benutzen soll, um den offensichtlich einzigen Weg aus dieser unerklärlichen Lage zu beschreiten, kein Kopfzerbrechen mehr bereitet, ergreife ich die nächstliegende Klinke und betrete das andere Nichts.

Ich muss mich vorhin getäuscht haben. Der Nebel ist nicht unmittelbar vor mir. Das, worauf ich stehe, geht nach meiner langjährigen und vielseitigen Lebenserfahrung nicht als Fußboden durch. Kein Beton, was ich intuitiv erwartet hatte angesichts der kühlen Helligkeit auf meiner Herkunftsseite, auch sonst nichts Festes, wie man es meist in behaglichen Räumen vorfinden mag. Aber auch nichts, was ich im Freien vorzufinden gewohnt bin. Kein Schotterweg, kein Gras, keine Platten, kein Waldboden. Vielleicht ein bisschen wie auf einem feuchten Acker, und ich habe nicht das Gefühl, lange stehen bleiben zu können. Die Fläche erstreckt sich bis zu der nebligen Ungewissheit nicht so weit vor mir.

Ich habe plötzlich ein Gefühl, eine Ahnung nur, als würde ich irgendwo einsinken. Ich sollte mich vorsichtshalber weiterbewegen. Gehe langsam, ein bisschen wackelige Beine, auf den Nebel zu. Es ist diese Andeutung eines Leuchtens darin, die mich anzieht. Es ist immer noch so, wie ich es aus der unfreiwilligen Vogelperspektive empfunden habe: einladend, fast wie ein Sog.

Dann bin ich plötzlich schon drin. Es ist auch hier alles anders als es meiner Erfahrung entspricht. Ich kenne Nebel eigentlich so, dass er immer einen kleinen Abstand zwischen mir und sich selbst lässt. Ich bin nie wirklich drin. Hier aber doch. Und wie. Habe nur einen Schritt getan und könnte schon jetzt nicht mehr sagen, wie ich hier wieder raus komme. Spüre aber keine Angst. Auch das ist anders. Bin völlig eingehüllt von diesem Schleier. Nur das geheimnisvolle Leuchten liegt vor mir und vermittelt ein Gefühl von Richtung. Gehe langsam weiter, ohne dass sich der Abstand zu dem Licht verringert.

Außer meinen vorsichtigen Schritten auf einem inzwischen wieder festeren Untergrund und einem dezenten Wabern des Dunstes passiert nichts. Aber es zieht mich immer weiter.
Hab jegliches Zeitgefühl verloren, als ich plötzlich ein leises Wispern mehr ahne als höre. Bleibe stehen, um die Richtung auszumachen und in der Hoffnung, Worte herausfiltern zu können. Mein Name. Es flüstert meinen Namen: „Sven – Sven-Thore." Jetzt wird mir doch etwas mulmig. Gehe – noch etwas zaghafter – weiter. Schiebe meine Füße mehr vorwärts, als dass ich konsequente Schritte setze. Die Stimme wird allmählich geringfügig lauter. Dann ist sie so unerwartet nah an meinem Ohr, dass ich zusammenzucke, denn da ist niemand.
„Wer bist du?", hauche ich mit zitternder Stimme und kann mir nicht vorstellen, eine Antwort zu erhalten. Andererseits: es hat meinen Namen genannt. Wäre es da nicht ein Gebot der Höflichkeit, mir seinen zu nennen?
Noch mal; etwas bestimmter: „Wer bist du?"
„Wenn du damit meinen Namen meinst; ich heiße Genova. Eugen Genova. Aber wer ich bin, kann ich dir zurzeit nicht sagen. Ich weiß es nicht. Weißt du denn, wer du bist?"
„Na ja; ich habe meinen Namen gehört und bin dem zarten Ruf gefolgt, also muss ich wohl eine gewisse Ahnung davon haben, wer ich bin, findest du nicht?"
„Nein, finde ich nicht. Du kennst deinen Namen; so wie ich meinen. Und wer bist du nun?"
„Unser Gespräch nimmt keinen guten Anfang. Ich bin schon lange mit mir unterwegs, das reicht mir für den Augenblick. Mich interessiert jetzt mehr, wo wir hier sind, warum ich hier bin, wieso du hier bist und woher du weißt, dass ich mich hier seit geraumer Zeit vorwärts taste." Taste! Quatsch! Es gibt ja nichts zu ertasten. „Weshalb hast du mich gerufen?"
Seine Stimme wird noch um eine Kleinigkeit leiser: „Ich hab dich gesucht. Ich wusste, dass ich dich hier finden würde, denn wir beide sind Gefangene des Nebels."
„Huch! Wie geheimnisvoll und oh, wie blödsinnig. Ich bin kein Gefangener. Ich bin freiwillig, aus Neugier, hierher gekommen."
„Aber erst als dir bewusst wurde, dass du im Nichts, im leeren Raum herumhängst. Du hattest keine Alternative. Du musstest dich auf den Weg machen. Ich wusste das vor dir, darum habe ich hier gewartet und immer wieder deinen Namen gerufen."
„Du erweckst einen Widerstandsgeist in mir. Worum geht es? Ich habe keine Lust, hier zu verharren. Es muss einen Sinn für diesen Spaziergang geben."

„Sagte ich doch schon. Ich habe auf dich gewartet, ich bin dein Ziel."

„Ach! – Also gut; hier bin ich. Und nun?"

„Ich soll dir meine Geschichte erzählen. Man vermittelte mir das Gefühl, dass du mich aus meiner Zelle befreien kannst. Ich durfte sie vorübergehend verlassen, um dich hier zu treffen. Angeblich soll uns das beiden weiterhelfen. Mehr weiß ich auch nicht."

„Wenn du dir einbildest, dass mich das neugierig macht, kannst du darauf wetten; und du gewinnst. Ich empfinde dieses Ambiente zwar nicht als ideal fürs Geschichtenerzählen – kann man sich hier eigentlich irgendwo hinsetzen? – aber schieß mal los."

Sollte mir die ganze Situation nicht seltsam vorkommen? Wenn ich mir die Gefühle vergegenwärtige, die mich bis hier begleitet haben, verstehe ich gar nicht, mit welcher Selbstverständlichkeit ich mein Hier-Sein akzeptiere. Weiß immer noch nicht, was mich an diesen Platz geführt hat, sehe niemanden, höre nur die zarte Stimme, und es scheint irgendwie richtig zu sein. Obwohl dieses Erzählen nicht dem entspricht, was ich mir normalerweise vorstelle. Ich sehe keinen Erzähler und – ja – eigentlich höre ich auch keine Stimme. Jedenfalls nicht so richtig. Vielleicht liegt es an der unwirklichen Situation. Die Geschichte scheint sich mehr in meinem Kopf zu entwickeln wie ein Spielfilm. Als ob er sie in mich hineindenkt.

Wirklich seltsam. Ich bilde mir ein mich hinzusetzen, schließe die Augen, was man als sinnlos einstufen mag angesichts der optischen Einschränkungen durch die beschriebenen klimatischen Gegebenheiten. Aber warum soll ich es mir nicht trotzdem gemütlich machen? Stelle mir vor, wie ein Vorhang aufgeht, und erwarte fast ein Filmverlagslogo über die mentale Leinwand huschen zu sehen. Das geschieht natürlich nicht, aber immerhin: ich erhalte den Eindruck einer Überschrift, die das Folgende thematisch einleitet. Scheint was drauf zu haben dieser Eugen. Ich übergebe:

Unscheinbarer Beginn einer großen Leidenschaft

„Das Telefon klingelt, hörst du das denn nicht?! Geh doch mal ran!"

Dieser mehr oder weniger bewusst vorwurfsvoll formulierte Befehl wird sicher allein in unserem Land alltäglich hunderttausendfach hervorgestoßen, ungern gehört und ebenso widerwillig ausgeführt. Es geht letztlich nur darum, sekundenschnell abzuwägen, ob sich der Weg durch zwei Zimmer und einen Zwischenflur im Nachhinein nicht als weniger umständlich erweisen wird als eine Auseinandersetzung mit dem Ausrufer jener Worte, der unmittelbar neben dem Telefon steht, aber offensichtlich keinesfalls gewillt ist, seine Hand auszustrecken, den Hörer zu ergreifen und beherzt seinen Namen zu sagen.

Die Normalität sowohl dieses Vorgangs als auch meiner Entscheidung für den Weg des geringsten Widerstands steht in keinem Verhältnis zu den weitreichenden Folgen, die dieser Anruf auf unser Leben hatte; was uns aber erst im Laufe einiger Jahre portionsweise deutlich wurde.

Der Anrufer war Dieter, ein alter Bekannter; was keine Aussage über die Anzahl seiner Lebensjahre ist, sondern nur verdeutlichen soll, dass es schon einige Anforderungen an das Erinnerungsvermögen stellt, den Zeitpunkt unseres Kennenlernens rückblickend festzulegen. Etwa sechs Jahre lang hatten wir nichts voneinander gehört, weil meine Frau und ich damals in eine andere Gegend gezogen waren. Seit 2001 lag unser Wohnort wieder etwas näher, aber trotzdem gab es für weitere vier Jahre keinen Kontakt.

Doch nun aus „heiterem Himmel" dieser Anruf. Er wollte mich bitten, auf dem ungewöhnlichen „fünfundvierzigeinhalbsten" Geburtstag seiner Frau Betti mit meiner Musik ein wenig für kuschelige Atmosphäre zu sorgen, und natürlich wäre auch meine Frau eingeladen. Es sollte eine Überraschung sein.

„Wunder' dich aber nicht über die Leute; es sind so Chrrrissten dabei. Nicht dass ihr euch erschreckt. Meine *Frau* hat sich nämlich *bekehren* lassen". „Stört mich nicht; ich hab nichts gegen Christen, solange sie mich in Ruhe lassen." „Ich schon. Ich wollte euch jedenfalls vorwarnen."

Diese Warnung nahm ich nicht besonders ernst, denn was er mit dieser Bezeichnung etikettierte, konnte ja nur ein Häuflein Kirchgänger sein, von denen jeder weiß, dass sie Sonntags ihre geistigen Trockenübungen in meistens fast leeren (außer zu den bekannten Stoßzeiten, in der die überstresste Familie sich mal was fürs Herz gönnt), ungemütlich kalten und deswegen besonders fromm wirkenden Sondergebäuden zelebrieren (lassen), ansonsten aber, nicht anders als Club-, Kneipen-, Puff-, Sauna-, Schwimmbad-, Fußballplatz- oder Sonstwasgänger, sich – und oft aus Gründen falsch verstandener Solidarität auch ihre Mitmenschen – durch die Arbeitswoche quälen.

Was wir in der Folge dieses unerwarteten Überfalls erlebten, legt die Vermutung nahe, dass er insgeheim die Hoffnung gehegt haben musste, meine Frau und ich, die er aus unerfindlichen Gründen für zwei intelligente, den häufig zu Zwecken verbaler Veranschaulichung gebrauchten beiden Beinen auf dem Boden vermeintlicher Tatsachen stehende Menschen hielt, würden Betti durch unsere bloße Anwesenheit zur Vernunft bringen. Einen anderen Grund kann es nicht geben, denn meine Fertigkeiten beim Spiel auf der Gitarre und im Umgang mit meinen Stimmbändern bewegen sich nicht in der Größenordnung, dass der Aufwand, den er getrieben hatte, uns ausfindig zu machen, selbigen rechtfertigt.

Du als gewitzter Zuhörer erkennst es sicher schon: es geht hier weder um die Feier noch um die Musik.

Tatsächlich wurde an diesem Abend durch dieses Telefonat eine Weiche gestellt, die dem „Zug", mit dem wir unterwegs waren – zunächst kaum erkennbar – eine neue Richtung gab, obwohl uns bis heute noch nicht ganz klar ist, ob es nur ein Umweg zum selben Ziel war oder noch ist.

Ein Blick zurück

Dass eine völlig „normale" Geburtstagsfeier eine solche Auswirkung haben soll, ist natürlich schwer nachvollziehbar. Ein kurzer Blick auf unsere Vorgeschichte mag da hilfreich sein.

Wenn wir, meine Frau und ich, von Zeit zu Zeit der Versuchung nachgeben, törichte Blicke in die nicht mehr ganz so nahe Vergangenheit zu werfen, mit den üblichen emotionalen Verzerrungen positiver und negativer Art, landen wir bei diesem Flug meistens in einer Phase gemeinschaftsorientierter religiöser Gebundenheit. Sie liegt wirklich schon *sehr* lange zurück. Wir lernten uns in diesem Zustand vor etwa 36 Jahren kennen und haben den Schritt hinaus aus diesem scheinbar von göttlicher Erleuchtung geprägten Land vor mehr als 20 Jahren nahezu gemeinsam vollzogen; nicht völlig ganzherzig, aber doch fast freiwillig.

Sie war seit ihrem vierten Lebensjahr „kein Teil dieser Welt" mehr gewesen, weil ihre Mutter damals überzeugt worden war, dass es etwas Besseres gab (was an sich nicht falsch ist. Es gibt immer etwas Besseres). Ein nicht unbedingt freiwilliger Einstieg, der ihr gut dreißig Jahre in mehr oder weniger glücklicher Gefangenschaft bescherte. Bei mir waren es mal gerade 12 Jahre nach einem absolut gewollten und mit glücklichen Gefühlen verbundenen rasanten Ich-weiß-was-ich-tue-Start; 23 Jahre alt und im Kopf einen Gedankencocktail aus Hippie-Philosophie, George-Harrison-Hindu-Buddhismus, Erich-von-Däniken-Prägung mit viel Science Fiction und noch mehr Phantasie.

Danach spielte Gott in unserem Leben keine führende Rolle mehr. Eigentlich überhaupt keine. Wohl gab es gelegentlich Momente, in denen er vorübergehend unser Bewusstsein leicht „streifte", aber da wir unterschiedliche Ansätze im Umgang mit solchen Fragen hatten, blieb es immer bei kurzen Augenblicken.

Meine Frau zum Beispiel wollte gelegentlich „das Wort zum Sonntag" sehen, weil sie mitunter das Gefühl hatte, in ihrem Leben fehlte etwas, das sie dort finden könnte. Ich bin dann entweder aus dem Zimmer gegangen oder habe durch ganz schön intelligente Bemerkungen meine Ablehnung demonstriert. Ich wäre überhaupt nicht in der Lage gewesen, ein objektives Urteil abzugeben, weil Pastoren und andere geistliche Herrschaften der Landeskirchen für mich nach alter Denkprägung auf der „falschen" Seite agierten.

Wenn *ich* meine Gedanken gelegentlich auf Gott gerichtet hatte, geschah das – wie eigenartig – ausschließlich im Rahmen unserer alten Ausrichtung, zum Beispiel beim Lesen unseres damaligen natürlich auch in der langen Zeit unserer Abwesenheit weiterhin publizierten Gemeinschaftsblattes, was ich aus Gründen, die sich meiner Deutung entziehen, beibehalten hatte. Hier wiederum war meine Frau diejenige, die meine gelegentlichen Gedankenseifenblasen durch ihre fragenden Antworten sofort zum Platzen brachte.

Ansonsten haben wir uns in unserer „gottfreien" Zeit darauf beschränkt, unsere zunächst neu gewonnene, dann aber natürlich Gewohnheit gewordene Freiheit zu genießen. Ein Genuss, der ohne Einspruch unsererseits von jedem auch hinterfragt werden darf (Alles was vorher verpönt gewesen war: viel Kneipe, noch mehr rauchen, Alkohol; das volle Programm – volle Leere).

Im Jahre 2001, und zwar in Verbindung mit den Attentaten auf das WTC, wurde ich von jemandem, der mir sehr nahe stand und noch steht, weil ich zu ca. 50% an der Vorbereitung seiner Existenz mitgearbeitet hatte, und der natürlich wegen meiner bibelgeprägten Vergangenheit in seinen ersten 10 Lebensjahren entsprechend geformt worden war, gefragt, ob es über die ganze unsichere politische Lage in der Welt nicht Aussagen in diesem Buch gäbe; ob ich mich nach so langer Zeit noch daran erinnern könnte. Aufgrund dieser Frage fing ich wieder an, mich intensiv damit zu beschäftigen. Allerdings ohne erklärende Schriften von wem auch immer zu Rate zu ziehen. Ich wollte einfach mal sehen, was ich noch wusste. Mir war wichtig, auszuprobieren, ob man durch eigenes Bibellesen, unbeeinflusst von „führenden" Persönlichkeiten, vielleicht ein besseres Verständnis von Gott erhalten könnte.

In dieser Zeit konnte ich mich des Eindrucks nicht erwehren – und wollte es wohl auch nicht – dass er tatsächlich in der Lage und, viel wichtiger, willens ist, durch sein Wort zu uns zu sprechen und uns auf Gedanken und Teilschritte aufmerksam zu machen, die für unsere Entwicklung zu ihm hin notwendig sind.

Ich hatte dann mit dem sehr interessierten Fragesteller (um nicht so rätselhaft zu bleiben: es handelte sich um den älteren von zwei sehr geliebten Söhnen) äußerst häufig lange auferbauende Gespräche. Unser Telekommunikationsanbieter ist sicherlich hauptsächlich durch uns in die Lage gekommen, endlich schwarze Zahlen zu schreiben. Es war begeisternd, zu erleben, dass da viel verschüttet geglaubtes Wissen recht schnell an die Oberfläche zurückkam, als wäre überhaupt keine Zeit vergangen.

Grundlage unseres Gedankenaustauschs waren in der Regel Bibeltexte, auf die jeder von uns beim Lesen gestoßen war, die meistens einen sehr engen Bezug zu unserem Leben hatten. Oder wir fanden aufgrund unserer Erlebnisse, Gedanken und Fragen eine

Verbindung zu wertvollen Aussagen der Bibel. Zwischen den drahtigen Kontakten hatte ich mir angewöhnt, täglich in diesem Buch zu lesen. Sehr oft empfand ich dabei etwas, was sich wie eine (bitte um Verzeihung für diesen Hauch von Schwülstigkeit) göttliche Begleitung anfühlte. Wenn einem der Inhalt der Bibel und der „rote Faden", der sich durch dieses Buch zieht, vertraut sind, kommt man leicht auf den Gedanken, sie an einer beliebigen Stelle aufzuschlagen, um über das Gelesene nachzusinnen, weil alles in irgendeiner Weise mit unserem Leben zu tun hat.

Das Gefühl des Begleitet-Seins stellte sich schleichend ein, weil es immer wieder passierte, dass Fragen, die mich besonders intensiv bewegten, bei zufälligem Aufschlagen beantwortet wurden; dies geschah vor allem dann, wenn ich vorher darüber gebetet hatte. Und wenn es nicht direkt Antworten waren, so war der Inhalt doch wie eine Wiederholung meiner Gedanken. Bis zu einem bestimmten Punkt habe ich mir dies mit den selbstbetrügerischen Tendenzen unseres unergründlichen Hirns und dem, was ich mangels besserer Bezeichnungen hier einer Denkrichtung folgend auch mal „Unterbewusstsein" nenne, zu erklären versucht. Aber diese Deutung war einfach nicht in jedem Fall anwendbar. Hierzu muss jedoch an anderer Stelle noch mehr gesagt werden, weil diese „Begegnungen" mit Vorsicht zu behandeln sind. Aber zurück zu den Gesprächen.

Da mein Sohn über diesen sehr persönlichen Austausch hinaus auch Fragen stellte, die ich nicht beantworten konnte, ermunterte ich ihn, sich doch bezüglich tiefer gehender Fragen an einen Menschen aus unserem früheren Glaubensfeld zu wenden, den wir beide als aufgeschlossenen, verständnisvollen Gesprächspartner in Erinnerung hatten.

In der Folge fasste er schnell Fuß in der „Familie", was ich sehr begrüßte, denn mir war bewusst geworden, dass mir diese Leute doch sehr fehlten.

Tat sich da etwa eine Tür auf, zu Gott zurückzufinden? Und all die Menschen, zu denen es seit fast zwanzig Jahren keinen Kontakt mehr gegeben hatte...; allein die Vorstellung, sie wiederzusehen, erfüllte mich schon mit einer freudigen Erregung.

Ein Blick noch zurücker

Plötzlich entsteht vor meinem Auge, dem geistigen, die Szene meines ersten Zusammentreffens mit einer Vertreterin dieser Gemeinschaft.

Ich sitze im Schneidersitz auf meinem Teppich; relativ früher Morgen; etwa 10.00 Uhr; eine gute Zeit, um dem Tag erste Lichtmomente abzuringen; Klampfe in der Hand, vor mir ein Kugelschreiber in einem Ringbuch, aufgeschlagen bei einem fast leeren Blatt. Da stehen wohl einige Wörter, zusammenhanglos dahin geworfen, als Grundidee für einen Liedtext. Aber so wirr, wie es in meinem suchenden Hirn zu jener Zeit aussieht, handelt es sich keinesfalls um Geistesblitze, sondern nur um völlig inhaltsfreie Nebelschleier. - Wahnsinn! Diesen Block besitze ich noch. Mahnmal!

Es steht da wohl auch das übliche Longdrinkglas: etwas Gingerale, aufgelöst in einer ordentlichen Portion des Lieblingsgetränks zünftiger Westernhelden, und der unvermeidliche Aschenbecher, überrandvoll mit Überresten der bekannten Symbole des Glücks absoluter Freiheit. Die Zutaten also, die für die Entwicklung eines guten Songs einfach notwendig sind.
Dieses Schwelgen im Dunst geistiger und kreativer Reife wird plötzlich durch das zerstörerisch schrille Geschrei der Wohnungsklingel beendet.

Drücke missmutig meine Zigarette aus, nehme noch schnell einen Schluck, schüttele eilig-eitel meine Mähne und gehe zur Tür.
Entgegen meiner Gewohnheit, zunächst einen vorsichtigen Blick durch den Türspion zu werfen, öffne ich mit einer forschen Bewegung.

Wie weitreichend dieser Augenblick und die Auswirkungen der folgenden wenigen Minuten für mein weiteres Leben sein werden, ist mir natürlich nicht bewusst. Wie soll es auch?! Jedenfalls steht sie vor mir. Es. Mein Schicksal. Nicht mehr ganz jung, um den fleischigen Mund die für ein gewisses Alter üblichen Lippenschürzfalten, äußert sie in sympathischem Sächsisch die Worte: „Guden Dach, Härr Schenöfoa. Isch bin in eenem gristlischen Brädischtwärg ündoawähgs...", und dann kommt irgendetwas von Bibel und Weltgericht, ich höre nicht so genau hin, denn mein erster fast panischer Gedanke ist: „Warum passiert das jetzt ausgerechnet mir?"

Während sie erzählt, denke ich nur daran, wie ich diese unliebsame Störung beenden kann. Fühle mich der Situation nicht gewachsen; denn natürlich weiß diese freundliche Dame, wovon sie redet; etwas was auf mich in diesem Moment nicht im Mindesten zutrifft. Aber irgendetwas sagen sollte ich schon. Aber was?

Sie hilft mir mit einem Angebot. Holt ein grünes Buch heraus; stellt es mir als Bibel vor, die sie für nur fünf Mark anbieten kann, weil sie die Literatur ihrer Gesellschaft zum Selbstkostenpreis abgibt. Dazu kann ich dann auch etwas sagen, was sogar der Wahrheit entspricht. Ich bin ja schon länger scharf auf eine Bibel(*das* sage ich), weil ich gerne mal nachlesen will, wie glaubwürdig die Zitate Erich von Dänikens aus dem Hesekielbuch sind(das sage ich *nicht*). Dachte aber immer, Bibeln seien im Preis für einen nicht im Erwerbsleben Stehenden unerschwinglich(das wiederum sage ich). Nehme das Angebot also dankbar an, froh, endlich eine Bibel und einen sauberen Abschluss für dieses Gespräch gefunden zu haben.

Da stehen wir also: zwei aus unterschiedlichen Gründen glückliche Menschen, deren Wege sich gekreuzt haben, um sich nach kurzen gegenseitigen guten Wünschen hoffentlich endgültig wieder zu trennen.

Sie bietet mir nun aber doch nur noch schnell für fünfzig Pfennig ein kleines blaues Buch an, mir versichernd, dass es ohne Anleitung sehr schwer ist, sich in der Bibel zurechtzufinden.

Diese Erfahrung hatte ich tatsächlich schon einmal gemacht in Verbindung mit dem Versuch, eine alte Bibel meiner Eltern zu lesen, die im Regal seit Jahren oder Jahrzehnten vor sich hin verstaubte, geschrieben in noch viel älterem Deutsch. Und ich hatte sie schon entnervt wieder beiseite gelegt, als Gott auf einer der ersten Seiten zu Adam und Eva die für mich unverständlichen Unheil verkündenden Worte über die Schlange und das Weib, die Arbeit, den Schweiß, das Unkraut sowie die Mühsal der Geburt gesprochen hatte. Ich greife darum auch hier gerne zu; zumal sie mir Appetit macht durch eine Äußerung über die unbiblischen traditionellen Glaubensvorstellungen, die in der Kirche vermittelt werden. Ich kenne diese Lehren zwar nicht, weil ich seit meiner so genannten Konfirmation im Jahre 1964 nie wieder eine Kirche von innen gesehen habe und in den jenem wichtigen Ereignis vorausgegangenen zwei Jahren der Belehrung mehr damit beschäftigt war, auszurechnen, wie hoch die Geldbeträge sein würden, die als Geschenke zu erwarten waren. Ob sie wohl für das ersehnte Fahrrad ausreichen würden, das ich schon seit Wochen im Schaufenster verführerisch glitzern sah. In leuchtendem metallic lila. Mit Schmalspurreifen und Zehngangschaltung.

Die von ihr angesprochene Theologie ist mir somit nicht vertraut, was mich natürlich nicht davon abhält, sie leidenschaftlich abzulehnen.

Ich nehme also auch noch dieses Buch entgegen, was sie veranlasst, mir abschließend noch zwei bibelerklärende Schriften zu schenken, sich freundlich zu verabschieden und mir (jetzt wirklich) abschließend zu versichern, dass sie bei Jelähschenheit mal wieder vorbeischaut, um zu sehen, ob mir die Lektüre etwas gebracht haben würde. Ich bin entschlossen, das nicht als Drohung aufzufassen, und verabschiede mich ebenso freundlich und gebe ihr auch die Erlaubnis für diesen Rückbesuch heuchlerisch mit auf den Weg.

Wenn ich heute über diesen Abschluss der Begegnung nachdenke, frage ich mich immer noch, ob das wohl weise war oder eine wegen aller mir heute bekannten Folgen als typische Ich-könnte-mich-in-den-Allerwertesten-beißen-Erfahrung abzuheften ist. Angesichts meiner immer noch währenden Glaubens-Odyssee neige ich zu der Vermutung, dass ich das frühestens zum Zeitpunkt meines Ablebens erfahren werde.

Dieser Erstkontakt ereignete sich 1973, und ich war lächerliche aber noch hoffen lassende 23 Jahre alt; also noch nicht mal so alt wie meine damals noch vorhandenen Haare in cm gemessen lang waren.

Nachdem alles überstanden, die Wohnungstür geschlossen und ich wieder Herr meiner Einsamkeit war, musste ich mich der Tatsache stellen, dass meine Gedanken und Gefühle nicht mehr zu dem vorher begonnen Song zurückkehren wollten. Also schnappte ich meine Wohlfühlutensilien und suchte mir einen gemütlicheren Sitzplatz.

War doch sehr neugierig, was sich wohl in diesem unscheinbaren Büchlein mit seinem weniger unscheinbaren, auf Wahrheit, ewiges Leben und den Weg dorthin verweisenden Titel für weltbewegende Erkenntnisse für mich auftun würden.

Neben meiner von-Däniken-Prägung war da nämlich auch eine gewisse Suche nach Gott in mir vorhanden. Besser gesagt keine Suche, denn das hätte Aktivität beinhaltet; mehr ein spielerischer Umgang mit Fragen nach seinem Wesen oder überhaupt seiner Existenz. Das einzig relativ Tätige war die nicht ausgesprochene, aber intensiv gedachte Anfrage, die sich recht abgedroschen anhört, weil häufig benutzt: „Wenn's dich wirklich gibt, dann zeig dich doch bitte; mach dich irgendwie glaubhaft bemerkbar!"

Wenn ich genauer hinsehe, muss ich sagen, dass es mich damals sogar *sehr* beschäftigt hat. Später stellte es sich in meiner Erinnerung so dar, als wäre dieser Besuch eine unmittelbare Antwort auf meine „Gebete" gewesen.

Ich verlängerte also meinen Drink, leerte den keinen Platz für weitere Kippen mehr bietenden Aschenbecher, machte es mir bequem, nahm mir dieses kleine blaue Etwas und war schon durch den oben erwähnten Titel positiv eingestimmt.

Das Erste, was ich sah, war eine recht kitschig und albern wirkende Zeichnung eines Mannes, der irgendwie aussah wie Cary Grant. Er lachte ein Vögelchen an, das sich auf seinem Finger niedergelassen hatte, und befand sich sauber frisiert, mit bügelbefalteter Hose und Hemd in einer wahrhaft paradiesischen Umgebung. Im Hintergrund spielten Kinder friedlich mit Löwen, Lämmer hüpften fröhlich umher und die Sonne wollte sich schier kaputtlachen über die Szenerie.
Ich auch.
Aber da waren die Neugier und die Überschrift des ersten Kapitels, die auf sehr nahe bevorstehende Segnungen von Seiten Gottes hinwies. Sehr vielversprechend. Da nehm' ich gleich noch mal einen kräftigen Schluck und lege in zuversichtlicher Heiterkeit los.

Eine Schachtel Zigaretten und zwei oder drei Gläser Whisky später wusste ich, dass ich die Wahrheit gefunden hatte. Ich war wie in einem geistigen Schnelldurchlauf über biblische Inhalte informiert worden und wusste alles, was man wissen muss, um vor Gott zu bestehen. Es reicht nicht aus, einfach nur an Gott zu glauben. Es gibt nämlich zwei Religionen: die richtige und die falsche. Viele Dinge will Gott einfach nicht haben. Neben Kriegen, Diebstahl, Raub und Mord – Taten, von denen die meisten Menschen wissen, dass sie sich einfach nicht gehören, auch weil sie sehr unfreundlich sind, die Taten nämlich – gibt es auch sogenannte Grauzonen, die manch einer nicht erkennt . Man braucht deswegen jemanden, der in aller Deutlichkeit darauf aufmerksam macht. Wie gut es dann doch ist, eine Instanz zu haben, die als Gottes Mitteilungskanal wirkt, um uns all diese verborgenen Feinheiten vor Augen zu führen. Wo kämen wir denn hin, wenn jeder selbstständig darüber befinden wollte, was Gott von uns verlangt. Also, wenn ich das richtig verstanden habe, sagt einem in der richtigen Religion jemand, gestützt auf die Autorität Gottes, wo es lang geht. Es herrscht in unserer Zeit nämlich besonders die Pest des unabhängigen, also eben selbstständigen Denkens, und die gilt es zu meiden wie eben die: die Pest. Demgegenüber zeichnet sich die falsche Religion dadurch aus, dass jemand versucht einem zu sagen, wo es lang geht, der das gar nicht darf. Das ist nämlich die Klasse der Geistlichkeit. Alles Leute, die nur darauf aus sind, uns irrezuführen. Wie die Pharisäer damals, die von kompetenten Leuten wie Jesus Christus und Johannes dem Täufer als „Schlangen und Otternbrut" bezeichnet wurden. Fein; da habe ich also all die Jahre, schon seit meine Eltern mich zu Weihnachten immer in die Kirche verschleppt haben, ohne selbst etwas von ihr zu halten, intuitiv gewusst, dass da etwas nicht in Ordnung ist.

Ich erkannte jetzt durch diesen kleinen Erkenntnisträger, dass es eine Einrichtung gibt, die in der Offenbarung als Prostituierte dargestellt wird, welche sich mit den Königen der Erde auf neckische Spielchen einlässt; auf ihnen lustig reitet wie auf einem wilden Tier. Diese Frau symbolisiert das ganze Weltreich der falschen Religion, und eine Stimme aus dem Himmel sagt in der Offenbarung: „Macht bloß, dass ihr da raus geht, sonst bekommt ihr alles ab, was ich ihr an Plagen so zugedacht habe." Dieses Reich hatte eigentlich schon mit Kain seinen Anfang genommen, der seinen Bruder erschlug, weil Gott zu ihm sagte: „Wenn du dich ordentlich verhältst, kommen wir schon klar miteinander". Er wollte aber lieber so anbeten, wie es ihm passte. Was soll denn das Handeln damit zu tun haben; und darum erschlug er seinen Bruder. Wenn er nur noch der einzige Anbeter ist, muss ja von da an wahr sein, was er tut. Ist ja weiter keiner da. Später hat das mit Nimrod seine Fortsetzung gefunden, der nach seinem Ableben vergöttlicht wurde. Dort entstanden dann Formen der Götzenanbetung und wunderschöne aber schlimme religiöse Bräuche, die nach der Sprachverwirrung in die Welt hinausgetragen wurden und sich heute in allen Religionen wiederfinden. Schon zu Beginn der letzten zweitausend Jahre haben die dann Einzug in das Christentum gehalten und finden sich auch in so Bräuchen wie dem Weihnachts- und Osterfest wieder. Ein ganzes Kapitel war den Sitten und Gebräuchen gewidmet, die Gott missfallen. Auch der Unsitte, Menschen ungebührlich in den Mittelpunkt zu setzen, indem man ihren Geburtstag feiert, wird viel Platz in diesem Abschnitt eingeräumt. Will Gott natürlich auch nicht. Sieht man schon daran, dass in der Bibel nur zwei Geburtstagsfeiern erwähnt werden. Bei beiden Anlässen kamen Menschen unschön ums Leben. Da war zunächst ein Bäcker im alten Ägypten zur Zeit Josefs, der sich wohl irgendwie beim Pharao unbeliebt gemacht hatte (der Bäcker, nicht Josef). Er wurde deshalb folgerichtig am Geburtstag seines freundlichen Regenten aufgehängt. Und der andere aussagekräftige Fall betraf Johannes den Täufer, dessen Kopf als ein ganz individuelles Geburtstagsgeschenk Verwendung fand. Geht alles natürlich gar nicht. Erstaunlich, was man so alles nicht wusste, und wie begeisternd, zu wissen, dass Gott in unseren aller- aller- allerletzten Tagen für eine Verwaltungsorganisation gesorgt hat, die sich darum kümmert, der Wahrheit Geltung zu verschaffen.

Was jedoch für uns heute Lebende besonders wichtig ist: wir befinden uns an der Schwelle zu einem neuen Zeitalter, und das Ende dieser uns vertrauten Gesellschaftsordnung wird in spätestens zwei Jahren kommen und damit alle Fragen bezüglich meiner beruflichen

Zukunftsgestaltung hinfällig machen, was mir sehr entgegen kam. Ich wusste eh nicht, was ich machen sollte.

Zwar gab es da einige Aussagen, die mir nicht ganz geheuer waren, einige machten mich sogar ein wenig ungehalten; vorübergehend wütend, um ehrlich zu sein.

Aber was sind unwichtige persönliche Vorstellungen vom Leben verglichen mit einer Zukunft ewigen Glücks? Leben in Gemeinschaft mit Gott; wenn auch auf der Erde. Für den Himmel gibt es nur eine zahlenmäßig streng limitierte Sonderzuteilung; so eine Art VIP-Karte, das hatte ich schnell verstanden. Aber macht ja nix; vollkommen gemacht in uneingeschränkter Gesundheit, alle seine Gaben und Talente ohne Einschränkung – wenn auch nach vorstadtamerikanischen Vorstellungen – entwickeln und ausleben zu können; mehr kann man wirklich nicht wollen. Geil. Ich schütt' mir noch 'n Whisky rein, leg' das weiße Album auf, finde das Intro zu „Martha My Dear" mal wieder unglaublich gelungen und freu mich, dass ich vor Harmagedon nicht mehr zum Putzer gehen werde.

Die Lektüre dieses Erkenntnisträgers hat etliche Stunden des Tages verschlungen und gleich wird meine Frau (die erste in einer Reihe von zwei) von der Arbeit nach Hause kommen. Na, die wird Augen machen, wenn ich ihr erzähle, was auf uns zukommt.

Tat sie dann auch. Und was für welche. Da passten unendlich viele Fragezeichen rein. Hatte ihr halt sofort in übersichtlicher Form einen anschaulichen Querschnitt meines neuen Wissens vermittelt mit der abschließenden Aussage, ich werde mich auf jeden Fall gleich mal taufen lassen; und (wie angedeutet) vor dem unmittelbar bevorstehenden Ende keine Schere mehr an meine Haare lassen. Das zumindest konnte sie mir glauben; hatte ich es doch auch die vier Jahre davor nicht getan.

Die Neuigkeit musste einen starken Eindruck bei ihr hinterlassen haben, denn als wir abends Besuch von ihrem Bruder und dessen Freundin bekamen, die von mir natürlich auch sofort informiert wurden, bestätigte sie ihm nach einem erstaunt fragenden Blick seinerseits: „Jaja, der wird bald heilig gesprochen" (Hatte ich da ein verstohlenes Grinsen auf den Gesichtern bemerkt? Ja!). Die Neigung meiner Persönlichkeit in Richtung Dummheit reichte nicht aus, um die schmerzhafte Ironie hinter diesen verständnisvollen Worten zu ignorieren. Später einmal sollte ich erfahren, dass irgendwann danach in meiner Abwesenheit ein angeregter Austausch darüber stattgefunden hatte, welchen Stellenwert man wohl jetzt noch meinem Geisteszustand zubilligen sollte; ob ich endgültig freiwillig auch noch alle restlichen Tassen aus meinem wurmstichigen Schrank entfernt hätte.

Aber ich war ja vorbereitet. Das kleine blaue Büchlein weist jeden Leser vorsorglich darauf hin, dass man damit rechnen muss, verspottet zu werden, wenn man anfängt in der Wahrheit zu wandeln. Ja, es wäre schon bedenklich, wenn das nicht geschehen würde.

Hopsa! Kaum dabei und schon Märtyrer.

Voller Freude über das Verfolgt-werden-um-der-Wahrheit-willen bereitete ich mich in Gedanken auf ein Leben vor, das ganz dem nunmehr inhaltlich voll erfassten Dienst für Gott gewidmet war.

Es gibt noch mehr

Im Laufe der folgenden Tage verblasste das Gelesene, Gedachte und Gesagte natürlich allmählich. Bestimmt wollte irgendeine höhere Macht Platz in meinem Kopf schaffen für weitere wichtige Informationen, denn eines Samstagvormittags schob meine Frau ihren Kopf durch die halb offene Tür zu meinem Arbeitszimmer: „Kannst du mal kommen, da sind zwei so komische Leute, die irgendwas von Heiligen und den letzten Tagen gesagt haben. Du interessierst dich doch für so was."

Ich war gerade pinseltechnisch mit irgendwelchen grafischen Gestaltungen beschäftigt und so ging ich, wie ich war, ins Wohnzimmer; ausgerüstet mit diesem Werkzeug in der Hand, einem offenen weißen Kittel um mein kleines Ego herum und der Vorstellung, in diesem Augenblick nicht unbedingt außergewöhnlich bedeutend, doch aber schon sehr individualistisch aus der Masse herausgehoben zu wirken. Ja, wir waren zwei von den Guten, die nicht einfach solche Menschen abweisen, die sich ein Herz fassen und mutig an den Türen oft ablehnend reagierender Menschen klingeln, um ihnen Dinge mitzuteilen, die sie gar nicht wissen wollen.

Die beiden jungen Männer (na ja, die waren so alt wie wir; aber aus der Erinnerung eines neunundfünfzigjährigen Zurückblickers heraus natürlich sehr jung) in wohlgeordneten dunklen Anzügen und geschmackvoll würdigen Krawatten konnten an meinem Outfit sehen, dass ich eine mir offensichtlich wichtige Tätigkeit unterbrochen hatte, um ihnen gnädig meine Zeit, meine Ohren und meine Aufmerksamkeit zu widmen. Gute Methode, die Angst zu überspielen, die mich natürlich auch bei diesem Kontakt genauso aufwühlte wie bei dem Besuch der überzeugend überzeugten Dame kürzlich. Eine große Hilfe war natürlich auch die starke Frau an meiner Seite, die sich an dem nun folgenden Gespräch zwar weder lebhaft noch verbal, aber doch durch gelegentliches Nicken und zu den jeweiligen Inhalten passendes Verziehen des Mundes, mal nach oben, mal nach unten, mal in die Breite, beteiligte.

Sie erzählten von ihrem wichtigen Werk, das einst in Amerika seinen Anfang genommen hatte, und dass sie – sie kamen auch aus jenem großen Land hinter dem Teich, das sich ja sowieso schon durch außergewöhnliche Christlichkeit auszeichnet – den Familien hier in Deutschland zeigen wollten, wie gesundes Familienleben praktiziert werden kann, da doch so viele Menschen in ihrer Freizeit nichts miteinander anzufangen wissen. Sie hatten auch einen Plan, einen schriftlich fixierten, auf dem vergessliche Gemüter nachlesen konnten, wie so ein Nachmittag zu gestalten war: Man würde in der Küche gemütlich Popcorn brutzeln („Haben Sie eine Pfanne?" „Ja." „Das ist gut." „Fein."), beim Verspeisen in froher Runde angeregt „Memorie©" mit uns spielen, im Rahmen eines Diavortrags kurz den wirklichen Sinn des Lebens erläutern und dann mit Lied und Gebet den Abend beschließen.

In diesem Zusammenhang fragten sie mit einem Blick auf meine Gitarre, die da so rumstand, ob wir nicht gleich mal ein Lied zusammen anstimmen könnten. „Ich kenne aber keine geistlichen Lieder", bemerkte ich zaghaft. „Das ist ja im Moment noch nicht so wichtig", beschwichtigte mich einer der beiden missionarischen Vertreter ihres Herrn. „Kennen Sie ‚The House Of The Rising Sun'?". Natürlich kannte ich es und konnte es auch spielen. War ja damals, also etwa acht Jahre vorher, Mitte der Sechziger, einer der ersten Songs, den sich jemand draufschaffte, wenn er unter den nichtspielenden Mitschülern punkten wollte. Und ich konnte diesen Herrschaften, die im Augenblick thematisch auf der stärkeren Seite waren, zeigen, dass ich mit ihrer Sprache ganz gut klar kam. Man muss als kleiner Nicht-viel-Wisser immer nach Gelegenheiten Ausschau halten, die einem die Möglichkeit geben, etwas größer zu wirken.

Wir sangen also, ich bekam das mir gebührende Lob für Spiel, Gesang, Beherrschen ihrer Muttersprache und überhaupt, und nun fragte der Wortführer, ob wir nicht ein Gebet an das Ende unseres Zusammenseins hängen wollten.

„Können Sie gerne machen", erwiderte ich großzügig und ahnungslos. „Ich meinte eigentlich, dass Sie als Hausherr das übernehmen", war seine herausfordernde Reaktion. „Schluck!", schluckte ich. Ich hatte am Anfang unseres Gesprächs darauf hingewiesen – etwas übertreibend –, dass ich so eine Art Atheist bin. Vielleicht hatte er das ja überhört. „Ich habe Ihnen doch gesagt, dass ich es mit dem Glauben nicht so habe, wie können Sie dann annehmen, dass ich beten will? Aber Sie dürfen es wie gesagt gerne tun". Ich glaube angesichts einer so mutigen vorübergehenden Anwandlung nutzte ich noch schnell die Gelegenheit, auch darauf hinzuweisen, dass ich den Begriff „Hausherr" nicht sehr schätzte, weil – ja, ein so aufgeschlossener Mensch war ich schon damals – meine Frau und ich uns als gleichberechtigte Partner sähen und dieses Unwort für uns ein Anachronismus sei.

Ich weiß nicht, ob er das bewusst überhörte oder ich doch zu zaghaft in meinen Äußerungen war, jedenfalls betete er dann. Zwar inbrünstig, wie ich fand, auch gar nicht so kurz, auch nicht auswendig gelernt wirkend und recht inhaltsstark, aber er forderte mich zum Abschied auf, für das Folgetreffen doch schon mal zu üben. Wir hatten nämlich zugesagt, was das seltsame Angebot eines Familiennachmittags betraf. Aber wirklich zugehört hatte er mir wohl nicht.

Mit viel Scham im gerade etwas stärker klopfenden Herzen und leicht geröteten Ohren, wie ich aufgrund der gefühlten Hitze dort vermuten muss, gestehe ich an dieser Stelle: Ich habe mich tatsächlich in einem unbeobachteten Moment hingesetzt und versucht, laut in den leeren Raum hinein so etwas wie ein Gebet zu formulieren. Begleitet wurde ich dabei von extremen Schweißausbrüchen, zitternden Händen und Knien und einer Frage, die sich in meiner linken Gehirnhälfte zu formen begann: „Was geschieht denn hier gerade mit dir? Bist du im Begriff, dich deiner Zurechnungsfähigkeit endgültig zu entledigen?" Ich wollte wahrscheinlich mal wieder gehorsam sein, wie ich es einst durch die von zartfühlendem Wohlwollen getragenen schlagkräftigen Erziehungsversuche meines liebevollen Vaters gelernt hatte. Natürlich blickte ich deswegen dem nächsten Besuch jener Herrschaften mit großen Versagensängsten entgegen.

Allerdings brachte sich vorher jemand anders wieder in Erinnerung...

Es war natürlich jene fleischlippige ältere Dame, die ihren terminfrei angekündigten gelegentlichen Rückbesuch wohl genau zur rechten Zeit erledigte. Ich konnte kaum noch nachvollziehen, dass ich mich mal gestört gefühlt hatte durch ihr lebensrettendes Vorsprechen. Ich hatte doch fast vergessen, dass in mir ja schon mal eine Ahnung darüber gereift war, was meine Bestimmung sein würde.

Natürlich bat ich sie sofort herein, als sie so unerwartet an meiner Tür klingelte. Wenn ich heute versuche, die Freude, die ich bei ihrer Wiederkunft empfand, wiederherzustellen, um sie besser zu begreifen, dann fällt mir nicht nur der Wunsch ein, mehr zu erfahren über diese unglaublichen Wahrheiten; die Möglichkeiten, die sich hier für jedermanns Leben auftaten.

Da schwingt auch eine diffuse Erinnerung an ein Gefühl der Erhabenheit mit, einem Menschen, der unter ständiger heftiger Ablehnung seinen Dienst verrichtet, Zuwendung zu schenken. Dieser Heiligenschein verursacht mir schon lange erhebliche Kopfschmerzen, trotzdem kann ich sagen, dass mir ihre Freude darüber, erwünscht zu sein, ein sehr erregendes Gefühl der eigenen Aufwertung bereitete.

Ich fühlte mich wie der in einem häufig bemühten Klischee erwähnte Schwamm, der alles aufsog, was ihm flüssig genug in die Nähe kam. Und ich saugte es so schnell auf, dass ich ständig

Nachschub benötigte. Und diese liebe Dame war einfühlsam genug, ihre Unfähigkeit zu erkennen, mich hierin zu befriedigen.

„Härr Schenöfoa, sähnse; isch bin eene Fräu un sie sähn een Mann. Da kenntn de Nachbarn uff dumme Schedangn gömmn, wänn isch se immoa wiedoa besüüchen düü." Während ich versuchte, die Phantasien der Nachbarn, diese Frau und mich in ein gemeinsames Bild zu drücken, erklärte sie, sie wollte mich wieder aufsuchen in Begleitung eines männlichen Wesens, um dann mit mir ein rischtsches Bibelstudschum dorschzufiehrn. Wir machten auch gleich den nächsten Termin aus. Mich hat nichts anderes mehr so sehr interessiert wie diese nie gehörte Botschaft.

Gleichzeitig war ich aber auch sehr gespannt auf den Nachmittag mit den Vertretern der anderen Fraktion, der für das schon in drei Tagen mit relativer Sicherheit zu erwartende Wochenende angesetzt war. Nicht nur wegen des angekündigten Diavortrags, der Aufklärung versprach, was das Rätsel um die Bedeutung allen Seins betraf; ich wollte sie auch unbedingt mit den nun wieder aufgefrischten Wahrheiten konfrontieren, die sich völlig von allem unterschieden, was sonst aus geistlichen Mündern so hervorquillt.

Dann war es so weit: sie kamen, ergriffen das Zepter der Gestaltungsverantwortung für die folgenden Stunden und begannen gleich damit, in unserer Küche das versprochene Popcorn zu bereiten. Bei der Gelegenheit erzählte ich schon mal von den Dingen, die ich bereits wusste über die Bibel. „Seien Sie vorsichtig. Die Leute, die Ihnen so etwas erzählen, sind betrügerische Sektierer. Und außerdem hat Gott heute nicht nur die Bibel, um sich den Menschen mitzuteilen; doch warten Sie mal unseren Vortrag ab nachher. Dann können wir über all diese Fragen sprechen."

Nachdem das Hauptnahrungsmittel vieler leidenschaftlicher Kinogänger den Weg aus der Pfanne in unsere Mägen gefunden hatte, während wir unser Gedächtnis anhand des spannenden Spiels des Erinnerns trainierten, bauten sie ihre Gerätschaften im Wohnzimmer auf. Fenster verdunkelt, dann ging es los.

Zarte Musik, die man heute vielleicht dem Bereich des New-Age-Gesäusels zuordnen würde, erfüllte den Raum. Ein Mann schlenderte (im Bild festgehalten, nicht gefilmt; aber man hat ja auch Fantasie) durch einen Wald, dem die Sonne im Spiel mit dem Grün der Blätter einen zauberhaft romantischen und dabei doch auf geheimnisvolle Weise erkenntnisfördernden Ausdruck verlieh. Das musste die Umgebung sein, in der sich ein suchender Mensch den oft gestellten, tiefgreifenden Fragen aussetzt: „Wo komme ich eigentlich her und warum? Und was soll das überhaupt?". Dann kam das nächste Bild, und eine sanfte, aber doch Autorität ausstrahlende sonore

Männerstimme fragte uns, die wir ergriffen schaudernd zuhörten: „Hast du dich auch schon oft gefragt ‚wo komme ich her, was ist meine Bestimmung hier auf der Erde und wo gehe ich hin?'"

Die Schönheit dieser Bilder und der fraglos tiefe Gehalt dieser Konfrontation mit dem Unausweichlichen haben den weiteren Vortrag in den Bereich süßen Vergessens geschoben. Nur eine weitere Darstellung und die dazugehörende Aussage konnten diesem Schicksal entgehen. Es waren schöne, Weichheit und durch ihren Anblick unendlichen Frieden verströmende Wolken, zwischen denen nicht minder schöne junge Menschen in wallenden, zartrosa und blassblau getönten Nachthemden einherwandelten. Ich glaube, es waren auch Harfen mit im Spiel. Und der Sprecher murmelte einen Satz, von dem mir nur die Worte „ewige Glückseligkeit" im Sinn geblieben sind.

Wir wussten nicht, ob wir lachen oder weinen sollten, darum entschieden wir uns gegen beides. Ich stellte dann einige Fragen, die auf meinen bisherigen Erkenntnissen beruhten, bekam seltsame Antworten, zum Beispiel, dass Gott und Jesus Wesen „aus Fleisch und Bein" seien. Ich fragte dann etwas töricht, wie ich mir zwei Was-auch-immer in einem leeren Raum vorstellen soll, vor Erschaffung des Himmels und der Erde, also des gesamten Weltalls, so ganz ohne Boden unter den Füßen, ohne oben und ohne unten; ob der Kreislauf da nicht verrückt spielen würde. „Nicht Fleisch und Blut", sagten sie: „Fleisch und Bein!". – „?" - Sollte ich ihnen verraten, dass es mir schwerfiel, das als Antwort auf meine Frage zu werten? Ich konnte jedenfalls nicht deutlich machen, was mir an dieser Vorstellung Schwierigkeiten bereitete.

Es war aber auch offensichtlich, dass es einige Übereinstimmungen gab. Sowohl zwischen ihren Ausführungen und dem, was mein kleines blaues Büchlein mir vermittelt hatte, als auch den Äußerungen, die mitunter aus landeskirchlichen Mündern und Schriften zu hören und zu lesen sind.

Ich fragte, beseelt von Klug- und Weisheit, ob sie denn nicht alle dasselbe Ziel hätten und ob man nicht zueinander finden könnte, indem man die Verschiedenheiten ausklammert und sich mithilfe der Gemeinsamkeiten aufeinander zubewegt. Das „Ja", das ich daraufhin zugesprochen bekam, überzeugte mich nicht wirklich. Aber die eingeplante Zeit war auch um. Wir vereinbarten einen weiteren Termin. Sie würden dann näher auf unsere Fragen eingehen.

Es dauerte nicht sehr lange, dann klingelte es wieder an meiner Tür. Der Leser ahnt, wer vor mir steht: Es. Mein Schicksal. Noch nicht jünger geworden, um den fleischigen Mund immer noch die für ein gewisses Alter üblichen Lippenschürzfalten, äußert sie in ihrem noch sympathischeren als bei den ersten beiden Besuchen Sächsisch die Worte: „Guden Dach, Härr Schenöfoa. Känn'n se sisch an misch arinnrn?" Ich konnte. Bestimmte Gesichter, Daseinsformen und Kommunikationsweisen kann man einfach nicht vergessen. Im Gegensatz zu dem vereinbarten Termin, der meinem doch eigentlich noch so jungen und vermeintlich funktionstüchtigen Speicher völlig entglitten war.

Neben ihr stand aber kein für eventuell spähende Nachbarn unverfänglicher Mann, sondern etwas, das wie eine Frau aussah. Warum das jetzt gemein klingt, weiß ich nicht. Ein Gegenstand lenkte meine Aufmerksamkeit ungebührlich auf sich. Ziemlich banal: es handelte sich um eine Feder. Ziemlich lang, ziemlich schillernd. Grün, glaube ich mich zu erinnern. An einem Hut, filzig grün (genau: die Feder war eher blaugrün - oder grünblau?).

Und dann war da eine Brille, eine schwarzgefasste. Sehr streng wirkend. Unter einer ebenmäßig schönen, leicht gewellten Nase öffnete sich ein Mund, der mit scharf gezeichneten, unglaublich roten Lippen freundlich-strenge Worte äußerte, die mich dazu brachten, sie (die beiden Damen, nicht die Lippen – obwohl – die zwangsläufig auch) hereinzubitten.

Wir sprachen zunächst über Dinge die ich schon wusste. Ich stellte Fragen, deren Antworten ich schon kannte. Auch wieder so ein seltsames Verhalten; aber jede andere Art von Fragen hätte mich ja in eine unsichere Position gebracht - gesprächstechnisch. Ich vermeide auf diese Weise, dass andere etwas Wahres über mich erahnen. Stattdessen zeige ich nur den, der ich gerne sein will, soweit ich das überhaupt weiß.

Einige ihrer Aussagen wichen inhaltlich sehr stark von dem Bild ab, das das Konkurrenzteam vom christlichen Glauben vermittelt hatte. Das heißt, eigentlich war es ja umgekehrt; schließlich hatte ja zuerst ihr kleines blaues Buch in meinen Händen gelegen, und die amerikanischen Herrschaften gaben später Abweichendes von sich. Aber „ich war zuerst da" gilt hier natürlich nicht. Entscheidend war, dass mich diese Unterschiede verwirrten.

Doch es gab einen Ausweg, der mir sehr naheliegend erschien. Ich erzählte ihnen von dem Besuch ihrer, wie ich dachte, Glaubensgenossen, bekam aber fast die gleiche Antwort wie jüngst von jenen: „Seien Sie vorsichtig! Das sind gefährliche Sektierer, die leichtgläubige Gemüter irreführen". „Es wäre mir eine große Hilfe, wenn ich Sie beide mal gleichzeitig hier hätte", versuchte ich tapfer zu beharren. „Sie würden dann deren Ansichten besser kennenlernen und umgekehrt und ich könnte die Gründe besser verstehen, warum Sie in manchen Punkten so verschiedene Ansätze haben".

Guter Vorstoß, Eugen. Geht aber ins Leere: „Sehen Sie, Herr Genova, Wir halten von derartigen Diskussionen überhaupt nichts; das führt nur zu Streitereien um Worte, die niemandem nützen. Unser Angebot an Sie ist da wesentlich hilfreicher. Wir bieten den Menschen kostenlose Heimbibelstudien an, die sie in die Lage versetzen, Antworten auf ihre Fragen selbständig zu finden. Sie können diese jungen Männer ja gerne weiterhin zu einer anderen Zeit hier empfangen und sich dann ein eigenes Bild machen." Na danke, da bin ich aber froh diese Erlaubnis zu haben, dachte ich. Wir tauschten noch ein paar Gedanken und Nettigkeiten aus und vereinbarten einen Termin, der dann der Beginn dieser Belehrung sein sollte.

Schon zwei Tage später waren die anderen beiden wieder da, und erklärten mir, dass die andern Anderen erstens die Bibel ganz falsch auslegen und außerdem, wie alle übrigen Gruppierungen auch, nicht wissen, dass es neben der Bibel noch ein weiteres Buch göttlicher Offenbarung gibt, weil Jesus nämlich damals nach seiner Auferstehung auch einen Trip nach Amerika gemacht hat, um den verlorenen Stämmen Israels das Evangelium zu verkünden.

Zwar nicht allen, sondern nur den guten, die sich an die Gebote Gottes hielten. Es gab nämlich auch solche, die vom Glauben abgefallen waren. Im 5. Jahrhundert kam es dann wohl zum Kampf zwischen diesen beiden Gruppen; passiert ja manchmal zwischen Menschen, die Verständigungsschwierigkeiten haben; selbst wenn sie dieselbe Sprache sprechen oder sogar miteinander verwandt sind. Na ja, die Bösen haben damals gewonnen und die Guten ausgerottet. Dafür sind sie dann aber auch bestraft worden von Gott. Mit einer dunklen Hautfarbe. Daraus sind dann die Indianer hervorgegangen. Das haben sie nun davon. Der letzte Überlebende aus der Klasse der Rechtschaffenen hat als Prophet die Geschichte auf goldenen Platten niedergeschrieben und dann Anfang des 19. Jahrhunderts als auferstandener Engel einen jungen Amerikaner dorthin geführt und ihm den Inhalt der nur für Eingeweihte lesbaren Schrift erschlossen. Dieser gesegnete Herr, ich glaube er war sogar Analphabet, was das Wunderbare an der ganzen Situation noch wesentlich wunderbarer macht, schrieb dann alles in einer auch für seine normalen Zeitgenossen lesbaren Schrift und Sprache ab. So entstand dieses neue Werk himmlischer Inspiration und Gnade, die Platten konnten wieder weggepackt werden, weil man ja jetzt etwas zum Abschreiben hatte und offenbarungsmäßig auf dem neuesten Stand war.

Wenn man nun beim Lesen der Bibel mit Unklarheiten zu kämpfen hatte, gab es eine neue Richtschnur, die zur Klarheit hin gespannt war. Da also meine Erstbesucher dieses Buch bestimmt nicht respektierten, war von vornherein klar, dass sie auf der falschen Seite standen. Jetzt packte mich der Schelm in mir und fragte nach, ob man Interesse an einer Diskussionsrunde hätte, wie ich sie schon den oben Genannten vorgeschlagen hatte. Diese beiden waren offener und wollten mir gern behilflich sein. Sie wiesen gleich noch auf einige andere Lehrpunkte hin, die die Falschheit des Falschen noch deutlicher machten, und verabschiedeten sich freundlich und siegesgewiss mit Gebet und Handschlag.

Dann nahte der Tag der Konfrontation. Mein Gewissen rührte sich und mich. Ich wusste einfach nicht, wie ich damit umgehen sollte, so sträflich leichtsinnig mit den Wünschen der netten Damen umgegangen zu sein. Sie würden bestimmt sehr traurig, wenn nicht gar verstimmt sein über mein eigenmächtiges Handeln. Zum Glück fand ich eine Lösung: das Gebet. Der Schöpfer, der uns unseren Verstand geschenkt hatte, konnte bestimmt auch Einfluss auf unser Denken und Handeln nehmen. So betete ich zuversichtlich, dass diejenigen, die nicht die wahren Wahrheiten vertraten, doch bitte zu diesem Date nicht erscheinen sollten.

Es klingelte, das heißt, sie, die Damen, klingelten. Ich begrüßte sie mit freundlichen Worten und klopfendem Herzen, wir setzten uns und ich war sehr abgelenkt durch meine Befürchtungen. Die Aufregung wuchs in den nächsten Minuten, weil es bestimmt gleich wieder klingeln würde. Was sollte ich bloß sagen, um mein Verhalten zu rechtfertigen?

Eine Viertel Stunde später flaute dieses Gefühl allmählich ab. Niemand betätigte den Knopf neben der Wohnungstür; Wahrscheinlich war der Weg von Amerika zu mir heute zu weit oder sonst irgendwie unüberwindlich. Sie kamen nicht. Nicht an dem Tag und auch an keinem anderen. Jetzt war klar, wer die Wahrheit hatte und wir konnten mit dem Studium loslegen. Ich verbannte alles aus meinem Gehirn und meinem Herzen, was mich aus jener Richtung beeinflusst hatte, und konzentrierte mich ganz auf den Stoff, den ich ja schließlich schon nach dem ersten Kontakt als richtig erkannt hatte.

An das folgende Gespräch erinnere ich mich nicht mehr, wohl aber an ein Gefühl, plötzlich etwas wert zu sein. Ich habe Bibelstellen so schnell aufschlagen können; meine Wertschätzung war so deutlich erkennbar; meine offensichtliche Liebe zur Wahrheit, die sich in meinem Forscherdrang zeigte. (Eigenartigerweise war dieser später, als ich längere Zeit „dazugehörte", nicht mehr so sehr gefragt, weil er mich grundlegende Erkenntnisse, die doch längst etabliert waren, bezweifeln ließ.)

Wir vereinbarten, uns nun regelmäßig zu treffen, um ein „richtiges" Bibelstudium durchzuführen.

Diese Meetings wurden für mich ganz schnell zu den Highlights der Woche. Immer pünktlich um 10.00 Uhr (ich glaube mittwochs) klingelte es an der Tür. Dieses Geräusch um diese Zeit, an diesem Tag unterschied sich seltsamerweise deutlich von dem, welches dasselbe Gerät zu irgendeiner anderen Zeit, verursacht durch andere Leute, machte.

Die Leitung war schnell auf die „federführende" Frau übergegangen, und als es draußen wärmer wurde, blieb mir auch der Anblick dieses besagten Hutes erspart, an dem sie(die Feder)mit aufrechter Haltung wie ihre Besitzerin steckte; und an den Eindruck freundlich-verhaltener Strenge, hervorgerufen durch den dunklen Brillenrahmen in Verbindung mit diesen so wissend in den äußersten Mundwinkeln doch geringfügig lächelnden scharfkantigen roten Lippen, gewöhnte ich mich. Dieses Bewusstsein einer wohlwollenden Autorität über mir vermittelte ein Gefühl angenehmer Geborgenheit. Ich konnte dann auch mal ärgerlich sein über Verständnislosigkeit vermittelnde Aussagen oder ebensolche Antworten auf meine törichten Fragen, ohne das wirklich zeigen zu müssen. Sie hatte wohl eine gute Art, in das für ihre besondere Lehrmethode typische Frage- und Antwortspiel eine gewisse Tiefe zu legen, indem sie durch Zusatzfragen auf verborgene Inhalte hinwies und auch angegebene Bibelstellen im weiteren Zusammenhang lesen ließ.

In all diesen handlichen bibelerklärenden Taschenbüchern sind die Absätze durchnummeriert, und zu jedem Absatz bzw. einer Gruppe von zwei oder drei solcher werden in der Fußzeile Fragen gestellt, denen die selbe Nummer voransteht wie dem Absatz. Nun – und dem findigen Leser fällt dann auf, dass in diesem – nicht zu schwierig verborgen – die Antwort zu finden ist. Wird nun von dem Studienleiter – in meinem Fall besagte Dame – die Frage verlesen, tut man als weiser Student gut daran, die Antwort aus dem Absatz nicht nur vorzulesen – nein! Mit eigenen Worten sollte man zeigen, dass man den Gedanken verstanden hat.

Man kann jedoch bei diesem Heimbibelstudium, das einen ja erst allmählich in die tieferen Aspekte des Gehorsams einführt, auch mal etwas hinterfragen. Kein halbwegs intelligenter Mensch wird erwarten, dass man alles gleich versteht und annimmt. Aber die Erklärung, die dann erfolgt, sollte man schon entweder verstehen oder wenigstens akzeptieren; denn Gott liebt die Demütigen, den Hochmütigen aber widersteht er. Ganz schön sogar.

Durch diese Art zu *lehren* hat sie mich im Drang, genauer nachzuforschen, sehr bestärkt. Und durch ihre Art zu *loben* bestärkte sie mich darin, in frühzeitiger Unterwerfung meine eigenen Einwände zu ignorieren.

Darum muss ich mir leider anlasten, dass ich mich (vielleicht eine abgeschwächte Form der Eitelkeit) bei Fragen, die Zweifel an biblischen Aussagen und diversen Gedankenklischees formulierten, mit der ersten, spätestens aber mit der zweiten Antwort zufrieden gab. Ich war wirklich *nicht* zufrieden, habe aber unerklärlicherweise nicht weiter nachgehakt.

Wenn ich über die Gründe für diesen anbiedernden Umgang mit der Situation nachdenke, fallen mir spontan zwei ein: in dem Bewusstsein, dass sie meine Frage nicht verstanden oder wegen Ähnlichkeiten mit häufig auftauchenden Fragen voreilig am Inhalt vorbei argumentiert hat, überforderte mich der Gedanke daran, nach Worten zu suchen, mit denen ich einen weiteren Versuch starten konnte. Und dann wollte ich natürlich auch „Mammi" nicht traurig machen durch trotzigen Widerspruchsgeist. Es ist viel schöner, gemocht zu werden, weil man schön lieb ist. Und dann ist da ja auch noch das wohltuende Lob für das schnelle Wachstum in der Erkenntnis und für die Demut, die man offenbart, wenn man bereit ist zu warten, bis die allein wahre leitende Dienerschaft von ihrem allein wahren Gott neues allein wahres Licht bekommt.

Also meine Erziehung in der Gerechtigkeit Gottes funktionierte einfach nur großartig. Ich habe natürlich nebenbei auch die neuesten Ausgaben der Zeitschriften gelesen und spürte, wie die Naherwartung des unmittelbar bevorstehenden Endes meinen Wunsch nährte, Gott meine Dankbarkeit zu zeigen, indem ich ihm genauso eifrig diente wie diese vorbildliche demütig-emanzipierte unterwürfige Frau. Im Rahmen unserer Bibelbetrachtung berichtete sie natürlich auch von ihren Erlebnissen im Predigt- und Lehrwerk des Herrn. Durch ihre Kommentare zu den Reaktionen der Menschen habe ich, schon bevor sie mich persönlich kritisieren musste, gelernt, welches Verhalten Gott wohlgefällig ist. Und natürlich freute ich mich darüber, mehr wert zu sein, als ich mir selber zugestehen konnte. Ich wusste das nicht, aber ich spürte es; und dieses Gespür förderte mein geistiges Wachstum.

In der Folge brachte sie auch andere Damen unterschiedlichen Alters mit, so dass ich im Laufe der Zeit zumindest die weibliche Seite der wahren Anbeter immer besser kennenlernte. Da typisch männliches Denken – woran immer andere das auch erkennen mögen – mich schon immer abstieß, so wie ich es seit meiner Kindheit erfahren hatte, kam ich mit der seltsamen Art, Belehrungszeit mit Tratsch zu verbinden, mehr oder weniger klar. Allerdings war ich auch gelegentlich ungehalten, wenn von der einen Stunde, die uns zur Verfügung stand, nur ein Viertel für die Stoffbetrachtung blieb. Aber ich habe höflich lächelnd darüber hinweg gesehen. Man kann sich auch leise ärgern. Außerdem war es ihre Freizeit, die die lieben Damen für mich opferten.

Während wir den Stoff aus diesem blauen Buch, den ich ja eigentlich schon verstanden hatte, durchkauten, erhielt ich wegen meiner Wertschätzung immer neues Material, das mich mit dem Denken und allgemeinen gruppentypischen Verhalten vertrauter machte. Jedes dieser Bücher begeisterte mich wegen der scheinbar differenzierten Auseinandersetzung mit bibelbezogenen Fragen; jedes löste aber auch gelegentlich Widerspruch aus, der sich nicht selten in Wut steigerte. Betroffenheit! – Wie kann ich denn wütend werden, wenn mich diese gute Botschaft doch so positiv berührt?

Denke ich heute darüber nach, habe ich den Eindruck, dass mich zunächst die Botschaft eines bevorstehenden Wechsels beeindruckte, der mich den vielen Verantwortlichkeiten entheben würde, die das Leben in dieser Gesellschaft mit sich bringt oder zumindest für *mich* damals zu bringen schien. Zum Beispiel musste ich mir keine Gedanken mehr darüber machen, was ich beruflich mit meinem Leben anfangen sollte. Ich möchte ausschließlich als Verkündiger für Gottes Königreich arbeiten, denn nichts anderes macht Sinn in dieser knappen verbleibenden Zeit.

1975 – in Worten neunzehnhundertfünfundsiebzig – enden 6000 Jahre Menschheitsgeschichte. Das bedeutet, dass in etwa zwei Jahren der siebte Tausendjahr-Tag beginnt, wie der Sabbat, der siebte Tag, an dem Gott ruhte, das Millennium, von dem in der Offenbarung die Rede ist: die tausend Jahre, in denen das Paradies wiederhergestellt und die Menschheit zur Vollkommenheit zurückgeführt wird, die Adam in jenen so weit zurückliegenden Jahren so leichtfertig vergeigt hatte.

Unmissverständlich wurde vor Augen geführt, dass jemand, der wirklich an Gottes Verheißungen glaubt, weiß, worauf er sein Augenmerk zu richten hat, denn dieser herrlichen Wiederherstellung geht eine unbeschreibliche Drangsal voraus, die im Krieg des großen Tages Gottes gipfelt, durch den alle Bösen, also alle, die der Verkündigung durch die treuen und eifrigen Boten Gottes keine

Beachtung geschenkt haben, vernichtet werden. Wenn die Menschen in solcher Gefahr schweben, ist es selbstverständlich, dass man sein Äußerstes tun sollte, ihnen den Weg der Rettung zu zeigen. Und das wollte ich. Mein Herz brannte.

Aber zunächst war da noch viel Erkenntnis zu vertiefen. Nicht nur durch Lesen. Sehr wichtig ist es, mit seiner ganzen Persönlichkeit in die Gemeinschaft hineinzuwachsen. Dazu gehört natürlich regelmäßiger Versammlungsbesuch. Angst! Wenn es Orte gab, wo ich nicht sein wollte, dann solche, an denen sich viele Menschen aufhielten. Eine Ansammlung von mehr als drei Menschen außer mir erschien mir schon unerträglich.

Da ich aber immer wieder freundlich eingeladen wurde, doch mal mitzukommen, gebrauchte ich zunächst meine Frau als Vorwand und versicherte glaubhaft, dass wir alles zusammen zu tun pflegten und ich deswegen erst mitkommen würde, wenn sie bereit wäre, mich zu begleiten; was mir auch wieder ein großes Lob einbrachte. Jetzt musste ich diese mich damals mehr oder weniger durchs Leben begleitende Dame nur noch dazu bringen, mein neues Interessengebiet nicht mehr so bescheuert zu finden. Sie hat davon nicht genug mitbekommen, um eine wie auch immer geartete Entscheidung zu fällen. Sie war ja nicht im Haus, wenn wir unsere Dreipersonentreffen veranstalteten, und jeder Versuch, ihr etwas von der Erhabenheit dieser Geistesduschen zu vermitteln, machte sie höchst ungehalten.

Und dann kam der unvermeidlich zu erwartende Tag, an dem sie frei hatte. Fast jeder arbeitende Mensch hat früher oder später mal einen freien Tag. Zumindest war das damals so, in der Zeit vor Hartz IV, als Menschen sich noch nicht aus Not alles gefallen lassen mussten, was ihnen von denen, die sich Macht dazu anmaßten, zugemutet wurde.

Und wann hatte sie frei? Richtig! Am Tage unserer Miniversammlung. Ob das ein Grund zur Freude war, konnte von mir allerdings noch nicht so deutlich erkannt werden.

Wir saßen am Frühstückstisch; ich angezogen in der Erwartung meiner Gäste, sie im Nachthemd, vermutlich mit der gleichen Erwartung, aber mit anderen Zielvorstellungen.

Das rhythmische Geräusch in uns, das, wenn es zum Bewusstsein vordringt, gar schneller und lauter werdend Aufschluss über unseren Gemütszustand zu geben vermag, zeigte nun auch mir unmissverständlich, dass meine Erregung wuchs. Welche Erregung? Weit davon entfernt, erotische Bezüge zu haben, wies sie auf den Zusammenhang hin zwischen einer noch halbvollen Kaffeetasse am

Platz mir gegenüber, einem etwas provozierenden Lächeln, der Tatsache, dass es gleich klingeln würde, und dass der Bereich des Tisches, an dem wir normalerweise unsere Bücher ausbreiteten, noch von Margarine, Marmelade, ein wenig Fleisch- und Wurstwaren, einer Käseplatte, der Kaffeekanne, Kondensmilch und Zucker, Essbesteck und -geschirr, Aschenbecher und was dazu gehört in Anspruch genommen wurde. Ach so! – Ein Glas Honig war da auch noch.

Über dem Tisch schwebte wie das akustische Gegenstück eines Grinsens der trotzdem lautlose Satz: „Na, mal sehn was er jetzt macht." Das klopfende Geräusch stieg höher und wurde lauter und körperlich spürbar. Im Kopf setzte ein mir auch heute noch vertrautes Kribbeln ein, das, wenn es gelegentlich auftaucht, immer äußerst angenehm unheilsschwanger meinen Handlungsspielraum einengt. Der Vorgang des Aufstehens und des Tischabräumens *ereignete* sich mehr, als dass man es bewusst gesteuertes Handeln nennen konnte; auf eine Weise, die weder in gemäßigtem Tempo noch in verhaltener Lautstärke ablief. Da waren auch Worte, Laute (ja: auch laute Worte), die ungedämpft aus meinem Hals strömten und einen zügigen Aufbruch ihrerseits zur Folge hatten.

Als es dann kurz darauf klingelte, waren der Tisch und mein Gemüt frei für das regelmäßige Mittwochsanliegen.

Obwohl – mein Gemüt doch nicht so ganz. Die freundliche Dame, die mich so konsequent in ihre Wahrheit, d.h. den gewünschten Denk- und Verhaltenskodex einführte, begann unsere Sitzung immer mit einem Gebet. Auf diese Weise gerät man nicht in die Gefahr des Argwohns gegenüber dem gemeinsam erarbeiteten Lehrstoff, weil man alles der Leitung des wohlwollend zuschauenden Schöpfers unterstellt; auch die eigene Einstellung während der Besprechung.

Ich hatte aber gerade eben unbeherrscht meine Frau angebrüllt. Das geht doch nicht. Während die Frau Vorsitzende ihr In- die-Gemeinschaft -reinwachsen-lass-Gebet sprach, dachte ich für mich mein eigenes. Also nicht diese Reinwachsgeschichte. Ich bat um Vergebung für meinen Wutausbruch und darum, dass er meiner Frau diesen Widerstandsgeist nehmen und sie doch zur Besinnung kommen lassen möge. Und was soll ich sagen?! Kurz darauf geht die Tür auf, eine richtig freundlich lächelnde, nicht mehr nachtbehemdete Frau mit einer unglaublich herzlichen Ausstrahlung betritt das Zimmer und begrüßt die Gäste mit kräftigem Händedruck. Sie fragt, ob sie noch mal einen Kaffee kochen soll, tut das dann auch und setzt sich zu uns. Meine erstaunte, nach innen gerichtete und darum stumme Frage, um wen es sich hier handelt, kann ich mir mit etwas angewandter Logik glücklicherweise schnell selbst beantworten. Und auch Du, mein geduldiger Zuhörer, benötigst sicher keine weitere Aufklärung.

Dieses mein damaliges Weib blieb für den Rest der Sitzung bei uns und bereicherte sie durch – wie fassungslos ich doch auch jetzt noch im Rückblick bin – ja, ich war fassungslos – interessiertes Fragen interessanter solcher. Die Freude und das Ergriffensein von der Erhabenheit des Augenblicks, vor allem vor dem Hintergrund einer so unvorstellbaren Gebetserhörung ließen fast meinen Körper austrocknen, weil sich die gesamte im Angebot stehende Flüssigkeit im Bereich meiner Sehorgane sammelte.

Diese so unsagbar gesegnete Sitzung beendeten wir außer natürlich mit einem Gebet mit einer Terminabsprache, die nunmehr auf den Nachmittag abzielte, weil wir ab jetzt immer gemeinsam „studieren" wollten. Diese Art von Gemeinsamkeit hatte natürlich Folgen, denn unsere Beschulerin erzählte immer wieder von den Höhepunkten ihrer Zusammenkünfte, und meinen Ausreden war jetzt durch die Mittäterschaft meiner Frau offensichtlich der Boden entzogen worden.

Das erste Mal im Saal

Mein (besser „unser", denn wir erschienen im familiären Viererverbund) erster, von meiner Seite eher ängstlich verhaltener Kontakt mit den Gläubigen als Menge, in ihrer Versammlungsstätte, war das Schönste, was ich je in der Begegnung mit Menschen erlebt hatte.

So wie ich aussah, hatte ich in den Jahren davor in meinem Umfeld nur Ablehnung provoziert und mich herrlich außenseiterisch dabei gefühlt - irgendwie hippiemäßig revolutionär. Aber hier kamen Angstgefühle auf, weil ich spürte, es passte an dieser Stelle nicht.

Die ungeheuchelte, freundliche und außergewöhnlich herzliche Begrüßung von allen Seiten nahm mir sofort jegliche Unsicherheit. Jedes einzelne lachende Gesicht jenes Tages hat nach fünfunddreißig Jahren nichts von seiner Wirkung verloren. Die Gesamtheit dieses Eindrucks überstrahlt mit großer Leuchtkraft selbst den unglaublich langweiligen Vortrag mit der anschließenden Betrachtung des Studienartikels der Verkündigerpostille. Und auch die vielen weiteren folgenden. Die meisten Vortragsredner waren schließlich Laien, die zunächst einmal treusorgende Familienväter waren, ohne besondere Schulbildung. Wie Petrus und all diese anderen „ungebildeten Leute".

Ich fühlte mich sofort an- und aufgenommen, was absolut nicht meinen Lebenserfahrungen entsprach; nicht nur in der Langhaar- und Struwwelbartphase, sondern zurück bis in die allerersten Kindheitserinnerungen.

Hatte ich vorher im „Bibelstudium" gelernt, dass Jesus seine Jünger an der Liebe kenntlich gemacht hatte, die sie untereinander hätten, könnte ich hier sagen, dass ich mich von ihr fast erschlagen fühlte, wenn das nicht so ein destruktiver Begriff wäre.

Die bemerkenswerteste aller Erinnerungen ist allerdings das unbeschreiblich breite, zähnebleckende Lachen einer Frau, die jetzt „meine" ist, geheiratet 33 (in Worten dreiunddreißig) Jahre danach. Ein Grinsen, verstärkt durch ein Augenpaar, das mich rückblickend an die irre Grinsekatze aus Disneys Version von „Alice im Wunderland" erinnert. Irgendwie hypnotisch; sollte darüber vielleicht lieber noch mal nachdenken, saust es mir gerade durch den Sinn. Aber warum eigentlich? Diese Irre ist jetzt meine Frau. Fertig. Das konnte ich damals natürlich noch nicht einmal ahnen, und da waren ja noch all die anderen Mienen, Gesten, Worte und auch Beobachtungen ohne direkten Kontakt: die Menschen, die in kleinen Gruppen oder auch nur zu zweit zusammenstanden und sich überwiegend fröhlich unterhielten.

Es herrschte (zusammengefasst) eine Atmosphäre von greifbarer und lustig hörbarer Freiheit, wie man sie vielleicht von einem Kindergarten kennt, aber keinesfalls mit „Kirche" assoziiert.

Soll inzwischen ja heute auch hier und dort schon anders sein (auf die Kirchen bezogen), was auch unseren neuen Erfahrungen entspricht.

Ein weiteres bewegendes Moment tauchte dann auch noch aus dieser heiter lärmenden Menge auf: ein Bursche, ziemlich genau in meinem Alter, stürmte auf mich zu und ergoss die Worte „Eugen, Mensch, so eine Freude" über mich.

Der Gü? – Ja! Der Günter.

Das interessiert wahrscheinlich keinen, aber mit diesem Günter hatte ich bis zur neunten Klasse die Schulbank gedrückt. Dann musste ich leider meine Wertschätzung für den Lehrstoff dieses Jahrgangs beweisen, und unsere Wege trennten sich, weil er den nächsten Level erreicht hatte. Ich eben nicht.

Und jetzt steht er vor mir.

Dieser Günter. Der *auch* immer einer der letzten zu wählenden Spieler gewesen war, wenn für das Fußballspiel im Sportunterricht die Mannschaften zusammengestellt wurden. Ein sehr verbindendes Element damals.

Der dann *auch*, begleitet von den freundlichen Ermahnungen aller Beteiligten, „ja keine Scheiße" zu „bauen", ins Tor geschoben wurde. Dieser Günter. Wie sich herausstellte, der Ehemann der vorhin erwähnten Irren. Die jetzt meine Frau ist.

Dieser Günter also. Eigentlich kein Wunder: im Sport beide die absoluten Flaschen. Beide auch in anderen Fächern gerne von den Lehrern bei intellektuellem Versagen in die ironische Schablone „Religion gut, Kopfrechnen schwach" gedrückt; auch wenn es da meistens weder um Religion noch um Mathe ging. Ist aber immer gut für einen Gag, wenn man als Unterrichtender gelegentliche Probleme mit Autoritätsverlust durch Scherze ausgleicht, die auf Kosten der „Loser" solidarische Lacher der sonst Widerspenstigen auslösen.

Dieser Günter also jetzt hier. „Der war doch aber immer so intelligent", habe ich oft von Leuten gehört, die Schwierigkeiten damit haben, derartige Veränderungen im Leben eines Menschen zu verstehen. Ein ähnlicher Gedanke schoss auch mir jetzt durch den Kopf; allerdings mehr als Bestätigung für die Sache denn als Relativierung seiner Klugheit. Für mich eine kleine zusätzliche Stütze, weil ich von verschiedenen Seiten häufig nach dem Wohlergehen meiner „Betschwestern" gefragt wurde, denen man gerne eine leichte Neigung zur Torheit zu unterstellen versuchte. Bis zu diesem ersten Besuch einer Versammlung hatten ja - wie schon erzählt - meine einzigen Kontakte mit der göttlichen Crew in unseren häuslichen Zusammenkünften, den „Bibelstudien", bestanden. Dieses Wort vermittelt zwar auch einen gewissen Bezug zu Intelligenz, aber jene schon beschriebenen Sitzungen verliefen überwiegend auf einer eher emotionalen Basis, und begannen auch häufig mit Gesprächen über intolerante, gemeine und böswillige ungläubige Ehemänner oder die aktuellen Unpässlichkeiten der mich sorgfältig beschulenden Damen, weil man ja nicht immer sofort in die schwierige Materie eindringen kann. Oft blieben sie (eher *wir*, denn ich legte ja, wie schon eingestanden, keinen Einspruch als Schranke vor die thematischen Seitensprünge meiner Lehrerinnen) dann in dieser leidensvollen Thematik hängen.

Diese erfuhr gelegentlich auch eine Steigerung zu handfesten Krankheiten, weil der Zusammenhang dann auch schon mal Gelegenheit bot, über die Arroganz und Torheit „der" (ja; wirklich so verallgemeinernd) Ärzte zu referieren. Wenn dann die Zeit mit ihrer Hauptbeschäftigung, nämlich zu vergehen, fertig war, ging es mir an diesen Tagen ebenso. Ich war völlig fertig. Ganz heimlich; für mich; tief drinnen; man will ja niemanden in Verlegenheit bringen oder gar durch unwirsche Kritik verletzen. Aber meine Mutter Lehrerin wies dann meist abschließend darauf hin, dass das ja alles irgendwie mit der Bibel zu tun hatte.

Genau! War ja so.

Jetzt also zum ersten Mal mit Günter die männlich-analytische Seite. Bisher hatte ich ja nur die Erfahrungen aus Sicht der Weiblichkeit. Was für ein Fortschritt! Nun stand sie persönlich im Raum – die Männlichkeit. Sie hatte aber zunächst keine Gelegenheit, sich mir gegenüber in ihrer ganzen Pracht zu entfalten, denn schon nach unserem ersten kurzen Wortwechsel ereignete sich die oben beschriebene, beeindruckende Begegnung mit ihrer, also seiner Frau. Und dann wurde auch schon gebeten, die Plätze *einzunehmen*. Dass diese Umschreibung des Vorganges Ähnlichkeiten mit jener der Zufuhr von Medikamenten aufweist, ist vielleicht gar kein Zufall. Auch schien jeder der Anwesenden mit dem Programmbeginn eine Erwartungshaltung *einzunehmen*, die auf geistige Gesundung ausgerichtet war. Ich könnte heute vielleicht von einer *geistlichen* solchen sprechen; entscheide mich aber dagegen, weil dieser Begriff in Publikationen dieser Gesellschaft meistens nur in Verbindung mit der „Klasse der Geistlichkeit der Christenheit" gebraucht wird, die, wie man dort mit zuverlässigem Rundumschlag informiert wird, Gott durch ihren Wandel und ihre verderbten Lehren entehrt.

Wir vier, meine Eltern, meine Frau und ich, fanden zunächst keine vier Stühle nebeneinander, weil sich in diesem kleinen Saal annähernd genau so viele Menschen aufhielten, wie Sitzgelegenheiten vorhanden waren. Da aber mehrere der Anwesenden dieses winzige Problem schon vor uns erkannt hatten, war man schon bemüht gewesen, es liebevoll, unauffällig und hurtig für uns zu lösen. Wir wurden unter Begleitung freundlich-heiterer Bemerkungen zu vier jetzt vorhandenen lückenlos nebeneinander stehenden Plätzen geführt.

Während nun allmählich zarte Ruhe den Gesprächslärm verdrängte, nur noch einige Male kurz unterbrochen durch die eine oder andere Hand, die sich liebevoll-fordernd zu uns herüber streckte, konnte ich langsam alles auf mich wirken lassen.

Was ich in diesen fünfzehn Minuten an geballten Emotionen erfahren, er*lebt* hatte, passte in keines meiner wenigen Gläubigkeitsklischees. Das waren auch nicht so furchtbar viele. Ich hatte bei meinen Vorstellungen hauptsächlich Erinnerungen zu Hilfe genommen, die aus meiner Konfirmandenzeit stammten, als sonntäglicher Kirchenbesuch Pflicht war. Und sonst noch die grauenhaften Weihnachtsgottesdienste. Konnte als Kind und als Jugendlicher nicht verstehen…, ehrlicher: es hat mich total abgestoßen, wenn ich Erwachsene beobachten konnte, die sich so offensichtlich vorgespielt nicht gleich auf ihren Platz setzten, sondern erst mal mit gesenktem Haupt und gefalteten Händen lange genug stehen blieben, dass auch der Letzte in diesem heilig-kalten Ort gesehen haben musste, wie fromm sie sind. Heute bin ich da etwas moderater und denke mir, das war keine gewollte Heuchelei, sondern nur der mehr oder weniger normale Wunsch, sich so zu verhalten, wie es der Situation angemessen zu sein schien. Man tut halt, was sich gehört.

Aber das waren zuweilen Leute, die ich als Kind sehr lieblos erlebt hatte - sowohl im Umgang mit ihren Kindern als auch mit ihren Ehepartnern und anderen Mitmenschen.

Bei nicht wenigen durfte ich hören, mit ansehen, erleben, wie sie sich im Alltag sehr abfällig über Gott oder über den Glauben schlechthin äußerten.

Dann das betretene Schweigen und diese Stille, die in der Kirche herrschten. Ein zu lautes Wort hatte sofort eine heftige Rüge nach sich gezogen; einen scharfen Verweis oder einen Klaps, die abgeschwächte Umschreibung einer Ohrfeige (wo kommt dieses Wort eigentlich her?); und wie das hallte in diesem heiligen, ehrwürdigen Gemäuer.

Es war also immer kalt; die Menschen waren unnatürlich anders; die lähmende Angst, aus Versehen ein Geräusch zu machen; der alberne Pinguin, der da vorne sein Kasperletheater veranstaltete; die Eltern (die zumindest bei den Weihnachtsevents ihre Anwesenheit natürlich als Pflicht betrachteten), die zu Hause Glaubensdinge *auch* nur erwähnten, wenn sie ihren Unmut darüber äußern oder sich darüber lustig machen konnten; und überhaupt der unerträglich langweilige Ablauf der ganzen Geschichte.

Inhalte sind in meiner Erinnerung nicht vorhanden. Nur der ständige verstohlene Blick auf die Tafel mit den Liednummern. Den gesungenen Segen nie verstanden und dabei sicher gewesen, dass die Erwachsenen, die die Antwortpassagen mehr kläglich herausgequält als gesungen haben, auch nicht rafften, was da eigentlich abging.

Die Zeit bis zum letzten Lied wollte und wollte nicht vergehen. Und dieses Warten auf den ultimativen Kick des Abschlusses, der dir den Weg nach draußen öffnet, nur noch einmal die schlaffe Hand dieses komischen Kauzes drücken zu müssen, um sich durch diesen Akt wieder eine Woche Freiheit zu erkaufen, ist die intensivste Erinnerung an Kirche, die ich hervorkramen kann. Muss gar nicht kramen; die ist einfach da.

Und überhaupt: mein Vater, der nur lautstark über die Heuchler hergezogen hatte, die in die Kirche gingen, um von Persönlichkeiten gesehen zu werden; wieso schleppte er mich an diesen auch von ihm unglaublich gehassten Ort? Zu Weihnachten. Einmal im Jahr. Weil es dazu gehört.

In den zwei Jahren des Konfirmandenunterrichts musste ich jedoch allein dorthin. Anders als für die Erziehungsberechtigten gilt für die Objekte dieser Berechtigung: Pflicht ist Pflicht. Gehört eben zum Leben wie die Pockenschutzimpfung, der erste Samenerguss oder die Bundeswehr.

Und nun das hier. Kein protziges Kirchengebäude, sondern eine schlichte Versammlungsstätte. Ein Vortragssaal, der statt mit Prunk mit Teppichboden und Gardinen, geistigen Inhalten und Liebe gefüllt zu sein schien. Aber vor allem mit Leben.

Inzwischen hatte sich ein nach herkömmlichen gesellschaftlichen Kriterien gut gekleideter Herr mittleren Alters auf die Bühne bewegt, war ans Mikrofon getreten und eröffnete das nun folgende Programm, indem er die Anwesenden freundlich begrüßte und die Nummer des Liedes bekannt gab, das nun zur Ehre Gottes gesungen werden sollte.

Als sehr angenehm empfand ich damals die Tatsache, dass alle beim Gesang sitzen blieben und auch beim anschließenden Gebet ihre Haltung nur insofern veränderten, als sie die Augen schlossen und sich etwas nach vorne neigten. Es erinnerte mich daran, wie unangenehm ich früher in der Kirche das unendlich erscheinende wiederholte Aufstehen – hinsetzen – aufstehen – hinsetzen – aufstehen empfunden hatte. Also: hinsetzen kam dann auch noch mal, bevor man dann endgültig aufstand, um zu gehen. Hinaus nämlich. Und – wie eigenartig – auch die richtig Frommen wirkten plötzlich recht entspannt. Fröhlich gar, während einige von ihnen in dem Bewusstsein, dass ihre Frau daheim schon mal das Essen vorbereitete, kurz vor der am Weg liegenden Kneipe noch mal stolperten und – Tragik – Einkehr halten mussten, um sich zu erholen.

Gott sieht die Herzen, wurde mir hier (also jetzt in der Versammlung, nicht in der Kneipe) erklärt; da braucht man keine besondere Haltung einzunehmen, um seine Ehrfurcht zu beweisen. Und ich war ja auch schon durch die Gespräche mit meiner Studienleiterin auf vieles vorbereitet worden, was hier anders läuft. Und kannte so auch schon die Bibelstelle, in der Jesus zitiert wird: „…und wenn ihr betet, sollt ihr nicht wie die Heuchler sein; denn sie beten gern stehend in den Synagogen…, um von den Menschen gesehen zu werden".

Der Gesang wirkte beeindruckend froh und zuversichtlich - und war laut genug, um die vor leidenschaftlicher Wertschätzung und Schmerzen quietschende Geige forsch und mutig zu übertönen. Auch das ein unglaubliches Glück und Anlass zu großer Freude. Mein Stuhlnachbar erzählte mir beschwichtigend, dass es einige musikalische Verkündiger gebe, die die Idee vorgebracht hätten, regelmäßig zu üben, um mit einer ansprechenden Darbietung zu erfreuen. Sie könnte den Gesang der Versammlung – womöglich unterstützt durch einen kräftigen Chor, was natürlich auch nicht ohne kontinuierliches Zusammenkommen funktioniere – so aufwerten, dass es schon fast als erkennbarer Lobpreis durchginge, der nicht nur den Zweck erfüllt, einem religiös-organisatorischen Bedarf nachzukommen, sondern wirklich Gott zu ehren.

Man habe ihnen aber im Rahmen einer liebevollen Ermahnung klar gemacht, dass in dieser Zeit des Endes das Hauptaugenmerk eines jeden Christen auf das Verkündigen der guten Botschaft vom nun aufgerichteten Königreich Gottes gerichtet zu sein habe, denn es gelte, noch viele Leben zu retten, indem man sie in die heilsame Organisation des „treuen und verständigen Sklaven" hole. Wenn in Kürze der große Krieg Gottes hereinbräche, sollte jeder Christ als wachsamer Prediger vorgefunden werden, der seine Zeit nicht mit unsinnigem Geplänkel vertrödelt.

Das leuchtete auch mir ein. Schließlich kann man sich Musik, deren Hauptaufgabe doch das zusätzliche Belehren in Gottes

Wahrheiten sein sollte, auch schön denken, während man eifrig die erbauenden Texte, Ehrfurcht im Herzen bewahrend, aufmerksam lesend mitsingt.

Das anschließende Gebet erinnerte mich an die Gebete, die ich schon von unserem Heimbibelstudium her kannte. Nicht aus einem Gebetbuch abgelesen, sondern frei formuliert dem Anlass angepasst: Dank für das Zusammenkommen und dafür, dass dies in Freiheit geschehen kann; Bitte um Hilfe, dass man schön aufpasst und alles gut versteht; Segenswünsche für den Redner, dass er auferbauende und lehrreiche Gedanken Gottes rüberbringt; Bitte um Beistand für alle, die sich nicht so frei versammeln können.
Alles im Namen Jesu. Amen.
Ach, dachte ich; ob ich wohl jemals lerne, auch so frei zum Schöpfer zu sprechen?

Na ja. Dann kam der Vortragsredner. Der Grund, warum wir gerade heute erstmalig diesen Saal aufgesucht hatten. Er war der Ehemann meiner Meisterin. Ähnelte in der Statur ein wenig dem „kleinen dicken König"; die Älteren kennen ihn vielleicht noch; also den König, die Comicfigur, nicht den Redner. Er hielt eine Ansprache über die Frage, ob mit dem jetzigen Leben alles vorbei sei. Vertraute Gedanken, denn sowohl in dem kleinen blauen Wahrheitsbuch als auch später in einem Werk, welches sich als Ganzes nur mit dieser Frage befasste, war dieses Thema ausführlich behandelt worden. Da ich im Rahmen unseres Heimbibelstudiums schon oft von ihm gehört hatte, war ich sehr gespannt.

Sie hatte mir berichtet, wie ihr Mann nach anfänglicher erheblicher Widerspenstigkeit dann – auch durch listiges Verhalten ihrerseits – den Weg in die Wahrheit gefunden hatte. Es handelte sich um die Wie-zufällig-die-Zeitschriften-liegen-lassen-Geschichte. In Verbindung mit dem Lesen-aber-gucken-wie-sie-lagen-und-wieder-so-hinlegen-Aspekt hatte er den Weg unbewusst und mit der Unterstützung sowohl seiner Frau als auch des himmlischen Lehrers zuverlässig gefunden. Einige Angehörige der versammlungsinternen Führungsriege konnten angeblich gar nicht erwarten, ihn willkommen zu heißen, weil seine Intelligenz, die sich angeblich besonders durch ausgeprägtes Organisationstalent zeigte, sehr benötigt wurde.

Im Gegensatz zu meiner Familie war ich erfolgreich darin, seinen Worten im Vortrag zu folgen, denn ich hatte alles schon gelesen, was nun zu hören war. Neue oder weiterführende Gedanken (zumindest aus meiner Sicht) wurden nicht behandelt. Was mich ein wenig enttäuschte, denn die Ausführungen unterschieden sich von dem

Stoff, wie er in den Büchern dargelegt wurde, nur darin, dass er ihn durch zahlreiche Versprecher und unfreiwillig komische Gesten verschleierte. Vielleicht sollte damit die Demut der Zuhörer geprüft werden, um sie zu läutern. Denn wer die Qualen einer solchen Darbietung erduldet hat, den kann so schnell nichts mehr ins Wanken bringen.

Nicht einmal das nachfolgende Artikelstudium.

Entschuldigung: Bibelstudium anhand des Artikels.

Ablauf wie schon bei der Lehrstoffbetrachtung bei mir zu Hause beschrieben. Hatte irgendwie was Schematisches. Die gleiche Methode. Gut, dass ich schon daran gewöhnt war.

Trotzdem spürte ich ganz eigenartige Empfindungen dabei, ganz anders als im privaten Rahmen. Hab ja da *auch* nur Fragen beantwortet, die am Fuß der Seite gestellt wurden, aber da war es lebendiger als hier, weil jenes Fragen und Antworten die Grundlage für daraus folgende Dialoge lieferte. Die vorgegebenen Fragen führten zu weiteren. Wenn ich keine stellte, tat es meine Lehrerin, was mich auch wieder sehr beeindruckte, erweckte es doch den Anschein, dass ich zum Hinterfragen angeregt werden sollte, um kein plumper Mitläufer zu werden. Denn im Gegensatz zum gemeinen Kirchenbesucher handelt es sich hier um aufrichtige Erforscher der Bibel, die nicht das Erstbeste glauben, was ihnen vorgesetzt wird. Es wird dabei immer gerne auf die von Paulus gelobten Beröer hingewiesen, die in den Schriften nachforschten, ob sich die Dinge wirklich so verhielten. Allerdings hat diese Darstellung einen kleinen Haken, den ich leider erst recht spät erkannte. Doch dazu an geeigneter Stelle mehr.

Fortschritte

In die Versammlung hineinzuwachsen war für mich nicht schwer. Die herzliche Aufnahme machte es leicht, ab sofort regelmäßig die sonntäglichen Zusammenkünfte zu besuchen. Ob das allerdings auch auf meine drei Begleiter zutraf, muss ich vorsichtig, aber doch bezweifeln. Zwar empfanden sie die heiter-liebevolle Atmosphäre nicht weniger angenehm als ich, aber gewisse verbale Seltsamkeiten, die gelegentlich bis etwas häufiger vom Podium aus zu hören waren, lösten bei ihnen einen Widerwillen aus, den sie nicht so tapfer und fast konsequent verarbeiten und entsorgen konnten wie ich. Meine Motivation war eine andere und ich hatte schon gelernt, dass man seine eigenen Denk- und Sichtweisen demütig hintenanstellen sollte, wenn es darum geht, von Gott belehrt zu werden.

Ich fing irgendwann an, kleine Aufgaben in den Zusammenkünften zu übernehmen und lernte die gar nicht so kleine Gemeinschaft immer besser kennen und lieben. Im Rahmen unseres Heimbibelstudiums hatte ich inzwischen nebenbei sämtliche Bücher der Gesellschaft, die am Ort verfügbar waren, gelesen und dadurch die Bibel immer wieder anhand eines anderen Themas durchgeackert. Dadurch wurde mein Bild vom „göttlichen Vorsatz" immer deutlicher und mein Wunsch, endlich Hausbesuche zu machen, brennender.

Dann nahm ich eines Tages allen Mut zusammen und fragte nach unserer häuslichen Bibelstunde beherzt: „Kann ich Sie vielleicht mal begleiten, wenn sie ihre Runde um die Häuser machen?"

Es war völlig klar, dass mein Coach (meine Coach**in** klingt wohl zu albern, obwohl es den heutigen Vermeidungsbemühungen bezüglich jeglicher Diskriminierung – welchen Geschlechts auch immer – passender wäre) sich darüber freuen würde. Tat sie sicher auch. Aber da war so ein kurzes Zucken um ihre Augen, das ich nicht deuten konnte. Und einer der beiden Mundwinkel zog sich kaum merklich nach unten, nahm aber aufgrund tief verankerter Selbstbeherrschung sofort artig wieder seine ordnungsgemäße Position ein. Dann schluckte sie sicht- ,aber nicht hörbar.

„Da müssten Sie vorher aber noch was erledigen", sprach sie mit doch noch nicht völlig beherrschter Mundbewegung. Es zuckte noch einmal.

„Was denn?", fragte ich überrascht und ungläubig. Ich hatte doch sogar das Rauchen schon aufgegeben.

„Was denn?", fragte meine Frau, die damalige, gleichzeitig und ziemlich heftig. Sie hatte das Rauchen noch nicht aufgegeben. Sie war

nicht so sehr das gehorsame Lämmchen. Und überhaupt fand sie meinen Anpassungsdrang wohl reichlich bescheuert.
„Die Haare müssen runter".
Schweigen.
Betroffenheit.
Aggressionsschub. Diesmal bei uns beiden.
Bei mir aber nur kurz.
Sie uns gegenüber in nur ganz ganz minimal ängstlich wirkender Verkrampfung.

Die Dame neben mir atmete leicht schnaubend. Ich weiß, dass in solchen Situationen ihre Nasenflügel leicht zu beben und eine scharf dreieckige Form anzunehmen pflegten. Nicht, dass seit meinem Auszug aus dem Elternhaus jemand noch mal eine solche Forderung an mich gerichtet hätte, aber es gab vergleichbare Situationen, die dieses Schnauben und Beben immer wieder mal gerne bei ihr auslösten.

Also vor mir die Person, die im Namen Gottes sprach und mich auf ein weiteres Erfordernis aufmerksam machte, das unter anderem ein Prüfstein für meine Demut wurde.

Und neben mir eine Person, die in ihrem eigenen Namen schnaufte, und deren Körper und Mimik lautlos, aber kritisch ausriefen: „Jetzt bin ich aber gespannt, was der noch alles mit sich machen lässt".

Um es kurz zu machen: Die Leiterin und die ganze Gemeinschaft hatten Grund, sich über einen weiteren Beweis meiner Demut zu freuen.
Ich hatte Grund, mich über einen weiteren Sieg über den Eigensinn zu freuen.
Meine Frau hatte gar keinen Grund, sich zu freuen.

Ich tat es selbst. Ich habe Dir ja schon angedeutet, dass ich seit vier Jahren keinen Friseurladen mehr betreten hatte. Der dort herrschende Geruch quälte mich schon als Kind so sehr, dass ich bei jedem Besuch deutlich hörbar, aber ohne differenzierbare Worte zu gebrauchen, protestierte. Erfolglos zwar, aber klar und laut.

Ich tat es also wirklich selbst. Tapfer. Der Vorteil war, sie, die Haare, konnten sich jetzt beim Duschen nicht mehr mit den Achselhaaren verknoten. Jedes Mal eine unangenehme Prozedur, wenn man damit nicht umgehen wollte wie Alexander der Große mit dem Gordischen Knoten.

Schere hinten in Schulterhöhe angesetzt, ein gerader Schnitt und gut! An den Seiten noch ein gerader Schnitt auf halber Ohrhöhe und auch gut. Die obere Hälfte der Ohren wollte ich gern weiter verbergen. Eitelkeit, schnöde! Na, dachte ich, die wird staunen, dass ich so schnell reagiert habe.

Mir war nebenbei etwas klar geworden, was ich kürzlich bei einer Sitzung nicht verstanden hatte. Wir lasen eine Bibelstelle, das heißt, sie bat mich, sie mit erweitertem Kontext vorzulesen, weiter als es der Stoff erfordert hätte.

Dort stand, und ich kann gar nicht mehr verstehen, wie ich den Wink überhören oder übersehen konnte: „…lehrt euch nicht die Natur selbst, dass, wenn ein Mann das Haar lang trägt, es ihm zur Unehre gereicht?"

Ich hatte das wirklich nicht als Hinweis aufgefasst, weil es in dem Zusammenhang um etwas anderes ging - und außerdem war die Haarlänge ja je nach Zeitepoche der wechselnden Mode unterworfen. Das hatte auch das hauseigene Blättchen mal so ähnlich geschrieben, verbunden mit dem Hinweis, dass die Haare der Männer aber trotzdem immer kürzer waren als die der Frauen.
Gut, aber was kann ich dafür, wenn die Frauen sich gerade mal entschieden, kürzere Haare zu tragen als ich?
Egal, es war vollbracht. Nächste Sitzung.
„Na, wie iss'?"
Die Chefunterweiserin hatte schon beim Betreten der Wohnung so eigenartig geschaut.
Musste doch gemerkt haben, dass die Dinger ab waren.
Hat sie auch.
Trotzdem oder gerade deswegen bei der Frage die gleiche Reaktion, nur bei jedem von uns etwas ausgeprägter.
Also noch mal ran.
Jetzt aber richtig. Stell dich nicht so an, Mensch! Haare können doch nun wirklich nicht das Thema sein, wenn es um die gute Botschaft und Menschenleben geht!

Dumm gelaufen. Hab mir 'ne tierische Macke reingehauen. So kann man wirklich nicht rumlaufen. Nicht mal ich. Sah irgendwie aus, als hätten hungrige Ratten an meinem Schopf genagt. Zum Glück wusste unsere Unter - Retterin Rat. Eine junge Glaubensschwester in der Versammlung erlernte gerade das Friseurhandwerk und erklärte sich auf Nachfrage bereit, den Schaden zu begrenzen.

Gerettet! Ich fühlte mich zwar deformiert, von den Äußerungen meiner Frau will ich nicht reden, aber jetzt konnte es endlich losgehen. Ich war so gespannt auf den ersten Türkontakt.
Nächste Sitzung.

„Na, wie iss'?" Man beachte den zuversichtlichen Humor in der bewusst wiederholten Art der Fragestellung.
Irgendwas stimmte immer noch nicht.

Neben mir das vertraute Schnaufen. Schon *vor* irgendeiner Antwort.
Mir gegenüber das vertraute Zucken.
In mir das vertraute Klopfen.
Was ist denn jetzt noch? Das dachte ich. Aber nur kurz, denn die Antwort kam ja auch gleich.
„Der Bart", ließ sie, vorsichtig durch die geschlossenen Zähne einatmend, verlauten, „der Bart" jetzt ausatmend „muss ab".
„Nein!", meine Frau und ich gleichzeitig. Ziemlich schnell und laut.
„Jetzt reicht's aber wirklich!", meine Frau.
„Warum das denn, was hat denn der Bart mit der Botschaft zu tun? Hatten Jesus und seine Apostel nicht auch Bärte?", ich.

„Sehen Sie, Herr und Frau Genova, heute leben wir in einer anderen Gesellschaft. Und selbst vor hundert Jahren, also zum Beispiel auch der Gründer unserer Gemeinschaft trug ja sogar einen Bart. Weil es normal war. Heute aber denkt bei Bartträgern jeder gleich an die randalierenden Studenten und an Terroristen. Möchten Sie, dass jemand nur deswegen der guten Botschaft nicht gehorcht, weil er Angst hat, es könnte ein Terrorist sein, der da an seiner Tür steht?"

Huuh! Das hatte ich natürlich nicht bedacht. Dann würde ich ja Blutschuld auf mich laden! Das darf nicht sein! Also ab damit. Ging nicht ganz so schnell wie mit den Haaren, musste noch etwas an der Demut arbeiten, aber eines Tages konnte es dann geschehen, dass ich unsere Versammlungsstätte betrat und die Situation es bedingte, dass einer Schwester, die auch schon oft bei unserem Studium dabei gewesen war, in freudigem Schrecken die Worte entfuhren: „Der Bart ist ab!"

Es war soweit! Ich konnte endlich den Anfang wagen, in eine neue Lebensweise einzusteigen.

Das weitere Hineinwachsen in die große Volksmenge treuer Eiferer mit irdischer Hoffnung war nach Überwindung dieser Hürde des persönlichen Götzendienstes ein wohltuender Prozess des Reifens.

Ein herausragendes und wirklich begeisterndes Erlebnis war der erste internationale Kongress, den wir miterleben durften. Er fand 1973 im Münchener Olympiastadion statt, ein Jahr nach dem Massaker im olympischen Dorf. Welch ein Gegensatz! Thematisch wurde der „nun wirklich bald" bevorstehende göttliche Sieg gefeiert. Eine so große Menschenmenge in allen Farben, die die menschliche Haut so hergibt, friedlich vereint erleben zu dürfen, übertraf alles, was ich je erlebt hatte.

Hatte genau genommen auch nicht viel erlebt, Stubenhocker der ich schon seit Kindertagen immer gewesen war. Aber trotzdem:

beeindruckend. Nicht die wirklich große Menge an sich. Das hätte ich auch bei einem Rockkonzert oder einem Fußballspiel haben können. Es war die Art, wie man miteinander umging, die glückliche Ausstrahlung der versammelten Menschen, die Zuversicht in den Gesichtern.

Ich hatte Christen – wenn überhaupt – eigentlich immer nur mit verkniffenen Gesichtern erlebt; erwähnte das schon bei der Beschreibung des ersten Besuchs im Königreichssaal, aber das hier war noch unvergleichbar anders.

Man erwartete auch die Freigabe eines neuen Buches. Ich war vielleicht gespannt! Lesen war für mich immer, auch als Kind schon, das Größte gewesen. Und jetzt, da es um die Erkenntnis Gottes ging, und ich alle bisher verfügbaren Studienbücher durch hatte: konnte es etwas Erregenderes geben?

Vergessen war die Qual der Fahrt. Ich bin dankbar, dass wir von unserer vertrauten und uns sehr nahe gekommenen Leiterin und deren Mann in ihrem VW Käfer mitgenommen wurden. Der Käfer stellte auch nicht die Qual dar. Nur die Musik, die wir auf der Fahrt ertragen mussten…Volks-, Stimmungs- und Blasmusik. Viele, viele Stunden lang. Das Autobahnnetz war damals noch nicht so dicht wie heute und die Autos längst nicht so schnell. Aber diese Art Musik war definitiv genau so schrecklich.

Und ich hatte schon mal in einem Vortrag über das Familienleben gehört, dass Musik in der Freizeit eines Christen einen berechtigten Platz einnimmt: „Natürlich nicht diese Hits von heute. Es gibt auch sehr schöne Volksmusik", ließ der Redner damals optimistisch verlauten.

Ja, immer wieder mal ereilten uns Anlässe, zusammenzuzucken und uns zur Ordnung zu rufen. Es gibt schließlich Wichtigeres als den persönlichen Musikgeschmack.

Ein wiederum angenehmer Rückblick ist die Erinnerung an die Herzlichkeit der Gastfamilie. Man kannte sich wohl von früher. Wohlsituierte Leute, aber keine Spur der Arroganz, die wir vorurteilsgemäß von Angehörigen der Klasse der sehr Wohlhabenden erwartet hätten.

Und wieder die unerwartete Erfahrung: diese Leute haben Humor. Einen solchen, der sich mitunter auch mal zu leichter Albernheit hin gehen lassen kann. Kein heiliges Getue, kein frömmelndes Gehabe, einfach nur sympathisch, gastfreundlich, tolerant (meine Frau durfte in unserem Gästezimmer rauchen, hatte den Absprung noch nicht vollbracht) und zurückhaltend genug, dass man sich nicht bemissioniert fühlen musste. Auch wenn ich mich schon „am Dienst" beteiligte: wir waren immer noch „Interessierte" und keiner gab uns das Gefühl, zu etwas gedrängt zu werden.

Abends nach dem Kongressprogramm saßen wir mit weiteren Glaubensaktivisten zusammen. Einige standen im Missionarsdienst im Ausland und erfreuten uns mit vielen Anekdoten und spannenden Geschichten aus ihrer Tätigkeit. Einer dieser Burschen hatte eine Art zu erzählen, dass wir aus dem Lachen gar nicht mehr herauskamen. Es war einfach nur schön, diese lebendige Gemeinschaft gefunden zu haben. Man sprach über das Leben in der „Neuen Ordnung", spann fröhliche Geschichten um die Dinge, die man dann tun könnte; würde ja nun nicht mehr lange dauern.

Natürlich war nicht alles toll. Beim Kongressprogramm irritierten mich einige Inhalte verschiedener Tagesordnungspunkte.

Es ging um so eigenartige Fragen wie die, welche Art von Kleidung für Christen angebracht wäre. Ein Träger einer zweifarbigen Anzugskombination wurde einem Verkündiger im einfarbigen Anzug mit Banker-Design gegenübergestellt. Auf Letzteren wurde mit den Worten gezeigt: „Ja, liebe Brüder, *so* sieht ein Christ aus". Als ich abends beim gemütlichen Beisammensein nach dem Sinn dieser unheimlichen Darbietung fragte, sagte unser uns-im-Auto-mitgenommen-Habender: „Das musst du falsch verstanden haben. Ich habe doch auch immer eine Kombination an".

Na dann…!

Aber ich weiß schon, was ich gehört habe. Auch dass es bei dieser Kleidung nicht nur darum ging, was man im Predigtdienst und auf der Bühne anzieht. „Ein Christ ist man nicht nur im Dienst, sondern rund um die Uhr".

Es wurde auch lobend das Beispiel eines Familienvaters in Nicaragua oder sonstwo erwähnt, der beim Familienstudium zu Hause mit den Seinen eine Krawatte umband, weil er meinte, ohne Schlips könne man nicht vor Gott hintreten, wenn man doch sogar vor weltlichen hohen Personen anständige Kleidung trägt.

Soll er.

Gerne, wenn er das so sieht.

Aber darf man mit solchen Beispielen Leute wie mich unter Druck setzen? Ich hatte mir doch gerade vor nicht mal einem halben Jahr meine Hippie-Mentalität ausgetrieben.

Die Frage, ob es für Frauen angebracht sei, in der Versammlung einen Hosenanzug zu tragen, schien auch von großer Wichtigkeit zu sein. Das heißt einigen solcher Fragensteller, die sich mit ihren Problemen gerne schriftlich an die Gesellschaft wenden. Der Redner kritisierte diese Haltung. Aber nicht, weil er das Ziel dieser Frage lächerlich fand, was normal gewesen wäre, sondern es behagte ihm nicht, dass etwas so Selbstverständliches überhaupt gefragt werden muss. Jeder reife Christ weiß natürlich, dass diese Art von Kleidung für Frauen nicht in Frage kommt.

Na ja, das war zwar alles etwas eigenartig, aber es gab ja Wichtigeres, und die Freude an der Gemeinschaft überdeckte diese Kleinigkeiten.

Wieder zurück in der Heimat konnte ich dann weitere Erfahrungen im Umgang mit Glaubensbrüdern und -schwestern sammeln. Der Dienst, durch den diese fest im Glaubensleben stehenden Prediger in erster Linie bekannt sind, erfüllte mich ebenfalls mit tiefer Befriedigung.

Auch die Gesamtheit der Lehren hatte ich so gut verstanden, dass ich mich nach einem Gespräch mit einem Ältesten, das anhand verschiedener Fragen aus einem Buch über organisatorische Belange geführt wurde, Gott durch seinen Sohn Jesus Christus hingeben und das mit der Wassertaufe symbolisieren konnte.

Wir schlossen neue Freundschaften, einige davon sehr nahe, und verbanden in froher Gemeinschaft sehr oft Freizeit und Predigtdienst zu einem erlebnisreichen Wochenende. Alte Kontakte aus der Vor-Erkenntniszeit verblassten und auch innerhalb der Familie schliefen manche Formen gemeinsamer Geselligkeit ein.

Auf diese Weise veränderte sich unser Denken unmerklich noch viel intensiver, als es durch die eingepaukten Lehren möglich war, weil man durch diese Einseitigkeit in Bezug auf die Gesellschaft, die man sich erwählt, so eng mit all den in vielen Jahren gewachsenen Strukturen verwoben wird, dass von der alten Persönlichkeit nichts mehr übrig zu bleiben scheint.

Das fällt einem natürlich nicht negativ auf, außer vielleicht, wenn man mit Kritik darüber konfrontiert wird. Schließlich verlangt ja die Bibel von Christen, eine neue, d.h. *die* neue Persönlichkeit anzuziehen. Solange man nicht tiefer darüber nachdenkt, passt das schon.

Man ist jetzt mit einer inzwischen völlig verinnerlichten Vorstellung unterwegs, die dazu führt, dass man glaubt, unüberbrückbar anders zu denken und zu sein als der Rest der Menschheit. Kontakt mit der Außenwelt (damals „Weltmenschen" genannt) gibt es nur noch im Rahmen der „weltlichen" Arbeit, und darüber hinaus ausschließlich, um ihnen die „Gute Botschaft" zu predigen und sie von der Notwendigkeit eines Bibelstudiums zu überzeugen. Natürlich erfährt dieses Anderssein noch eine Verstärkung, weil das nähere Umfeld mit Verwunderung auf die Veränderungen reagiert, die unangenehm auffallen. Der Zorn, den man sich durch sein Leben in dieser neuen Gedankenwelt zuzieht, führt dazu, dass man einen Schutzschild errichtet, um die als feindliche Geschosse empfundenen Argumente abzuwehren.

Von Seiten der Leitung (dem menschlichen Teil, denn die Hauptleitung hatte natürlich Jesus Christus, der als 1914 inthronisierter König vom Himmel aus dieses weltumspannende Werk liebevoll, aber mit fester Hand beaufsichtigt) wurde dafür gesorgt, dass man alle Hilfen hatte, um dem biblischen Erfordernis gerecht zu werden, „allezeit reichlich beschäftigt" zu sein „im Werke des Herrn", und wegen fleißigen Tätigseins gar keine Zeit war, noch Gemeinschaft mit Außenstehenden zu pflegen.

Damit meine ich nicht nur die drei Zusammenkünfte in der Woche, wovon zwei als Doppelstunden mit unterschiedlichen Inhalten gestaltet werden, also eigentlich fünf. Auch Leute, die in anderen Kirchen oder auch in weltlichen Vereinen engagiert sind, setzen dafür sicher nicht weniger Zeit ein. Außerdem möchte man so oft wie möglich mit Gleichgesinnten zusammen sein, weil es scheinbar keine anderen Gelegenheiten zum Gedankenaustausch mehr gibt. Gespräche mit „Ungläubigen" haben nichts Erbauendes mehr, weil man sich ständig rechtfertigen muss.

Es geht vielmehr um die subtile Art, wie man angeschoben wird, sich auf jede dieser Versammlungen intensiv vorzubereiten, damit man immer die „Dringlichkeit der Zeit" im Sinn behält, die wiederum Anlass ist, nach Möglichkeiten zu suchen, noch mehr Stunden im Predigtdienst von Haus zu Haus zu verbringen.

Es scheint im Wesen der menschlichen Natur zu liegen, dass verändertes Verhalten sich sowieso schon entsprechend auf das Denken und Fühlen auswirkt. Wenn dieses Denken auch noch durch verbalen Dauerbeschuss regelmäßig freiwillig bearbeitet wird, verstärkt diese Wechselwirkung den Prozess der Veränderung natürlich.

Ich war ja von Anfang an ein leidenschaftlicher, auf „geistige Speise" bezogen verfressener Gierschlund am „kalten Buffet" des hauseigenen weltumspannenden Büchertisches, von einem grenzenlosen Wissensdurst angetrieben. Ich brauchte immer Nachschub und wollte alles noch genauer wissen.

Mein halbherziges Fernstudium zum Werbegrafiker gab ich zwar nicht sofort auf, aber es schlief einfach ein, weil ich meine Zeit fast nur noch mit Predigen, Lesen und Forschen verbrachte. Das kurz bevorstehende Ende dieses „bösen Systems der Dinge" war Grund genug, solchen weltlichen Ballast abzuwerfen und sein ganzes Leben dem Dienst für Gott zu widmen.

Diese Botschaft war so machtvoll, dass ich von Anfang an jeden sektiererisch anmutenden Gedanken, der mich in irgendeiner Form störte oder gar ärgerte, beiseite schob, weil man ja doch unterscheiden muss zwischen der Wahrheit Gottes, der liebevollen Belehrung durch seinen „Sklaven" und dem auf Selbstsucht beruhenden Drang zu unabhängigem Denken. Was sind schon meine persönlichen Vorlieben verglichen mit dem großartigen Vorsatz Jehovas, die ganze Welt zum Frieden und die Menschheit zur Vollkommenheit zu führen?

Du siehst Bilder von hungernden oder anders leidenden Menschen und willst dich durch albernes Ungehaltensein über Geschmacksfragen abhalten lassen, auf die großartige, allein Hoffnung machende Befreiung hinzuweisen, die jetzt so kurz bevor steht? Das geht ja wohl gar nicht!

Jeder dieser kleinen, doch wirklich nur individuell empfundenen Störfaktoren war ein kleines, unbedeutendes Sandkörnchen im großen Getreidehaufen, aus dem man im fernen New York das lebendige Brot bereitete. Es wurden zwar immer mehr, aber sie konnten kein Gegengewicht darstellen zur ganzen Wahrheit, für die ich mich doch so freudig gemeinsam mit meinen neuen Brüdern und Schwestern einsetzen durfte. Es ging bei diesen Störeinstreuungen doch nur um Kleidung, Musikgeschmack und Lebensart. Es ärgerte mich eben einfach, wenn ich mich genötigt fühlte, in Geschmacksfragen gegen meinen Willen im Interesse der Einheit zuzustimmen (wenn Sätze, die sich mit solchen Problemen befassten, mit der Suggestivfrage „nicht wahr" beendet wurden, überkamen mich immer so seltsam unchristliche Zornesschauer. Egal ob es darum ging, etwas ablehnen zu müssen, was mir gefiel, oder etwas mögen zu sollen, was mich nervte oder störte).

Mit jedem dieser „Körnchen" ging auch ein ganz kleiner Schub in Richtung „schlechtes Gewissen" einher, denn wer bin ich denn, dass ich die Belehrungen des „treuen und verständigen Sklaven" kritisiere. Ich weiß es doch wohl nicht besser als diese erfahrenen Christen (nicht wahr?)!? Viel wichtiger als diese geistigen Gedankenzecken, die sich irgendwo festsetzten und unbemerkt von mir an mir vor sich hin nuckelten, waren all die Erlebnisse und Erfahrungen, die die Freude am Leben und den Glauben an die Nähe des Vaters immer mehr wachsen ließen.

Ich hatte nicht nach dem Sinn des Lebens, sondern nach Gott gesucht und er hatte sich finden lassen. Ich kannte seinen Namen, seine Denkweise, seine Vorsätze, seine Mitarbeiter, die Verwalter seiner irdischen Habe, hatte einen Einblick in seinen Zeitplan und durfte ein Rädchen im Getriebe (Klischee, Klischee!) seines weltumspannenden Werkes sein; mit der Hoffnung, *wahrscheinlich* in seinem schrecklichen Strafgericht gerettet zu werden, wenn ich in diesem Werk ausharre und nicht nachlasse zu tun, was in seinen Augen vortrefflich ist,. Der Sinn stellte sich also mehr oder weniger automatisch ein. Durch die Tätigkeit. Hand in Hand mit all den tapferen Kämpfern für die Wahrheit, mitten in Satans böser, verkommener Welt. Dagegen *mussten* die Geschmacksfragen doch einfach verblassen. Zumal mein Geschmack ja noch kurz zuvor von dieser Welt geprägt worden war. Von der ich jetzt doch auf keinen Fall mehr ein Teil sein wollte - und sollte.

Ein kleiner Blick in den „Dienst"

Das Einzige, was mich wirklich noch interessierte, war ein Rund-um-die-Uhr-Dienst für Gott.

Zunächst zog ich mit meiner Lehrerin „ins Feld" und konnte durch Zuhören und Nachmachen viel von ihr lernen. Sie war ein sogenannter „Pionier". So wurden Verkündiger genannt, die damals hundert Stunden und mehr im Monat einsetzten, um die gute Botschaft zu predigen und Jünger zu machen. Ich hatte mit diesem Begriff zunächst Probleme, weil er bei mir eine Vorstellung auslöste, in der sich Bilder der tapferen ersten Landräuber und Besiedler des „Wilden Westens", wie man sie aus Hollywoodfilmen kennt, mit wissensfreien Klischees von bestimmten DDR-Mentalitäten mischten. Ein gewisser Argwohn, er könnte als eine Art Aufwertungssinnbild in die Köpfe der Verkündiger gepflanzt worden sein, um ihnen zu helfen, durch Visualisierung ihre Ziele höher zu setzen, hat mich schon damals nie ganz losgelassen.

Dessen ungeachtet und ohne Ironie: diese Frau war ein hervorragendes Beispiel für einen aus Liebe zu Gott geleisteten Dienst. Sie verhielt sich taktvoll an den Türen, beharrte nicht aufdringlich auf einer Fortführung, wenn ein Wohnungsinhaber offensichtlich beschäftigt oder auch einfach an einem Gespräch nicht interessiert war.

Obwohl sie nur etwas mehr als halb so groß war wie ich, konnte ich ohne anatomisch bedingte Schwierigkeiten lernend zu ihr aufblicken.

Meine Frau verdiente genug, um zwei Personen zu ernähren, ihre Arbeit machte ihr Spaß, und sie war einverstanden, dass ich so kurz vor Harmagedon meine ganze Zeit für diese wichtige unbezahlte Tätigkeit einzusetzen versuchte. Es war so beglückend, sich am Sonntag nach der Zusammenkunft mit dem Terminkalender bewaffnet durch die Reihen der Mitstreiter zu bewegen, um für die kommende Woche nach Partnern für den Predigtdienst zu suchen. Hatten ja nicht alle so viel Zeit wie ich, und es waren fünf Vormittage und ebenso viele Nachmittage zu füllen. Und *allein* von Haus zu Haus zu gehen, war mangels Mut ein Dienstzweig, den ich, soweit es möglich war, zu vermeiden suchte.

Am Wochenende war das kein Problem, denn wir hatten samstags morgens Treffpunkte in wechselnden Brüder- und natürlich Schwesternwohnungen; da fand man immer einen Partner (oder auch eine Partnerin, ich weiß), weil wir zunächst in eines der umliegenden Dörfer einfielen und dort vor Ort die Paarungen vornahmen. Und sonntags war Vortrag und Studium, was Priorität genoss. Außer in den Jahren, in denen wir nachmittags Versammlung hatten, weil die ständig wachsende Zahl an Verkündigern, mit denen das Wachstum der Zahl der Anbetungs- und Belehrungsgebäude nicht Schritt halten konnte, kluges Zeitmanagement erforderte. In jenen Jahren wurden unsere Mitmenschen natürlich konsequent auch sonntags ab 9.00 Uhr von uns mit der guten Botschaft versorgt. In den anderen Jahren natürlich auch. Nicht von uns, sondern von den Gliedern der anderen Versammlungen. Es gab kein Entkommen. Wenn der Vollstrecker in Kürze eintrifft, soll sich niemand beschweren können, er habe nichts gewusst. Auch wenn sie nicht hören wollten: wir waren da.

An diesen, den Sonntagen, plagten mich allerdings gelegentlich törichte Befürchtungen bezüglich des Störfaktors, den ich für ruhebedürftige Wochenend-genießen-Woller als Überbringer einer unerwünschten Botschaft darstellte. Gut wenn ich dann einen starken Begleiter an meiner Seite hatte, der meine Zaghaftigkeit durch forschen Bekennermut ausglich.

Nach meiner Taufe bekam ich ein eigenes Gebiet, in dem ich mich, Samen des Königreiches ausstreuend, tummeln konnte. Habe mir aber, weil man recht bald „durch war", noch ein weiteres in meiner näheren Umgebung dazu geben lassen. Um genauer zu sein: es war die sehr große Wohneinheit in der wir lebten; wegen seiner komplexen Bauweise auch als „Burg" bezeichnet. Ich dachte bei der Auswahl dieses Bereiches daran, dass ich nicht so weite Wege zurücklegen musste, um mit dem Beackern des Feldes zu beginnen, hatte also effektives Arbeiten im Sinn.

Was ich bei dieser sicherlich klug gemeinten Wahl leider nicht berücksichtigte, war eine neue Erkenntnis, die ich erst dadurch gewann: nämlich die Tatsache, dass es eine große Hemmschwelle sein kann, aus seinem Fenster auf die Wohnungen zu sehen, die man gleich aufzusuchen gedachte; die Menschen, die uns ja kannten, dort unten (wir wohnten in der siebten Etage) in geschäftiger oder zielgerichteter Bewegung einher eilen oder mit kommunikativer Gelassenheit stehen und im muntern Austausch versunken reden zu sehen. Menschen, an denen man dann gleich im Vertreteroutfit – Anzug, Krawatte, Aktentasche – grüßend vorbeigehen musste. Vor nicht allzu vielen Wochen kannte man mich noch wegsehenderweise als schlampiges Hippie-Wesen mit zugewachsenem Gesicht. Was würden die dann wohl denken in dem Augenblick?

An solchen Tagen, an denen es sich nicht vermeiden ließ, sich allein auf den Weg zu machen, war die Anlaufzeit besonders lang, weil dieser Ausblick Körperfunktionen einerseits auslöste, andererseits aber auch einschränkte.

Ganz plötzlich wurde mir zum Beispiel beim Verlassen der Wohnung klar, dass ich vielleicht die Kaffeemaschine nicht abgestellt hatte. Der Weg in die Küche gab dann möglicherweise den Blick auf die mit Sicherheit schon viel zu trockenen Topfpflanzen in unserem Wohnzimmer frei. Bestimmt wäre es besser, sie noch kurz zu gießen; der Tag könnte warm werden, unser Blumenfenster wies nach Süden und wer weiß, was der Tag mir an Gesprächen oder anderen zeitraubenden Erlebnissen bringen würde; ob ich überhaupt vor meiner Frau wieder zu Hause sein würde. Konnte ich denn wissen, ob ich nicht von verständnislosen Wohnungsinhabern gefangen genommen und als Geisel oder Sex-Sklave festgehalten werde?

Was würde meine sich hart im Berufsleben behauptende loyale Lebensgefährtin empfinden angesichts traurig dreinblickender Gewächse, die ihr vorwurfsvoll ihre trockenen gelbbraunen Extremitäten entgegenstreckten mit dem unausgesprochenen Vorwurf: „Wo warst du, als er, unsere grundlegenden Bedürfnisse vergessend, die Wohnung verließ?" Klar, dass ich die Gießkanne finden und dem Grünzeug (was hat so was überhaupt innerhalb eines Gemäuers zu suchen?) eine feucht-fröhliche Party ermöglichen musste. Dieser umfangreiche wässrig-plätschernde Vorgang des Kannefüllens und wieder Leerens hatte natürlich Auswirkungen auf den gefühlten Blasendruck.

Registriert, reagiert und danach endlich nach der Kaffeemaschine geschaut. War natürlich ausgeschaltet. Aber immerhin: der Wasserhahn lief noch. Allerdings nur, weil ich nicht die Wohnung verlassen hatte, sondern erst noch die Pflanzen gießen musste.

Oh Mann! Mehr als eine halbe Stunde vertan. Habe ich überhaupt alles dabei? Guck doch lieber noch mal in die Tasche, ob die neue Veröffentlichung – die, die die neuesten Beweise für das Versagen der großen Religionen bezüglich wessen auch immer aufzeigt – in ausreichender Exemplarmenge dabei ist.

Noch ein Blick aus dem Fenster: ja, sie stehen immer noch da und quatschen und ich *will* nicht an ihnen vorbeigehen. Noch mal ein kurzes Gebet um Vergebung und etwas mehr Mut. – Jetzt aber! Los jetzt!

Aber was sind denn da draußen plötzlich für Stimmen im Gemeinschaftsflur? Ein Blick durch den Türspion schafft Klarheit: die eine Nachbarin hat einen Austausch, einen gedanklichen, natürlich verbal praktiziert, mit wiederum ihrer selbigen. Bei denen kann ich mich im Predigeroutfit nun wirklich nicht sehen lassen. Vorletzten Monat oder in dem davor (oder war es der davor?), als ich mich noch nicht aufklärerisch in den Wohnhäusern tummelte, haben sie ein Stück Papier auf dem Boden liegend gefunden, welches den klaren Beweis lieferte, dass ich die sogenannte Hausordnung (Insider sprechen auch von einer Haus**woche**) nicht gemacht haben konnte.

Wie könnte ich mit diesem Background ehrlichen Herzens an ca. 1178 Wohnungstüren klingeln, um den Beginn einer ewig-sauberen Welt voller Frieden und Glück einzuläuten?

Außerdem: die Blase drückt schon wieder.

Aber das ist nun schnell erledigt. Jetzt aber wirklich. Noch einmal vor den Spiegel; hatte gehört, dass im „Bethel", dem Zentrum der wahren Anbetung und des nicht weniger wahren Dienstes für Gott angeblich ein ebensolches Testgerät an der Ausgangstür hängt; darunter, vielleicht auch darüber oder daneben, keinesfalls dahinter, weil dann natürlich nicht sichtbar, die aufrüttelnden Worte: „So sieht dich der Wohnungsinhaber".

Na ja; seh' schon ziemlich bescheuert aus. Aber ordentlich. Auch mein Vater hätte seine Freude gehabt.

Los jetzt!

Sollte ich nicht doch lieber erst die Kartoffeln und die Möhren schälen?

Wer weiß, wann ich wieder da sein werde?

Nein, jetzt reicht's!

Losgegangen, draußen den lieben Mitbewohnerinnen freundlich einen guten Tag gewünscht, den Fahrstuhl per Knopfdruck angefordert, gewartet, die Blicke im Rücken gefühlt, tapfer ignoriert, den dann irgendwann wirklich angekommenen Etagenverbinder betreten, die darin Anwesenden trotz ihrer zweifelnden Blicke auf taktvolle Weise herzlich und liebevoll begrüßt, das Transportmittel und diesen Teil des Wohnkomplexes verlassen, mich auch irgendwie verlassen fühlend, an der unüberschaubaren, Furcht einflößenden Menschenmenge von drei oder vier Personen vorbeigekommen, ohne physischen Schaden zu nehmen, den nächsten Hauseingang betreten, Fahrstuhl angefordert, eingestiegen, in den obersten Stock gefahren, ausgestiegen, geklingelt, gewartet, – keiner da!

Glück gehabt.

Nächste Tür. Klingeln. Jemand da. Tür geht auf. „Guten Tag, ich bin hier…" Peng! Tür zu! Kenn ich schon. Ist nur zu zweit leichter zu ertragen.

Nächste Tür. Klingeln. Jemand schaut durch den Spion. Schleicht leise weg. Noch mal klingeln? Manche würden das wohl tun. Ich bin nicht so forsch veranlagt.

Nächste Tür. Klingeln. Jemand reißt die Tür auf. „Ich brauch' weder einen Staubsauger noch ein Lexikon. Und auf Sekten hab ich schon gar keinen Bock!" „Ich kann verstehen, dass Sie…" Peng!

Nächste Tür. Nach einer etwas zögerlichen Kreisbewegung des Zeige- und Klingeldrückfingers doch, wenn auch nicht sehr forsch, das Knöpflein betätigt. Stimme gehört. Klingt nach geflüstertem Telefonat im Flur. Gelauscht. „Du, diese Bibelvertreter, du weißt schon, sind im Haus. Mach bloß nicht auf. Die wirst Du nie mehr los".

Gut. Diesen Teil des Gebietes kann ich für heute vergessen.
Da wäre noch die Siedlung am Rande unserer Trabantenstadt, wo ich Rückbesuche bei zwei freundlichen Hausfrauen durchführen könnte, die sich bei einem früheren Vorsprechen recht interessiert gezeigt hatten. Der Weg zu Fuß dorthin dauert etwa eine halbe Stunde und die Zeit zählt ja. Hab nicht nur schon irgendwo geklingelt, sondern auch die übliche verbale Abfuhr erfahren, also Kontakt gehabt.

Ich könnte den Weg ja gut nutzen, um mir darüber Gedanken zu machen, womit ich ihr damaliges Interesse pflegerisch geistig bewässern würde. Vorher sollte ich vielleicht noch mal schnell zwecks Toilettenbenutzung in die Wohnung gehen, damit nachher mein Dienst nicht durch innere Unruhe wegen des Blasendrucks beeinträchtigt wird.

Wenn Du beim Zuhören gespürt hast, welche mentalen Kräfte hier am Werk waren, ahnst du natürlich, wie es weitergeht. Der Gang der körperlichen Erleichterung war gleichzeitig der Schritt in das Ende des heutigen Vormittagsdienstes, denn in der Wohnung warteten schon weitere willkommene Ausreden auf mich, die ich dankbaren Herzens annahm.

Zum Glück war ich für den Nachmittag mit einem sehr alten Glaubensbruder verabredet, der sich immer als wunderbare Kraftquelle erwies, weil er den Raum und die Zeit zwischen zwei Türen sehr lebhaft mit Geschichten über die Zeit der Verfolgung sowohl im Dritten Reich als auch danach in der DDR füllte. Eine Zeit, die für solche Christen heftige Glaubensprüfungen mit sich gebracht hatte.

Ich schämte mich dann auch immer, wenn ich wie an diesem Vormittag der vergleichsweise grundlosen Furcht nachgegeben und den geplanten Dienst vorzeitig beendet hatte.
Wie sollte ich denn in der von uns allen erwarteten, unmittelbar bevorstehenden Zeit der Verfolgung, die der Befreiung in Harmagedon vorausgehen würde, vor Gott bestehen, wenn ich mich jetzt schon ängstlich verkroch?

Fest entschlossen, mich von Gott im Gehorsam schulen zu lassen, arbeitete ich daran, meinen Stundeneinsatz in Richtung Pionierdienst zu vergrößern. Ich verabredete mich mit immer mehr Verkündiger(inne)n und kam ihnen dadurch sehr nahe. Man lernt sich nirgendwo so gut kennen wie im gemeinsamen Kampf gegen Satans böse Dämonenhorden, die unseren Einsatz für Gott überhaupt nicht schätzen und uns deswegen ständig auf phantasievolle Weise Hindernisse in den Weg stellen.

Für die Zeit, die ich mangels Partnern allein im Dienst verbringen musste, hielt ich mir Rückbesuche und Heimbibelstudien bei netten Mitmenschen bereit.

Dass Furcht in diesem Bereich auch bei anderen Verkündigern zu seltsamen Verhaltensweisen führte, erfuhr ich nach und nach durch Gespräche, die nach einer unterschiedlich langen Kennenlernphase mehr und mehr mit annähernder Ehrlichkeit denn durch Schönfärbereien gewürzt waren.

Ein ganz mutiger Bruder erzählte mir von Taten, die jetzt im Nachhinein schwer sein Gewissen belasteten. Er war vor einigen Jahren als „Pionier" tätig gewesen. Da von diesen Eiferern Vorbildlichkeit erwartet wird, die teilweise nachprüfbar ist, weil jeder Verkündiger seine Tätigkeit mit Zahlenangaben über Zeiteinsatz und Literaturabgabe mittels eines kleinen Formulars berichten muss, wurde er häufig von zuständigen Ältesten angesprochen, wenn er zu wenige Zeitschriften abgegeben hatte. Da es ihm nicht gelang, das Ergebnis zu verbessern, gab er einfach eine höhere Quote an, und musste in der Folge mit dem ständigen Druck seines schlechten Gewissens leben, weil er ja eigentlich Gott belogen hatte, und das kann man ja gar nicht, weil er die Herzen sieht.

Die Versuchung ist groß, nun in freudig-depressiver Rückschau aus dem Erfahrensschatz zu schöpfen und unter zusätzlicher Einbeziehung der vielen auch positiven Erlebnisse Anekdote an Anekdote zu reihen, um das Verkündiger- und Bibelstudiendurchführerleben zu verklären, aber ich bin entschlossen, ihr nicht zu erliegen. Es war insgesamt spannend, beglückend, Furcht erregend, wachstumsfördernd - ohne Frage eine Bereicherung des Lebens.

Aber: „Wer denkt, er stehe, der sehe zu, dass er nicht falle". Das Glaubensleben beinhaltet natürlich mehr, als sich an dem Aufklärungswerk quer durch alle Wohngegenden der Welt zu beteiligen. Man kann ja so unglaublich viel falsch machen, wenn es eine so große Anzahl von Dingen gibt, die unbedingt richtig getan werden sollten. Natürlich darf man immer wieder um Vergebung bitten, aber das kann auch zur Gewohnheit werden. Und irgendwann nistet sich der Gedanke ein, dass viele Forderungen nur menschlichen Ursprungs sind, auf Schlussfolgerungen beruhen.

Darum jetzt ein kurzer und gezielter Blick auf die Entwicklung, die den allmählichen Ausstieg zur Folge hatte, der sich nach den bis hierher geschilderten etwa eineinhalb bis zwei Jahren und einer nicht allzu langen Zeit weiteren Wachstums immerhin acht quälend lange Jahre hinzog.

Es geht langsam abwärts

Wir kamen irgendwann auf den Gedanken, dass wir entgegen früheren Absichten doch nicht auf Kinder verzichten wollten, und setzten ihn auch gleich leidenschaftlich in die Tat um. Als der neue junge Mensch dann mit seinem entzückenden Geschrei uns und einen kleinen Teil der restlichen Welt beglückte, dauerte es nicht lange, bis meiner Frau klar wurde, dass *sie* sich jetzt um Haushalt und Kind kümmern wollte. Fand ich zwar schade, denn es bereitete mir Freude, diese angebliche Frauenrolle als Ergänzung zum Verkündigen zu übernehmen. Aber da ich sowieso immer mehr von einem schlechten Gewissen geplagt wurde, weil ich darauf aufmerksam gemacht worden war, dass ich meinen männlichen Pflichten als Beschaffer des Lebensunterhalts nicht nachkam, wie es sich doch nun wirklich gehörte, stimmte ich natürlich zu.

Ich konnte keinen erlernten Beruf vorweisen, darum lag es angesichts unseres Wohnortes nahe, den Job eines Montagewerkers in der Automobilfabrik anzunehmen, die dieser Stadt vor vielen Jahren zu ihrer Entstehung verholfen hatte.

Wir schrieben den Februar des Jahres 1976, Harmagedon war überfällig, und deswegen war es natürlich nicht weiter schlimm, noch mal kurz diese als unerfreulich empfundene Stelle anzutreten. In unserer Zeit ist es nicht wichtig, welchen Beruf man ausübt. Wichtig ist nur, für den Lebensunterhalt der Familie zu sorgen und die kurze verbleibende Zeit zu nutzen, um das einzig wahre Evangelium zu verbreiten, damit noch möglichst viele Menschen den Weg der Rettung beschreiten, hinein in eine friedliche Welt voll üppiger Tomaten, praller Kürbisse und anderer sittlich unbedenklicher, einwandfreier Lebensfreuden.

Ich durfte in den nun folgenden Jahren die bereichernde Erfahrung machen – und daraus lernen – dass es einen großen Unterschied ausmacht, ob man einen Glauben wie den unseren einfach nur so hat, eben für sich und die Familie, oder ob man außerhalb dieses geschützten Rahmens in einem Umfeld beschäftigt ist, das eine sehr klare, wenn auch verzerrte, Vorstellung davon hat, wie ein Sonderchrist so ist, was er darf und nicht darf, und keinen Zweifel daran lässt, dass es ihn für eine äußerst lächerliche Gestalt hält. Ein Kollegium der besonderen Art, das keine Chance lässt, erklärende Worte in die Schale einer wie auch immer gearteten Waage zu werfen.

Es hat noch nie zu meinen Stärken gehört, sinnvolle Gespräche zu beginnen. Aber an diesem Ort des eingeschränkten Gedankenaustauschs erschien es auch gar nicht angebracht, es überhaupt zu versuchen. So setzte ich mich in den kurzen Pausen auf einen Stuhl an meinem Arbeitsplatz, ignorierte den Lärm, der von oben und allen Seiten auf mich eindrang, und las eines unserer wertvollen, gut durchdacht aufgebauten Studienwerke. Das hatte zunächst den Vorteil, dass ich angesichts des vorherrschenden Geistes der Roh- und Plattheit den meinen mit guten Gedanken am Leben erhalten und im Idealfall weiter wachsen lassen konnte. Hauptsächlich verband ich damit aber die Vorstellung oder die Hoffnung, dass vielleicht mal jemand seiner Neugier mit fragenden Worten Ausdruck verleiht und ich dann beherzt Zeugnis geben kann.

Das mit der Neugier klappte zwar, aber die Folge war eher eine Steigerung der Heiterkeit meiner humorvollen Kollegen. Es war immer besonders aufschlussreich zu erleben, welche Veränderung die Botschaft erfuhr, während sie sich durch mehrere Münder und Gehirnfragmente vorwärts bewegte. So wurde ich durch diese wundersame Wandlung als jemand bekannt, der glaubt, dass übermorgen oder nächste Woche die Welt mit einem lauten Knall zerplatzt und lauter gute Dinge daraus hervorpurzeln, die nur den Bekloppten vorbehalten sind, weil alle Intelligenten und deswegen Bösewichter das nicht überleben.

Zum Glück bekommt man ja die Gerüchte, die ihren permanenten faszinierend fantasievollen Veränderungsprozess durchlaufen, meistens gar nicht mit.

Trotzdem kam es einmal vor, dass ein frisch zu meinen Füßen unter dem Hochband installierter Kollege dann tatsächlich und ernst gemeint fragte: „Was liest'n da?" Mein Argwohn benötigte noch etwas Zeit für die Neuorientierung, die ich nutzte, um mich zu erinnern, dass er schon längere Zeit nicht einfach nur neugierig, sondern eher interessiert zu mir herübergeschaut hatte. Also fasste ich mir, was man sich vor schwierigen Entscheidungen immer fassen muss: ein Herz, und erzählte ihm von meiner Einstellung zur Bibel und dass ich immer bestrebt sei, dazuzulernen. Er erfuhr von mir, dass wir in der Zeit des Endes leben, und dass man biblisch beweisen könne, dass uns große Umwälzungen hin zu wahrem Frieden bevorstünden; rechnete natürlich mit der üblichen Lachsalve. Kam aber nicht. „Stimmt!", sagte er stattdessen ernst und nachdenklich, sah mich einfach nur wortlos, irgendwie abwartend auffordernd an.

Meine Verblüffung war verblüffend verblüffend für mich. Sollte es sich herausstellen, dass ich hier einen unbekannten Glaubensbruder vor mir hatte?

– Er wartete immer noch.

Eine intelligente Aussage fiel mir nicht ein, darum fragte ich ohne Klugheitsanspruch: „Wie; du glaubst das auch?" Mit einem dezent diabolischen Grinsen sagte er „ja". Sonst nichts. „Und wie bist du zu dieser Erkenntnis gekommen?", war das einzige, was mir in dem Moment noch als letzter Versuch einfiel. Dann preschte er endlich vorwärts: „Mein Bruder ist Mitglied in einer Freikirche und gibt mir immer die neuesten Bücher. Ich lese gerade eins über die Zukunft der Erde. Offenbarung und politische Entwicklung und so" war der Anfang einer längeren leidenschaftlichen Ausführung.

Die wenigen Bereiche, die wir dann gesprächstechnisch abklopften, wiesen in meinen Augen eine erstaunliche Übereinstimmung in ihren Inhalten auf. Der Putz auf der unüberwindlichen Mauer des Alleinvertretungsanspruchs, den man unserer Gemeinschaft zu Recht unterstellt, bekam plötzlich auf meiner Seite ein paar Risse. Dass jemand im immer unmittelbarer bevorstehenden Strafgericht vom Schlund ewigen Vergessens verschlungen werden sollte, nur weil er unserer Vorstellung von Wahrheit nicht in allen Punkten entspricht, hatte ich als Lehre sowieso nur widerspenstig angenommen. Sie war halt ein Teil des Ganzen.

Klang zwar in meinen Ohren schon reichlich schräg, was er von sich gab; jedenfalls einiges davon. Er besprudelte mich mit Ausführungen über ein Buch, das angeblich unter Christen schon seit ein paar Jahren das Bewusstsein für die Außerordentlichkeit des Außerordentlichen an den Ereignissen der letzten Jahre schärfte. Es sei zum Beispiel klar, dass die Weltkriege bald nicht mehr in Zahlen von eins bis zwei benannt werden könnten, sondern dass sich Nr. 3 in greifbarer Nähe befand; und dass die Entrückung aller Gläubigen unmittelbar bevorstünde, bevor die Erde dann ratzekahl verbrannt würde und nichts mehr übrig bliebe. Er schwärmte über beeindruckende Visionen von Kampfhubschraubern, deren redaktionelle Bearbeitung an den Empfänger Johannes große Anforderungen gestellt haben muss. Er sollte ja alles aufschreiben, was ihm so im Geiste vermittelt wurde; und wie sollte ein einfacher Fischer denn Dinge beschreiben, die es zu seiner Zeit im realen Leben nicht gab? Mein biblisch geschulter messerscharfer Verstand erinnerte mich an die symbolischen Heuschrecken, die in der Vision aus dem Rauch herauskamen, der seinerseits aus einem Schacht hervorquoll. Sie wiesen jedoch auch Merkmale auf, die mit Heuschrecken nun wirklich überhaupt nicht in Verbindung gebracht werden konnten. Viel weniger allerdings noch mit neuzeitlichen Fluggeräten. Sie sahen aus wie zum Kampf gerüstete Pferde, hatten Menschengesichter und Kronen auf dem Kopf, Frauenhaare und Zähne wie Löwen, Brustpanzer wie aus Eisen. Alles Hinweise auf

Persönlichkeitsmerkmale, über die gründlich nachgedacht werden muss, ehe man zu wahnwitzigen Erklärungen greift.

Aber mein wissbegieriger neuer Kollege wusste es halt nicht besser. Er hatte die Offenbarung noch nie gelesen, und musste von diesen Deutungen zwangsläufig sehr begeistert sein. Entscheidend war ja, dass er sensibilisiert war für den Zusammenhang zwischen den Ereignissen unserer Zeit und den Aufsehen erregenden Voraussagen aus einer so weit zurückliegenden Epoche. Dass es außer meinem als einziges der einzig wahren Wahrheit folgenden Volk noch andere – sicher insgesamt irregeleitete – Erforscher der Bibel gab, überraschte mich und machte mich neugierig. Ich bat ihn, mir das Buch einmal auszuleihen. Tat er gerne und ich konnte es kaum erwarten, mit dem Lesen zu beginnen.

Der Autor (übrigens auch wieder mal ein Amerikaner) schien wie erwartet besonders auf die Offenbarung fixiert zu sein: So viele Visionen, die danach schreien gedeutet zu werden, um sie dem gerne für ungewöhnliches Gedanken- und Fantasiefutter zahlenden Publikum in leckerer, leicht verdaulicher Geschmackskomposition ansprechend zu servieren. Neben den schon erwähnten Kampfhubschraubern und anderen Seltsamkeiten fanden sich aber auch bedeutsame Hinweise auf politische Ereignisse, die den unbändigen Appetit auf Sensationelles, in welchem Bereich auch immer, großzügig stillten. Allein der Untertitel, der den offenen Leser schon mal vorab auf das einstimmte, was mein eifernder Kollege schon erwähnt hatte: nämlich dass die Welt sich an der Schwelle zum Dritten Weltkrieg befand, machte klar, was von diesem Buch zu erwarten war. Natürlich kann Menschen, in denen man zunächst Ängste erzeugt oder vorhandene geschürt hat, viel erfolgreicher Hoffnung, Zuversicht und Mut vermittelt werden.

Da ich ihm auch eines unserer wunderbaren Bibelstudienhilfsmittel geschenkt hatte, malte ich mir schon das auferbauende Gespräch aus, das sich daraus ergeben musste. Denn sicher würde er den Unterschied erkennen zwischen diesem spekulationsgeladenen Unsinn und unserer differenzierten Auseinandersetzung mit der Unzahl falscher Lehren, die sich in der Christenheit in den letzten fast zwanzig Jahrhunderten niedergeschlagen haben.

Es war dann aber so, dass er seine Meinung zu unserem Buch mit zwei Worten übersichtlich zusammenfassen konnte: „Totaler Quatsch!"; ein Minimalsatz, der nicht genügend Argumente beinhaltete, um gezielt darauf eingehen zu können. Ich hätte aber auch weder Zeit noch Raum dafür gefunden. Dieser kurzen, heftig vorgebrachten, sehr qualifizierten Analyse folgte ohne Zäsur eine umfangreiche Auflistung sämtlicher Quatschfaktoren. Seine Augen versprühten Funken göttlichen Zorns, die Gesichtsfarbe wechselte in flackernden Frequenzen zwischen durchscheinend-blass und leuchtendem Karmesinrot. Seine Lippen, obwohl sowieso schon in hektischer Betriebsamkeit, wiesen zusätzlich noch ein Beben auf, das mich ein wenig in Panik versetzte. Das kraftvolle Crescendo seiner Ausführungen fand seinen akustischen Höhepunkt in der Feststellung, dass die Ablehnung des Weihnachtsfestes das Schrecklichste sei, was er je gehört hatte. Diese Leugnung jeglicher Lebensfreude auch noch den unschuldigen Kindern zuzumuten sei grausam und unentschuldbar. Ich kann es nicht beschwören, aber ich glaube, auf jenen Tag ist der offizielle Beginn meiner Tinnitusplage anzusetzen.

Nachdem er dann einige Tage nicht mehr mit mir gesprochen und auch auf nonverbale Kommunikation weitestgehend verzichtet hatte, sieht man mal großzügig von den Dolchen in seinen Blicken ab, bot er mir eines Tages völlig unerwartet einen von zwei Snacks aus der Werkskantine an, und verband das mit dem grimmig-freundlichen Hinweis, dass sein Bruder Lust signalisiert hätte, mal mit mir zu reden.

Die beiden kamen mich dann besuchen. Wir hatten einen interessanten Gedanken-, Meinungs- und Schlagabtausch. Jede meiner Äußerungen, sei es der Hinweis, dass es keine unsterbliche Seele und keine Hölle gibt, dass Gott nicht in gefalteter Form existiert, auch nicht dreifach, dass die Hoffnung für die meisten Menschen im ewigen Leben auf einer gereinigten Erde besteht, und dass nur 144000 für den Himmel vorgesehen sind, und was mir sonst noch so einfiel, wurde mit ungläubigem Staunen und den Worten „harte These, harte These" geahndet. Aber wir hatten auch eine wesentliche Übereinstimmung: wer sich taufen lassen will, sollte alt genug sei, diese Entscheidung selbstständig zu fällen, was die Säuglingstaufe mehr oder weniger ausschloss. Er erzählte von Zusammenkünften, die nach vorherrschendem Brauch bekanntlich Gottesdienst genannt werden, welche in seiner Kirche sehr lebendig und frei von liturgischen Handlungen seien. In seinen hoffnungsfroh leuchtenden blauen Augen war die Zuversicht zu erkennen, einen verklemmten Sektierer ins wahre geistliche Leben emporheben zu können, und ich bestärkte ihn wohl noch darin, ohne es wirklich zu wollen, indem ich sagte, ich hätte Lust, das mal zu erleben. Ich meinerseits hegte die Hoffnung, durch diese wahrlich offenherzige Haltung den Weg für ihn zu ebnen in die Schafhürde der einzig wahren Organisation Gottes bzw. ihres Ablegers hier auf Erden.

Es war ein aufschlussreicher und deswegen aufgeschlossener Abend. Wir spielten zusammen Gitarre, sangen gemeinsam, was wir so kannten, er spielte mir einige seiner Kirchenlieder vor, die mir sogar gefielen, weil sie überhaupt nicht an das erinnerten, was ich als Kind so in der Landeskirche zu hören bekommen hatte und damals zur Konfirmandenzeit singen musste; ich spielte ein paar von meinen eigenen Liedern vor und wir verstanden uns wunderbar, sprachen noch über dies und das und verabschiedeten uns voneinander.

Auch meiner Frau hatte dieser Abend gefallen, und wir erzählten nicht nur Günter und seiner Frau Angelika (Du erinnerst Dich an die „Grinsekatze"?) davon, sondern auch einigen reifen Brüdern: dass es doch Menschen zu geben scheint, die eine etwas andere Sicht der Dinge haben und trotzdem liebe- und glaubensmäßig ganz schön gut drauf sind. Schließlich hat man doch auch bei uns viele Ansichten und Schlussfolgerungen ändern müssen. Das heißt, dass die vorherigen Sichtweisen falsch waren. Trotz dieser falschen Vorstellungen glaubte man sich von Gott angenommen und war überzeugt davon, dass jeder wahre Christ jede aktuelle Lehre annehmen muss, auch wenn er anderer Ansicht ist. Am besten wäre es natürlich, nicht anderer Ansicht zu sein, aber wenn, dann sollte man es für sich behalten und dem gegenwärtigen Kurs folgen. Es gab da auch den Spruch von der gegenwärtigen Wahrheit. Der kam mir zwar schon komisch vor, aber ich ignorierte das noch einige Jahre; etwa dreißig an der Zahl, denn wir schrieben das Jahr 1977 und ich habe ja erst kürzlich, ich glaube 2006 war's, angefangen, mich selbst auch in gewissen Ansätzen ernst zu nehmen und von dieser erfrischenden neuen Selbsteinschätzung Gebrauch zu machen.

Also, die reifen Leute warnten uns liebevoll und ermahnten uns, uns nicht irreführen zu lassen. Aber Angelika und Günter waren bereit, uns zu begleiten und mal reinzuschnuppern, wie in Babylon angebetet wird. Denn erinnere dich, lieber vergesslicher Zuhörer: alle Formen der Anbetung außer unserer fanden unter der Fuchtel dieser Dame statt, die in der Offenbarung als „Babylon die Große" gekennzeichnet ist. Wir waren also bereit, in die Höhle des Löwen zu schlüpfen, nur weil wir hofften, den Einen oder Anderen daraus zu befreien. Gut; nicht wahr? Aber neugierig waren wir auch.

Die Gefahr war größer als wir geahnt hatten, denn es gefiel uns dort. Es wirkte nicht so reglementiert wie bei uns, Leute kamen spontan auf die Bühne oder wie man das in der Kirche sonst nennt, und erzählten von irgendwelchen persönlichen Erlebnissen oder spontanen Eingebungen, die für irgendjemanden in der Gemeinde wichtig sein sollten. Beteten auch einfach so mittendrin; wem es gerade so in den Sinn kam. Erinnerte eigentlich ganz schön stark an die Beschreibung einer Versammlung, die Paulus in einem der beiden Korintherbriefe ablieferte. Und die Leute wirkten glücklich; mehr noch als bei uns; irgendwie authentischer. Aber das kann natürlich nur eine Fehleinschätzung sein, wegen der Gefühle. Denen darf man nun gar nicht trauen, denn „das Herz ist verräterisch, wer kann es kennen?".

Wir haben hinterher darüber geredet, Günter bemängelte, es sei schon sehr emotional gewesen, und meinte das natürlich negativ; wir anderen drei fanden das eigentlich ganz gut, aber irgendwie hatte er schon Recht. Das war ja alles so aus dem Bauch raus, wie es schien. Anders als die feste Speise, die wir von der Gesellschaft erhielten, die wirklich der fortschreitenden Belehrung diente und volle intellektuelle Aufmerksamkeit erforderte.

Wir beschlossen, der Vernunft zum Sieg zu verhelfen und so blieb das unser einziger und letzter Versuch, uns auf untheokratische Anbetungsformen einzulassen.

Ich bemühte mich dann, meinem vorübergehend friedlichen Kollegen unsere Entscheidung erklärend zu verdeutlichen, und das war dann das Ende jeglicher Kommunikation zwischen uns.

Durch diese Ereignisse war ich vorübergehend abgelenkt von der Tatsache, dass ich mich am Arbeitsplatz unter Menschen befand, die mir immer wieder meine Lächerlichkeit vor Augen führten, was in mir wachsendes Unbehagen verursachte; zumal es bei ihrer Kritik oft um Besonderheiten unseres Glaubens ging, die ich zwar zwangsläufig mit trug, aber aufgrund ihres Spottes dann doch mal hinterfragte.

Außerdem ist es total doof, immer als Außenseiter zu gelten, wenn es um Bereiche geht, die man nicht wirklich aus ganzem Herzen mit trägt. Es ist ein Unterschied, ob ich wegen einer eigenen Überzeugung ausgelacht werde, oder für etwas, was andere Teilhaber an der wahren Lehre von sich geben.

Ähnlich wie früher in der Schulzeit begann ich, durch lockere Sprüche und andere Anpassereien eine gewisse Art von Akzeptanz zu erlangen. Der Preis dafür war ein wegen des Gewissens geschwächter Glaube, weil das Verhältnis zu Gott Risse bekam.

Ein anderer Bereich des Schwächelns betraf die Tatsache, dass Kinder zu haben (es waren jetzt zwei, denn wir gönnten uns etwas später erfolgreich einen sehr liebenswerten Nachschlag) meistens auch die Existenz mindestens einer Oma beinhaltet. Kinder besuchen auch irgendwann einen Kindergarten und später eine Schule. All diese Faktoren sind weder ungewöhnlich noch besonders verwerflich.

Addiert man aber die Tatsache, dass Geburtstage, Weihnachten und Ostern zu feiern für uns einen Akt der Untreue gegenüber Gott darstellt, bekommen sie eine völlig andere Dimension.

Wenn man nicht völlig davon überzeugt ist, dass ein bestimmtes von menschlichen Autoritäten gefordertes Verhalten eine Forderung Gottes darstellt, ist es schwer zu unterscheiden, ob ein Kompromiss aus Feigheit eingegangen wird oder ob hier zu Recht eigene Schlussfolgerungen – und zwar andere – gezogen werden. Ich beruhigte mich in dieser Hinsicht jedenfalls mit dem Gedanken, dass ich von einem Kind nicht verlangen kann, sich vor Erzieher(inne)n, Lehrer(inne)n und Mitschüler(inne)n in einer Streitfrage zu behaupten, deren Sinn es nicht versteht.

Auch diese Zugeständnisse schoben mich innerlich mehr in die Richtung der auch auf Kongressen oft warnend erwähnten „Grauzone".

Auf diesem Boden konnten dann auch Zweifel an bestimmten Lehren und die innere Abwehrhaltung bezüglich gewisser etablierter Denkweisen besser gedeihen; auch das ein Prozess, der sich über Jahre ganz unmerklich, erst im Rückblick erkennbar, steigerte.

Die Wochenenden hatten wir schon seit längerem immer häufiger mit Günter und seiner Frau verbracht, sowohl in gemeinsamem Predigtdienst als auch mit Ausflügen und Spieleabenden. Auch die Vorbereitung auf die sonntägliche Wachtturmbesprechung zelebrierten wir zusammen.

Dieses Studium bereitete mir Freude, weil wir es sehr tiefschürfend betrieben. Meistens schafften wir den zu besprechenden Artikel nicht, weil wir schon nach wenigen Absätzen an irgendwelchen Fragen oder Schriftstellen hängen blieben. Vor allen Dingen Angelika und ich stellten sehr viele Gemeinsamkeiten in unserem Denken und im Bezweifeln scheinbar grundlegender Glaubensinhalte fest. Günter versuchte quasi als Fels in der Brandung auf unsere Einwände einzugehen, und ich denke mit großem Unbehagen daran zurück, wie ihm dabei angesichts der zunehmenden emotionalen Nähe zwischen seiner Frau und mir zumute gewesen sein muss.

Meine Frau wiederum wurde immer aggressiver angesichts unserer „nervenden Glaubensgespräche", wie sie mir nach unserer späteren Trennung mal erzählte. Sie hätte angeblich nie sehr stark hinter dieser Sache gestanden, sondern es mehr wegen mir mitgemacht.

In diese Zeit fiel dann auch eine Entwicklung, die sehr mit einem von mir lange vernachlässigten Lieblingsgebiet zu tun hatte: der Musik.

Wir vier sahen uns meistens zusammen die nächtlichen Übertragungen des Rockfestivals an der Loreley an und entdeckten zu der Zeit viele Gemeinsamkeiten im Musikgeschmack.

In den Zeitschriften wurde häufig auf die Gefahren der Rockmusik hingewiesen, und unter aufklärerisch engagierten Brüdern kursierten schwarze Listen; nicht offiziell von der Gesellschaft, aber irgendwie doch von der Zentrale ins Meer der Verkündiger geschwappt. Auch klassische Musik blieb davon nicht verschont. Man konnte aus diesen Listen erkennen, welche Musik „ungefährlich", „bedenklich" oder „empfehlenswert" war.

Wenn ich gelegentlich in einem der damals sehr verbreiteten und schnuckeligen kleinen Plattenläden in einem gemütlichen Sessel saß, über bzw. unter Kopfhörer nach interessanten neuen Klängen suchend, überfielen mich gelegentlich heftige Aggressionsschauer, weil ich mir plötzlich vorstellte, ein Ältester oder auch meine Einstiegslehrerin würden den Laden betreten und mich mit missbilligenden Blicken behelligen.

Völlig irrational, so etwas ist nie geschehen, aber mein Widerwillen gegenüber der Gemeinschaft und ihrem Denken wuchs rapide.

Ich wurde immer kritischer gegenüber gewissen Aussagen, die reife Redner von der Bühne herab über die lauschende Menge gossen. Wenn zum Beispiel, um es greifbar zu machen, auf einem Kongress, einem Ort besonderer Belehrung, auf den man mit der verstärkten Ermahnung vorbereitet wird, dass Gott selbst der eigentliche Lehrer ist, zum Thema „Christen und die Musik" Folgendes zu hören bekommt:

„Woran erkenne ich denn, ob eine bestimmte Musik für einen Christen annehmbar ist? Nun, liebe Brüder und Schwestern, wir können da keine Regel aufstellen, aber wenn ich beim Zuhören plötzlich merke, dass einer meiner Füße beginnt, fast unmerklich im Rhythmus zu zucken, dann ist höchste Vorsicht geboten".

Oder zum Thema „als Christ den richtigen Ehepartner finden" die Höhepunkte der Kriteriensammlung: „womit verbringt er/sie seine Freizeit; welche Art von Musik hört er/sie; kleidet er/sie sich so, wie es bei uns üblich ist?"

Oder zum Thema „Leitung durch ein Haupt" in Gottes ehrbarer Einrichtung der Ehe ein Gedanke, der den Mann zur Demut anhalten soll: „...natürlich solltest du als ein liebevoller Ehegatte bis zu einem gewissen Maß auch den Geschmack deiner Frau berücksichtigen, wenn du ihre Kleidung aussuchst."

Das sind natürlich scheinbar unbedeutende kleine Beispiele, aber viele ähnlich geartete Aussagen eifriger Recken, die mit arttypischen Denkweisen zusammenhingen, füllten nach und nach den

Geistesmülleimer, in den ich sie geworfen hatte, weil ich mich beim besten Willen nicht damit identifizieren konnte.

Diese früher als klein und unbedeutend empfundenen Knackser in der Verkündigerschallplatte wurden zu Rissen, die bald durch keine positive Erfahrung mehr zu kitten waren. Es war nur eine Frage der Zeit, wann der Deckel nicht mehr zu schließen sein würde (es dauerte nach den ersten geistigen Einbrüchen immerhin noch acht Jahre; bei cirka zwölf Jahren Mittäterschaft).

Ich wurde immer unzufriedener, brachte das aber gar nicht in erster Linie mit diesen Dingen in Verbindung. Ich beobachtete eine Wechselwirkung aus dem eben Gesagten, ferner aus eigenen faulen Kompromissen im Umgang mit „Weltmenschen", ähnlich den oben in Verbindung mit den Kindern beschriebenen, und in anderen Bereichen, die nach Meinung der Leitung konsequentes Stellung-Beziehen erfordert hätten – was mein Gewissen natürlich belastete – und dann noch wachsenden Zweifeln an grundlegenden „Wahrheiten", die ich nicht wirklich nachvollziehbar bewiesen fand.

Dadurch fiel es mir auch noch schwerer, mit der Tatsache umzugehen, dass ich die selbstverherrlichende Eigendarstellung im offiziellen Mitteilungsorgan, verbunden mit abfälligen Pauschalbewertungen über so genannte „Scheinchristen", mitsamt dem schon früh aufkeimenden Ärger immer wieder verdrängt hatte.

Durch die so geschwächte Zielstrebigkeit konnten sich alte, nur verdrängte Süchte reanimieren, ich fing wieder an zu rauchen und hatte die Mühe des harten Kampfes zu ertragen, in der Versammlung nicht über Geruchssensoren als Nikotinierter enttarnt zu werden.

Die Schichtarbeit tat ihr übriges. Und wenn Kongresse, die ab neun Uhr morgens in einem Saal stattfanden, der erst nach zwei Stunden Fahrt zu erreichen war, in das Wochenende zwischen freitags Spät- und montags Frühschicht fielen, konnte ich nicht ehrlichen Herzens sagen, dass ich mich darauf freute.

Der Versammlungsbesuch wurde unregelmäßig und wenn ich anwesend war, fiel manchen treuen Anbetern, wie ich hinterher erfuhr, eine aggressive Haltung meinerseits auf, die sie ahnen ließ, dass ich nicht mehr lange dabei sein würde.

Drei Bereiche meines Lebens hatten sich fast unmerklich zu eng miteinander verflochtenen Krisenregionen entwickelt: der gesamte Glaubensbereich, meine Ehe, unter deren Problemen leider wie so häufig besonders die Kinder zu leiden hatten, und natürlich der Bandarbeiter-Job, den ich inzwischen neun Jahre ausübte und dem ich immer häufiger wegen diverser psychosomatischer Erkrankungen fern blieb.

Der erste Schritt in ein verändertes Leben war die Trennung von meiner Frau, die nicht so locker vor sich ging, wie es sich hier anhört.

Der nächste betraf die Versammlung. Die Ältesten hatten schon einige Male versucht, ein Gespräch mit uns zu führen. Meine Frau hatte jeglichen Besuch so barsch abgelehnt, dass einer der Ältesten meinte, so würden ihn nicht mal „Weltmenschen" an den Türen abfertigen. Nach der Trennung von meiner Frau hatte ich noch einige wenige Kontakte mit diesen einfühlsamen Hirten, und in dem letzten Gespräch, dass die Ältesten sich antaten, versuchte ich meinen „Zustand" damit zu erklären, dass ich mich mit dem Namen unserer Gemeinschaft nicht mehr identifizieren konnte. Vielleicht hatte ich erwartet, diese Aussage würde ein Gespräch in Gang setzen, bei dem man den Problemen zielstrebig auf den Grund gehen könnte. Statt eine Frage nach den Beweggründen zu stellen, erklärten sie mir kurz und auf den Punkt gebracht, was in diesem Fall die Ehrlichkeit gegenüber den Brüdern (Schwestern wohl auch, obwohl sie in diesem Gespräch von ihnen nicht erwähnt wurden) von mir verlangen würde, die ja wissen sollten, woran sie mit mir sind: ich müsste in einer schriftlichen Erklärung klar zum Ausdruck bringen, dass ich mich nicht mehr als zugehörig betrachte.

„Aber dann würde mich doch jeder als einen Gegner ansehen. Das bin ich doch nicht", wandte ich ein. „Niemand wird dich als Feind betrachten, dazu kennen wir dich zu gut", war die beschwichtigende Antwort. Das beruhigte mich, und nach einem höflichen Phrasenaustausch war das Gespräch damit beendet.

Ein solches Schreiben aufzusetzen, erwies sich als eine nicht ganz leichte Aufgabe. Es war mir sehr daran gelegen, jedem meine Beweggründe deutlich zu machen, darum formulierte ich mit wohl überlegten Sätzen, dass ich einige Lehren nicht mit gutem Gewissen vertreten könnte, aber gegen niemanden in der Gemeinschaft irgendeinen Groll hegte. Ich befände mich wieder auf der Suche und könnte auch nicht ausschließen, dass ich letztlich doch wieder dort „landen" würde. Zurzeit jedoch wäre es unehrlich, würde ich mich als Glied der Gemeinschaft bezeichnen. Dieser Brief wurde in der nächsten Zusammenkunft in meiner Abwesenheit von der Bühne verlesen und das war's fast schon.

Gleich am Tag nach dieser Aktion besuchte mich Angelika in meiner neuen Behausung. Sehr verstört. Sie hatte dieser Versammlung beigewohnt und besprudelte mich aufgeregt mit ihrer Sicht des Geschehens. Die Darstellung meines Abgangs hätte wohl tiefe Betroffenheit bei den Anwesenden ausgelöst, weil entgegen der Aussage im „Hirtengespräch unter sechs Augen" nun doch allen Anwesenden klargemacht wurde, dass ich dem allein wahren Gott und seiner Organisation den Rücken zugekehrt hatte, und dass deswegen jeglicher Umgang mit mir einen Gemeinschaftsentzug zur Folge haben könnte. Sie bedrängte mich mit einer Stimme, der eine schwache Vorstufe zur Panik anzuhören war, dieses Schreiben zu widerrufen. „Wir dürfen uns dann nicht mehr sehen. Das halte ich nicht aus! Bitte, ruf doch die Brüder an und sag, dass das ein Missverständnis war! Die haben dir doch gesagt, dass du nicht als Gegner angesehen würdest! Wir kriegen das sicher zusammen hin, wenn wir weiter in der Bibel lesen. Du weißt doch, dass ich ähnliche Probleme mit diesem Buch und manchen Ansichten der Brüder habe!"

Ich rief sofort – zwar etwas widerwillig, aber trotzdem – an, denn es war klar, dass wir weiter miteinander reden würden, und welche Folgen das für sie hätte, lag auf der Hand: „Ihr habt mir doch gesagt, ich würde nicht als Gegner eingestuft werden, mit dem man keinen Kontakt haben darf. Wenn wir uns da so falsch verstanden haben, möchte ich meinen Brief widerrufen und noch einmal mit euch sprechen. Offensichtlich ist doch einiges nicht ganz klar".

Kurze wie kalte Antwort: „Du kennst ja den Weg. Reue und Umkehr! Und das dauert schon ein wenig." Und jetzt war's das wirklich; ohne „fast".

Ich war sauer; fand es völlig unverständlich, was genau ich seiner Meinung nach wohl zu bereuen haben sollte. Nicht, dass es da nichts gegeben hätte. Aber das meinte er nicht; er spielte natürlich auf mein Denken an; und wie um alles in der Welt kann irgendjemand eine ehrliche Aussage bereuen!?

Angelika teilte dann meine Sauerkeit mit mir, wir hielten weiter Kontakt, und natürlich hatte das die erwarteten Folgen für sie. Man stellte sie vor die Wahl, entweder sofort jegliche Verbindung zu mir abzubrechen oder ebenfalls ein Ausstiegsschreiben zu formulieren. Die dritte Alternative wäre ein Gemeinschaftsentzug wegen Umgangs mit Abtrünnigen. Sie wählte den freiwilligen Ausstieg, um wenigstens den Ansatz einer selbst getroffenen Lebensentscheidung zu verspüren.

Neues Leben (?)

Hört sich leicht an. Ein lockerer, fröhlicher Sprung in einen Frühling neu sprießenden Lebens. Manch einer meint vielleicht gar, einen Jauchzer ekstatischer Freude zu hören.
Ist nicht ganz so.

Da ist ein Ehepartner, der Gott liebt und ihm bzw. seiner Vorstellung von ihm ausschließlich ergeben ist. Und man hat als Paar meistens auch Freunde, das kennt jeder. Hier sind die Freunde aber ausschließlich Teil der Versammlung. Die bedauern den armen Mann natürlich sehr wegen seines Schicksals, das ihn mit einer unbiblisch gesonnenen, widerspenstigen Frau gebeutelt hat. Und man wusste natürlich schon lange, dass das mal so enden würde. Die hat sich ja immer nur über Probleme unterhalten können, die andere Menschen plagten, aber niemals über „Theokratisches". Ich musste an manche Äußerungen über sie zurückdenken, von reifen Personen vorgetragen, die mit einem biblisch geschulten Auge gesegnet waren und deswegen erkannten, dass sie ein sehr schwerer Klotz am Bein ihres geschundenen Mannes war. Man habe ihn dann auch aus den Reihen der Ältestenschaft mit möglichst vielen Aufgaben bedeckt, „damit er nicht so viel nachdenkt". Er hatte nämlich immer wieder versucht, auf all ihre törichten Fragen einzugehen. Was das doch für wertvolle Zeit verschlang, die viel besser im Predigt- und Lehrwerk und im Dienst für die Versammlung einzusetzen war!

Ein treuer Zeuge für Gott und seine irdische Organisation sollte natürlich den verbalen Kontakt mit einem ausgeschlossenen Familienmitglied auf das absolut Nötigste beschränken: die sachlichen Dinge des Lebens halt. Um Himmels Willen nichts, das auf geistige Gemeinschaft schließen lassen könnte. Man muss ja schließlich als Ehepaar trotzdem noch notgedrungen miteinander sprechen: über Fragen des Einkaufs, des Speise- und Reinigungsplans, der Kindererziehung und des ehrenhaften Geschlechtsverkehrs zum Beispiel. Obwohl letzteres natürlich auch notgedrungen wortlos geschehen kann; oder einfach gar nicht.

Angelikas einzigen Gesprächspartner über persönliche, emotionale Dinge waren nunmehr ihre Kinder, 10 und vier Jahre alt, und eben ich, der andere Abtrünnige. Allen, so hörten wir, war klar, dass wir uns jetzt gegenseitig runterreißen würden, weil wir viel zu gefühlsbetont waren, und das Ende der Geschichte konnte nur ein tragisches sein. Menschen, die sich durch unabhängiges Denken aus der Gemeinschaft des Volkes Gottes herauskatapultieren, können natürlich keinen Erfolg mit ihrem gottlosen Tun haben. „Sie haben die Weisheit Jehovas verlassen und welche Weisheit haben sie?".

Als sie mich am Tag nach der öffentlichem Verlesung ihrer Abschiedserklärung besuchte, führten wir zunächst auch ein sehr trauriges Gespräch, weil wir nicht wussten, wie es weitergehen sollte. Aber es gibt da so Hilfsmittel, die man gar nicht in dieser Eigenschaft gebrauchen will. Aber sie helfen eben relativ kurzfristig. Als alle Worte ausgeschöpft und mal wieder ein oder zwei Whiskys geflossen waren, legten wir „Brothers in Arms", das damals neueste Album der Dire Straits auf und fühlten uns gut. Als Mark Knopfler sang: „ye do the walk of life", tanzte sie im Zimmer herum und sang zu diesen Zeilen die Worte „und ich bin nicht mehr dabei, und ich bin nicht mehr dabei!". Wenigstens für den Abend war die melancholische Stimmung einer angenehmen Gelöstheit gewichen.

Für die meisten Aussteiger ist dies eine Zeit, in der sie in das schon von vielen Menschen gelegentlich oder häufiger erfahrene und beschriebene tiefe und unvorstellbar schwarze Loch fallen, weil es für das verlorene soziale Umfeld keinen Ersatz gibt. Man steht meist völlig allein da. Egal, ob man nun „draußen" ist, weil man in Sünde verstrickt war und diesen Zustand nicht aufgeben wollte oder konnte, oder ob es nur um einige Lehrpunkte ging, die man für falsch hielt, in jedem Fall ist die ganze Persönlichkeit trotzdem vom zurückliegenden Leben geprägt. Man ist jetzt in der „Finsternis" und steht vor der schwierigen Herausforderung, in dem Umfeld, das man immer als Gott entfremdete Welt angesehen hat, vielleicht nicht gleich Freunde zu finden, aber doch wenigstens erste Kontakte zu knüpfen.

In dieser Situation waren wir zwar nicht ganz. Aber wir durchlebten natürlich ebenfalls jene Momente, in denen Menschen, die gerade noch zu den engsten Freunden, Brüdern oder Schwestern gehört hatten, hektisch entschieden, die andere Straßenseite einer genaueren Betrachtung zu unterziehen, wenn wir ihnen zufällig begegneten. Fand diese körperliche Konfrontation etwa in der Innenstadt statt, gab es, wenigstens für weibliche Wesen, die weniger aufwendige Möglichkeit, dringend den Kopf in die Handtasche zu stecken, um zum Beispiel nach Lippenstift und Spiegel, der Geldbörse oder einem Ausweg aus der Situation zu forschen. Auch Schaufenster sind ein willkommenes Mittel, den Blick abzuwenden. Oder man konnte, wenn schon nicht die Scheiben, so doch eine andere Richtung einschlagen.

Diese Form der schleichenden Vereinsamung blieb uns also nicht erspart, aber es gab wenigstens Leute, die schon vor unserem Ausstieg eine Rolle in unserem Leben zu spielen begonnen hatten. Darf eigentlich gar nicht sein, aber es fing schon sechs Jahre vorher mit Paul an.

Paul etc. - Wegweiser zur Welt?

Harmagedon lässt weiter auf sich warten, und der Sachenranschrauberjob in der Fabrik ödet mich immer mehr an. Nicht ausschließlich wegen der nur eingeschränkt die Intelligenz fördernden Tätigkeit. Schlimmer ist die Tatsache, dass ich mit niemandem reden kann. Durch meinen Mangel an kommunikativer Flexibilität bin ich nicht in der Lage, mich auf die angesagte Thematik einzulassen. Fußball hat mich noch nie interessiert, und auch den Berichten über die Besäufnisse der Kollegen am letzten Wochenende kann ich einfach nicht die gebührende Wertschätzung entgegenbringen; genauso wenig wie ihren aufregenden sexuellen Abenteuern und klug und poetisch dargereichten Phantasien, die sich auch in der medialen Welt der Toilettenwände in intelligenten Reimen widerspiegeln.

Nachdem ich nun über ein Jahr lang nicht nur Luftfilter dort befestigt habe, wo sie hingehören, sondern auch Gaszügen und Handbremsen ihren rechtmäßigen Platz zuweisen konnte, darf ich nun schon eine Weile am Auto die Teile befestigen, ohne die auch der beste Motor keinen erkennbaren Nutzen für den Fahrzeugerwerber hat: die Räder. Wir tun das zu viert; auf jeder Seite zwei bzw. einer, da man versucht, sein Arbeitstempo so zu steigern, dass man im regelmäßigen Wechsel pausieren kann. Wird man als Neuling in so eine Arbeitsgruppe eingeführt, kann es deswegen geschehen, dass einem gleich freundliche Willkommensworte entgegen klingen, die vielleicht lauten: „Pass ma auf, wir machen hier halbe Stunde - halbe Stunde, also mach ma gleich auf Tempo." Die Frage nach den bis dahin üblichen tiefschürfenden Glaubensdisputen mit wissbegierigen Spöttern stellt sich bestenfalls in den kurzen Bandpausen, die ich jedoch bibellesend am Tisch auf meiner Seite der Montagelinie verbringe, während sich die Kollegen im Keller dem Genuss des Rauchens hingeben; in Räumlichkeiten, die anscheinend durch ihre dunstbegründet optisch schwer durchdringbare Atmosphäre einladende Assoziationen hervorrufen.

Immerhin erspart mir diese Art des Arbeitens die Erfahrungen aus den vielen, vielen Monaten vorher. Es gibt hier für die anderen Teilemontierer keine Gelegenheit, sich während der Tätigkeit um mich herum zu versammeln, um durch kluge Fragen, mit herzerfrischenden Späßchen gewürzt, für sich zu verifizieren, ob wir Wachtturmhochhalter wirklich nur mit der eigenen Frau hübsche Sachen im Bett anstellen dürfen. Und, wesentlich wichtiger, ob wir uns noch nicht mal richtig die eine oder andere Kante geben.

Ich kann mich also sowohl bei der recht bald mechanisch ablaufenden Arbeit als auch in den Pausen völlig meinen Gedanken hingeben. Bis eines Tages der als Vorarbeiter betitelte Mensch namens Edwin, der, abgesehen von einem eigenartigen Brillengestell, das an die fünfziger Jahre erinnert, wie eine gealterte Version von Art Garfunkel in grauem Kittel aussieht, mit einem jungen Mann auf mich zukommt. Er stellt ihn mir zwar nicht namentlich vor, weil viele Worte zu gebrauchen nicht seine Art ist, sich mitzuteilen (eine Aufforderung an einen Mitarbeiter, doch heute bitte mal seine Arbeit jemand anderem zu überlassen, um vorübergehend die Batterien im Motorraum zu befestigen, fasst er zum Beispiel mit den übersichtlicheren Worten „geh' mal Batterien" zusammen), aber zumindest kann ich bei konzentriertem Zuhören die Laute verstehen: „Hier; lern den mal an!".

Nach seinem ebenso schnellen Abgang stellt sich mein „Lehrling" als Paul vor, woraufhin ich ihn mit meinem Eugen konfrontiere. Ich setze an, ihn auf möglichst verständliche Art mit dem komplizierten Vorgang des Räderranhaltens und Schraubenansetzens vertraut zu machen, aber er unterbricht mich mit erhobenem Zeigefinger und den Worten: „Ich muss dazu sagen, dass ich das gelernt habe". Na gut.

Ich hatte mich so an die Einsamkeit in der Masse gewöhnt. Und jetzt hab ich einen auf der Pelle, der, wie ich später merken werde, gelegentlich zu Anfällen ununterbrochenen Redeflusses neigt. Gleich in der ersten Pause geht er nicht etwa wie die Anderen in den Keller zum Inhalieren; nein. Er bleibt an meinem Tisch sitzen, beobachtet mich wohl eine nicht all zu lange Weile, öffnet den Mund und verströmt die Worte: „Darf ich fragen, was du da liest?" Es war meine Taschenbuchausgabe des Neuen Testaments von Keppler. Schön handlich. Heute, nach dreißig Jahren schon sehr zerfleddert, wird sie von mir immer noch bei der Arbeit und in der Badewanne dem durch Gebrauch beschleunigten Alterungsprozess unterworfen. „Eine Bibel", sage ich. Daraus entsteht nicht wie üblich betretenes Schweigen, sondern ein lebhaftes Gespräch, in dem auch seine Frau vorkommt, die anscheinend auch „so drauf" ist.

Um eventueller Verwirrung deinerseits vorzubeugen: wir befinden uns gerade mitten in einem Rückblick auf eine Zeit sechs Jahre vor unserem Ausstieg und sechs Jahre nach meinem Einstieg. Es ist absolut nicht in Ordnung, zu Weltmenschen eine engere Beziehung, Freundschaft gar, zu entwickeln. Aber dieser Paul zählt nicht nur immer noch zu unseren Freunden, sondern nimmt, soweit man so etwas in diesem Zusammenhang sagen kann, die Spitzenposition ein, obwohl wir uns nur noch sehr selten sehen oder auch nur hören. Als ich sechs Jahre später dann endgültig „raus" war, ließ mich diese Tatsache in Zeiten schwankender Lebensausrichtung und Selbstzweifel immer wieder auf den Gedanken verfallen: „Siehste; die Brüder haben doch recht mit ihrer mahnenden Erinnerung an den biblischen Hinweis, dass Freundschaft mit der Welt Feindschaft mit Gott bedeutet. Du bist nur abgeglitten, weil du dich zu eng auf weltliches Denken eingelassen hast."

Ich hatte zwei Jahre zuvor schon einmal eine Zeitlang Abstand vom Versammlungsbesuch genommen, wegen der gewissen erwähnten für mich Egoisten zeitweise unerträglichen Denkweisen in dieser Gemeinschaft. Und zwischen Günters Frau und mir war zu der Zeit eine emotionale und gedankliche Nähe entstanden, die uns veranlasste, den Kontakt abzubrechen, um unsere Familien nicht zu gefährden. Irgendwann besiegte ich dann wohl mein egozentrisches Denken und fand zurück zur lebenspendenden Versammlung geistig gesinnter Menschen; inklusive Günter und Angelika. Oh, wie dankbar ich doch war, danach Gottes Vergebung spüren zu dürfen. Um nicht wieder „Schiffbruch zu erleiden", las ich jetzt mehr in der Bibel als in den Schriften der Gesellschaft. Nicht aus kritischem Geist heraus, sondern um die Ziele der Organisation besser im biblischen Kontext zu verstehen und nicht wieder in Selbstsucht zu verfallen. Und ich wollte noch mehr Energie, Zeit und Aufmerksamkeit darauf verwenden, Menschen den Weg in Gottes einzige irdische Organisation zu weisen. Besonders im informellen Bereich. Nun - und da macht sich jetzt einer ungewollt zum „Opfer" meiner Missionswut, indem er neugierig auf das Buch in meiner Hand schaut und mich fragend in diese Neugier mit einbezieht.

Es hat sich dann aber alles ganz anders entwickelt. Die Gespräche mit Paul ließen sich weder zielgerichtet in das Verkündigungsschema hineinziehen, noch war ich in der Lage, die persönliche Nähe anordnungsgemäß zu vermeiden, die im Laufe der Zeit entstand, weil wir in vielen Bereichen sehr ähnlich dachten. Er hatte keinerlei Vorbehalte gegen unsere als Sekte verschriene Gemeinschaft, und war bei allem, was ich ihm erzählte, an Hintergründen interessiert. Ebenso wollte *ich* wissen, welche Gedanken und Lebensvorstellungen *ihn* so umtrieben. Er erwies sich sehr schnell als ein Mensch, der sehr bewusst mit seinem Leben umging; sich sogar eine Art Selbsterziehungsprogramm erarbeitet hatte, dem er konsequent folgte. Außer seinen beruflichen Zielen interessierte mich dabei sein Bemühen, zu lernen mit Ängsten umzugehen, weil es da bei mir auch einen deutlichen Bedarf gab, Fortschrittsbremsen zu beseitigen.

Dazu gehörten auch Mitteilungsschwierigkeiten, sowohl bei ihm als auch bei mir, in Bezug auf den verbalen Umgang mit der großen

Kollegenschar. Nun erlebten jedoch zwei ängstliche, leidende „einsame Reiter" die Metamorphose zu einer dualen elitären Minigruppe. Eine ganz andere Position. Wir konnten jetzt in satirischer Überheblichkeit in heiteren Stimmungen schwelgen, in die wir uns durch regen Austausch über den jeweils neuesten Ausspruch oder Kommentar irgendeines Mitautobauers versetzten.

Ein hübsches Beispiel dafür am Rande: Paul, ebenfalls mit lesen beschäftigt, wenn wir nicht gerade redeten, hatte ein Buch in der Hand und vor Augen, das den für uns beide aktuellen Titel „Angst überwinden" trug, als drei muntere Gesellen, die wohl auf dem Weg zur päuslichen Lungenmisshandlung waren, ihren Vorbeimarsch stoppten. Sie bedachten sein Tun mit missbilligenden Blicken, tauschten ebensolche der Erheiterung aus und einer nahm ihm das Buch mit geschicktem schnellem Griff aus der Hand, um mit deutlich erkennbarem Sachverstand die Umschlagseite näher zu betrachten. Anscheinend ohne allzu viele Schwierigkeiten überflog er die beiden übersichtlichen Worte mit aufmerksam-skeptischem Gesichtsausdruck. Darauf gab er es ihm unter einer dramatischen Geste zurück, schaute in beeindruckend dargestellter Besorgnis in seine Augen und fragte nach einem Beifall suchenden Seitenblick auf seine stämmigen Begleiter mit fester und lauter, fast göttlich nachhallender Stimme: „Haste Angst?!" Dann setzten sie ihren Weg zur Krebsvorbereitung unter schallendem Gelächter fort.

Man findet einen derartigen Umgang mit den eigenen Interessen natürlich überhaupt nicht witzig, wenn man dem allein ausgesetzt ist. Zu zweit erlebten wir solche Momente als vereinigende Highlights, die dem äußerst monotonen Arbeitsalltag gewisse Aspekte der Freude verliehen und uns einander noch näher brachten, als es unsere gemeinsame Vorliebe für das Lesen sowieso schon tat.

Durch die Gespräche mit Paul, insbesondere über die Lektüre seiner Wahl, begann ich mich wieder für Bücher zu interessieren, die nicht aus der erfrischenden Quelle lebendigen Wassers in Brooklyn hervorsprudelten. Das ging natürlich nur begleitend zum Predigtdienst und zur regelmäßigen „Pflichtlektüre", die als Vorbereitung für die Versammlung unerlässlich war. Es dauerte also einige Jahre, bis ich auf diese Weise und durch die enger werdende Freundschaft mein Denken so weit „vergiftet" hatte, dass aus einem Interesse am Denken Anderer ein anderes Denken mit alten und neuen Interessen geworden war. Ich kann also zusammenfassend feststellen, dass unter anderem mein und später unser freundschaftlicher Umgang mit Paul richtungweisend für unseren späteren Ausstieg wurde. Da ich schon ganz früh in meinem Leben, lange vor meiner Zeit inmitten der Schafherde, aus Menschenfurcht eine Art Einsiedlerleben geführt hatte, das nur durch gelegentliche familiäre Kontakte unterbrochen worden war, hatte sich mangels besseren Wissens in den Jahren der gottgewollten Unterwerfung allmählich die Vorstellung festsetzen können, dass all die Menschen da draußen oberflächliche Gemüter waren, die nur ihre eigenen Belange im Kopf hatten. Paul passte nicht in diese Schublade. Die Bücher seiner Wahl und er selbst befassten sich mit den treibenden Kräften tief in unserem Innern und so war er sehr offen für andere Menschen, ihr Denken und ihre Bedürfnisse. Zwei seiner Empfehlungen gaben mir einen zwar zunächst kleinen aber im Ergebnis sehr bedeutenden Schubs in eine andere Richtung: „Die Kunst des Liebens", von Erich Fromm (nein - keine Anleitung zu einem ausgefüllten Sexualleben) und „Der Steppenwolf" von Hermann Hesse. Vor allem Letzteres sprach so sehr in meine aktuelle Lebens- und Empfindenssituation hinein, dass ich meine lange unterdrückten und manchmal sehr aggressiven Gedanken nun bedenkenlos ernst nehmen konnte. In meinem Glaubensumfeld waren Gespräche über Psychologie oder gar philosophische Fragen absolut unangebracht. Als Angelika und ich mal bei einem gläubig-geselligen Beisammensein im Gespräch erwähnt hatten, dass wir uns für Psychologie interessieren, wendeten sich einige Gesichter sehr ruckartig in unsere Richtung, und hochgezogene Augenbrauen mit den deswegen auffällig geweiteten Sehorganen brachten Erstaunen und Betroffenheit zum Ausdruck. Jemand sagte mit der Sicherheit des Wissenden in der Stimme: „Dieser Freud war doch sexbesessen!", womit er diesem Thema zwangsläufig sofort ein Ende bereitete. Wir konnten diese Bereiche menschlichen Lebens und Empfindens also nie gesprächsmäßig vertiefen. Klar, dass ich jetzt die Gelegenheit ergriff, verschwommene Vorstellungen in diesem Bereich mit ein wenig Wissen anzureichern.

Zu jener Zeit, jetzt schon ganz kurz vor dem Abgang, gesellte sich noch ein anderer junger Herr in unsere kleine Zweierrunde. Jemand, den ich durch meinen nie völlig abgestorbenen Wunsch, Musik zu machen, kennen gelernt hatte. Er bereicherte unsere intensiven intelligent sein wollenden Pausengespräche durch faszinierend gefällige pseudopsychologische Halbwahrheiten, die meinen nicht so guten Wünschen und egoistischen Lebensvorstellungen Nahrung lieferten. Auch diese griff ich dankbar auf und ließ sie in meine weiteren innerlichen Veränderungen einfließen. Er wuchs schnell in mein Privatleben hinein, weil ich in seiner Blues-Band den Part des Bassisten übernommen hatte (ja, ich war noch offizieller Zeuge; wenn auch untätig und dem Versammlungsgeschehen schon leicht entfremdet). Wir übten viel zu zweit bei uns zu Haus, weil ich mit den Stücken noch nicht so vertraut war. Er überzeugte mich sehr schnell davon, dass seine Art, Musik zu machen und – neben der Arbeit mit der Band – Lieder zu schreiben die bessere, weil lebendigere war, und machte mir ganz nebenbei psychologisch belegt klar, was in meinem Leben alles falsch lief und wovon ich mich befreien musste.

Er stand mir als beratender Helfer beiseite, wenn er mir gelegentlich besonders drastisch die Überzeugung eingepflanzt hatte, dass es mir gerade emotional sehr schlecht ging. Ich merkte damals natürlich noch nicht, dass ich nach einer kurzen Phase annähernder Gedankenfreiheit in eine neue Gefangenschaft gerutscht war. Er führte mir auch durch geschickte Fragen und Hinweise vor Augen, wie krank meine Ehe war, und dass ich es meinen Kindern, meiner Frau und meiner für ihn offensichtlichen Liebe zu Angelika regelrecht schuldig sei, loszulassen, damit meine Frau noch die Möglichkeit hätte, ein neues Leben anzufangen. Mit 35 ist es nämlich noch nicht zu spät dafür (folgerichtig begann er kurz nach meinem Auszug eine kurze Beziehung mit ihr, die ihn dann wohl aber recht bald langweilte - er entschloss sich, doch bei seiner Frau und seinen Kindern zu bleiben; was allerdings auch nicht lange vorhielt). Und so kam es schließlich, dass ich jetzt meine eigene kleine Dachwohnung hatte, sperrmüllmöbliert, „fetzige" alte Tapeten, Teppichboden voller Brandlöcher, also nichts, was aufwendig in Ordnung gehalten werden musste. Ich durfte endlich so schlampig sein, wie ich eigentlich war und mich nach Feierabend so intensiv der Musik widmen wie seit langem nicht. Angelika besuchte mich so oft sie konnte und sorgte auch gelegentlich für Nachschub bei der Kühlschrankfüllung, denn ich hatte aus Gründen der Unterhaltsleistung außer dem Betrag für die Miete kaum Geld zur Verfügung.

Das bringt uns jetzt wieder zurück zum Ausgangspunkt für diesen kurzen Ausflug in die Vorvergangenheit.

Fremde in einem „neuen Land"

Angelika und ich feierten also in meiner privaten bewohnbaren Müllhalde ihren Ausstieg mit Dire Straits und Whisky in Zweisamkeit, aber mit einem ständig verfügbaren Freundeskreis im Hintergrund.

Wir waren durch Paul und unseren kleinen musikalischen stark extrovertierten Behelfspsychologen und Auftritte in diversen Kneipen sowie bei privaten Partys auch in andere „weltliche" Gesellschaft hineingerutscht, wodurch weitere Freundschaften entstanden waren. Vordergründig gesehen hatten wir nicht mit dem Problem der Vereinsamung zu kämpfen, das schon so manchen Exie mehr oder weniger phantasievolle Wege finden ließ, seinen Lebens- und Leidensweg durch einen finalen Höhepunkt zu bereichern und abzuschließen. Ein kleines neues soziales Umfeld war vorhanden. Wenn wir auch unter Verwendung eines weiteren häufig benutzten Klischees sagen müssen, dass uns einige dieser neuen Freunde bei der Lösung von Problemen halfen, die wir ohne sie nicht gehabt hätten, lernten wir durch den geistigen Wildwuchs, weil ja keine Beschneidung mehr stattfand, erstaunliche, manchmal beängstigende Eigenschaften in uns kennen. Da war kein „kluger Knecht, treuer Sklave", richtungweisender Diener Gottes mehr, der unseren Lebensweg und die saftig grüne Weide unserer Herde mit einem schützenden Zaun wohlmeinender Regeln und Grundsätze beschränkte. Wir waren nun außerhalb dieser Einfassung, weil wir uns zu lange im Grenzbereich aufgehalten hatten, den die meisten unserer ehemaligen „Mitschafe" weisungsgemäß mieden: die gefährliche Grauzone, in der man leicht in die Schlingen Satans gelangen kann. Mit den Folgen, die wir jetzt erlebten.

– Folgen? Was für Folgen? Ist das alles etwa doch nicht so toll?

Wir haben mitsamt der Krawatte, dem Anzug bzw. hübschen Kostümchen auch unsere Ketten abgestreift. Es gibt niemanden mehr, der sich mit unserer eigenen Erlaubnis irgendwie unauffällig in unser Privatleben einmischt und unseren All- und Sonntag bestimmt. Man hatte glaubhaft versichert, von Gott dazu autorisiert zu sein, und darum konnten wir es zulassen. Wir hatten uns auf dieses Einmischers eigene Anregung hin offiziell durch einen Brief seinem Einfluss entzogen. Da können die Folgen doch nur gut sein.

Wir kennen nun Leute, die uns zeigen, dass sie uns schätzen, so wie wir sind. Ich genieße es, am Feierabend – sogar nach der Frühschicht, in der ich früher nie etwas auf die Reihe bekommen hatte – meine Klampfe zu schnappen und Liedideen zu entwickeln. Die Freundschaft mit Paul und Mini-Psycho empfinde ich als eine unglaubliche Bereicherung meines Lebens. Wir drei Schichties mit weltfremden Ambitionen fühlen uns irgendwie elitär. Nach der Spätschicht gehen wir ins „Anno Tobak" und lösen die Probleme der Welt, die man durch den Dunstschleier ungezählter Zigaretten mit einem freigetrunkenen Gehirn natürlich viel besser benennen kann. Wenn Angelika dabei ist, finde ich es besonders schön und genieße es, zu sehen, wie Paul und das Helferlein ihre tiefschürfenden Gedanken und Lebensfragen aufgreifen.

Das „Anno" ist für Angelika und mich etwas Besonderes, weil wir bisher Kneipen natürlich gemieden hatten. Außerdem erfüllen jeden von uns beiden Angstgefühle schon allein bei der Vorstellung, so eine Stätte zu betreten. Also die Tür zu öffnen, durch den Biergeruch-Zigarettenqualm-Dunstschleier in das lärmende Gemisch aus Stimmengewirr und Klängen altvertrauter, bis vor kurzem für uns offiziell tabuisierter Rockmusik vorzudringen, Blicke, die man als skeptisch einstuft, zu ignorieren versuchend.

Trotzdem hatte gerade diese Kneipe schon lange in unserem Blickwinkel gelegen, weil wir damit eine romantisch verfärbte Vorstellung von Glück und Freiheit verbanden. Das nette Klischee-Wirtsehepaar, rustikal wie die Einrichtung, vermittelte den Eindruck, verstärkt durch die Art Musik, die sie dort spielten, hier könnte man bestimmt mal den Versuch wagen, mit der Klampfe unterm Arm vorzusprechen. Diese Vorstellungen entstanden schon und entwickelten sich weiter, als wir solche Örtlichkeiten noch nicht besuchten, sondern immer nur im Vorbeigehen einen schüchtern-lüsternen Blick durch die große Frontscheibe warfen. Wir gehörten schließlich noch zu den aktiven Verkündigern der Vorzüge eines reinen Wandels.

Ich erwähne das, um zu verdeutlichen, welche Visionen uns damals beseelten, wenn wir an Freiheit dachten. Und nun, da wir diese Freiheit unser Leben bestimmen lassen, kann es ja richtig losgehen.

Tat es dann auch. Es ging in jeder Hinsicht aufwärts: Der Bekanntenkreis wuchs; unter anderem auch, weil ich zu Fetenbesuchen immer meine Klampfe mitnahm, was Einladungen zu weiteren Anlässen nach sich zog. Einige wenige Freundschaften wurden immer tiefer, und damit wuchsen auch die Probleme, die sich zwangsläufig ergeben, wenn labile Menschen anderen labilen Angehörigen dieser Spezies ihre Ohren und die dazu gehörige Aufmerksamkeit widmen.

Mein schlechtes Gewissen gegenüber meiner Familie nahm zu wie der Alkohol- und Zigarettenkonsum sowie meine Abneigung gegenüber der Band- (sprich: „Band-", nicht „Bänd-") arbeit. Und schließlich: es tat sich ja was in musikalischer Hinsicht - obwohl die Fantasie aus den kleinen Erfolgen in der näheren Umgebung etwas weitaus Größeres bastelte als wirklich erkennbar war. Gedanken, die früher als erfrischende Ausstiegsvisionen unser Verkündigerhirn und -gemüt bereicherten, hatten jetzt keinen Gegner mehr, der sie in Schach hielt. Gelegentliche Anflüge von vernünftigem Denken habe ich geschickt ins Abseits begründet und mein virtuoser Emo-Coach stand mir dabei hilfreich zur Seite, wenn mir die Argumente einmal ausgingen.

Und er bekam immer mehr zu tun, weil die Konflikte, die sich aus Wunschvorstellungen und rudimentärem Pflichtgefühl ergaben, zu heftigen Depressionen führten.

Angelikas Gefühl der Einsamkeit (also doch!) verstärkte sich. Sie bemühte sich sehr, die Kluft, die ihr Akt des Ungehorsams gegenüber der „Sklavenklasse" zwischen sie und ihren Mann gerissen hatte, durch Liebe und noch mehr tätigen Einsatz für die Familie zu überbrücken. Gleichzeitig wollte sie aber so oft wie möglich mit mir zusammen sein, schon wegen des beschnittenen Gedankenaustauschs im heimischen Umfeld. All das führte in der Folge zu zeitbedingten und emotionalen Konflikten, dann auf meine Matratze, weiter über ein reuiges Geständnisgespräch mit ihrem Mann direkt in die Klapse. Als sie dort erst mal zwischengelagert war, konnte er ihr klarmachen, dass er beabsichtigte, von seinem biblisch fundierten Recht der Scheidung Gebrauch zu machen, und sie deswegen bitte nach dem Klinikaufenthalt nicht mehr zu ihm zurückkehren sollte.

Die Wochen in dieser relativen Abgeschiedenheit zeigten ihr völlig neue Seiten an ihrer Persönlichkeit. Sie machte die Erfahrung, dass sie eine Ausstrahlung haben musste, durch die sich bestimmte Menschen, besonders geistig Behinderte, angezogen und ermuntert fühlten, sich ihr anzuvertrauen. Das kann sehr hilfreich sein, wenn das Selbstbild, das man in und mit sich herumträgt – durch welche Erlebnisse auch immer – unansehnliche Risse bekommen hat; aber auch hinderlich, wenn man daraus lernt, seinen eigenen Wert nur noch aus der Reaktion des Umfeldes auf sich selbst abzuleiten.

Wie dem auch sei: irgendwann würde die Zeit abgelaufen sein und die Frage nach dem weiteren Verbleib auf einer Antwort bestehen.

Ihr Vater bot ihr an, dass sie erst mal bei ihm und seiner Frau ein Zimmer beziehen könnte, bis sie eine Wohnung gefunden hätte. Er genoss es wohl auch ein wenig, ihr hiermit helfen zu können, weil er weder von „der bekloppten Sekte" noch vom Glauben überhaupt noch von seinem Schwiegersohn jemals sehr viel gehalten hatte.

Dieses Gefühl der Abhängigkeit von ihm trug allerdings nicht zu einer Verbesserung ihres Innenlebens bei, weil hier alte Unsicherheiten und Ängste, die sich in einer Ecke ihrer Seele versteckt gehalten hatten, zunächst neugierig die Nase hervorstreckten und sich dann, nachdem sie fruchtbares Land erkannten, Besitz ergreifend heimisch niederließen. Es war offensichtlich, dass sie dort so schnell wie möglich raus musste.

Ihr damals zukünftiger Exmann war natürlich sehr an ihrer wirtschaftlichen Unabhängigkeit interessiert, und da er arbeitsvermittlungstechnisch gewissermaßen beruflich an der Quelle saß, besorgte er ihr eine Umschulung zur Bürofachangestellten. Sie fand eine kleine 1-Zimmer-Wohnung, eine Arbeitsstelle als Schulassistentin und lernte völlig neue Herausforderungen kennen.

Fast zeitgleich mit ihr suchte auch ich eine neue Bleibe. Zwei Freunden von mir, w/m, ging es ähnlich und so taten wir drei uns zusammen und hielten Ausschau nach geeigneten Räumlichkeiten für eine WG. Das Angebot einer 5-Zimmer-Wohnung erwies sich als ein sehr altes Gemäuer am Rande eines Dorfes und des Zusammenbruchs. Sehr viele und große Räume erschienen mir genau richtig für meine musikalischen Ambitionen. In meiner Dachwohnung konnte ich meiner Stimme nie die Freiheit gewähren, die sie benötigte. Nachbarn! Einer neben mir, eine Familie unter mir. Peinlich, denen auf der Treppe zu begegnen, wenn man gerade lauthals und schräg schwierige Passagen eines Liedes geübt hat. Also übt man gar nicht erst lauthals. Zwar doch schräg, aber ganz leise. Geht *gar* nicht! Wie begeisternd also unser Fund. Übrigens eine alte Wassermühle, deren Zustand unserer Fantasie viel Raum bot, ihn schönzudenken. Das erste Öffnen der Haustür war zum Beispiel gar nicht so schwierig, wenn man beherzt mit ein wenig Druck vorging und dadurch den Schutthaufen verschob, der aus Material bestand, das eigentlich an Wand und Decke gehörte.

Ich finde es sowieso viel spannender, in Räumen zu leben, die man mit Hilfe seiner Vorstellungskraft optisch ständig umgestaltet. Sie entsprechen dann immer der aktuellen Stimmungslage. Trotzdem gibt ihr Zustand einem das Gefühl, wohntechnisch auf ein Ziel zuzustreben, während man sich Dingen widmet, die einem einfach wichtiger sind, als Dekokram auszusuchen. Man muss allerdings die Fähigkeit besitzen, Mimiken gelegentlicher Besucher entweder tapfer zu ignorieren oder geschickt umzudeuten. Es kann in solchen Situationen auch eine Hilfe sein, vorausschauend eine trotzige Na- und-Haltung demonstrativ und ungefragt als Schutzschild vor seinem empfindlichen Gemüt aufzubauen. Wir beschlossen, uns in diesem edlen Anwesen einzumieten, halfen Angelika dabei, ihre Wohnung und sie uns unser Heim wohnlich herzurichten. Es waren aufregende Wochen und wir konnten natürlich nicht ahnen, dass hier draußen, schutzlos der geistigen Wildnis ausgeliefert, das wirkliche Leben nichts mit den Vorstellungen zu tun hat, die man sich in fantasiedurchwobenen Gedankenfilmen entwickelt. Hatten wir vorher mit Menschen zu tun, deren Zukunftsvisionen exakt den unseren glichen, weil sie aus derselben Quelle stammten, die schon das visualisierte Ziel bereithielt, rutschten wir nun immer tiefer in eine Gesellschaft von Individuen, denen die Vorstellung von einem Marschieren im geistigen Gleichschritt völlig fremd war. Irgendwie schien jeder seine Lebensideen auf oder in den anderen zu projizieren. Wer diese Bilder nicht annehmen, nicht als lebendige Leinwand fungieren wollte, war dann auch ablehnender Kritik ausgesetzt und verschwand allmählich oder plötzlich aus dem Bekanntenkreis. Die hervorstechenden Persönlichkeiten waren jene, die mit klugen Worten das Leid der Welt und ihr eigenes sowie alle Ungerechtigkeit auf unserem Planeten vor allem aber die angeblich ihnen selbst widerfahrende, allen anderen, wie z.B. Politikern, Pastoren, Eltern, Lehrern, Onkeln, Tanten, dem System, den Schlagersängern, der BILD-Zeitung oder wem auch immer, glaubhaft zuweisen konnten. Ich erwies mich wieder mal als gehorsamer Jünger. Endlich wusste ich, warum ich so eine Flasche war und wem ich die Schuld daran zusprechen konnte. Diese neue Umgebung inspirierte mich, eine andere Art von Liedern zu schreiben: Lieder kritischen Geistes, voll oberflächlicher Einsichten, die trotzdem eine Ahnung von Tiefe vermittelten und eine dankbare Zuhörerschaft in unserem Umfeld fanden. Unsere Mühle wurde ein Anlaufpunkt vieler sympathischer Menschen, aber auch seltsamer Gestalten, die allem zu applaudieren schienen, was auch nur im Entferntesten gesellschaftskritisch oder einfach nur unzufrieden wirkte. Man saß in wechselnder Runde zusammen und genoss die Spannung, die sich ergibt, wenn man seine Gesprächspartner nur durch einen dichten Dunstschleier mit alkoholvernebeltem Gehirn wahrnimmt. Wie schön, auf einer ganz anderen Basis wieder mal das Gefühl für den eigenen Wert aus der Reaktion anderer ableiten zu können.

Angelika war da ganz anders. Wie störend, sich von ihr anhören zu müssen, dass Leute, die die Verantwortung für ihr eigenes Leben auf irgendetwas oder jemanden abwälzen, einen extremen Brechreiz bei ihr auslösen. Durch ihre Erziehung, die ihr, zumindest mütterlicherseits, von frühester Kindheit an biblische Grundsätze eingeflößt hatte, besaß sie bei aller Ablehnung des zurückliegenden Lebens ein Bewusstsein von Verantwortung für sich selbst und für andere. Sie versuchte, sich ihr Leben in ihrer Wohnung und im Beruf, der sie sehr forderte, nach ihren eigenen Vorstellungen einzurichten und auf die Entwicklung ihrer Kinder trotz der gespaltenen Familiensituation größtmöglichen Einfluss zu nehmen. In der neuen

Lebensphase ein Ansinnen, das schwer in die Tat umzusetzen war. Hatte sie in Zeiten relativer familiärer und geistiger Wohlfahrt ihr Prediger- Hausfrauen- und Mutterdasein durch gelegentliches Arbeiten im Buchhandel bereichert, was immer ein großer Lichtmoment in ihrem gemeinschaftsbehüteten Leben gewesen war, musste sie jetzt in Vollzeit Anforderungen in Bereichen meistern, die nicht unbedingt ihren Neigungen oder Talenten entsprachen. Vorher waren die Kinder der Mittelpunkt ihres *aktiven Lebens*, jetzt nur noch in ihren Gefühlen und Gedanken. Sie versuchte, alles was sie ihnen in der Woche vorenthalten musste, am Wochenende nachzuholen. Begleitet von dem Bewusstsein, dass Günter beabsichtigte, die beiden zu trennen, denn der Jüngere bot mit seinen 5 Jahren im Gegensatz zum „Großen" noch die Hoffnung auf Formbarkeit zu einem rechtschaffenen Verkündiger göttlicher Wahr- und Weisheit. Für Angelika kam es aber nicht in Frage, die Kinder auf so eine Art voneinander zu entfremden. Und sie war entschlossen, sich auch dieser weiteren Herausforderung zu stellen.

Währenddessen versuchte ich in meinem teilweise selbst gewählten Chaos, das tatsächlich auch meinem inneren Wesen entsprach, neben der Schichterei meinem schlechten Gewissen, den Kindern, meiner Bald-ex-Frau und meinen musikalischen Träumen und Wahnvorstellungen gerecht zu werden.

All das schlug sich mehr und mehr in psychosomatischen Erkrankungen nieder und die Wechselschicht tat ihr Übriges. So war ich dann eines schönen Tages kein Fabrikarbeiter mehr, der von einem Leben voller Musik träumte, sondern ein arbeitsloser musikalischer Heimarbeiter, der lernen musste, sich jenen zu entziehen, die ihre Träume an ihm festmachten und seine Kraft und neu gewonnene Zeit für sich in Anspruch nehmen wollten.

Wie schon vorher in meiner Dachwohnung hatte ich alle 14 Tage meine Kinder bei mir und versuchte, durch Kontakte mit ihrer Mutter auch unter der Woche weiter an ihrem Alltagsleben, schulischen Freuden und Ängsten und ihrem Wachstum teilzuhaben.

Die Menschen, mit denen Angelika und ich zu tun hatten, selber nicht mit Nachwuchs gesegnet, wollten oft nicht nachvollziehen, dass wir nicht an der Fülle ihres uneingeschränkten Wohllebens teilhaben konnten, und einige unterstellten besonders ihr eine gewisse Spießigkeit. Diese Art des Seins gefiel uns immer weniger. Wir wurden außerdem mehr und mehr in die Lebens- und Beziehungsprobleme unserer Freunde und Bekannten hineingezogen, was unseren eigenen Kämpfen nicht gerade förderlich war, und erkannten allmählich, dass wir wieder etwas ändern mussten, weil unsere Lebensvorstellung doch mehr vom früheren Leben geprägt war, als wir wahrhaben wollten.

Über viele Jahre hatten wir ein Leben in einer Geborgenheit geführt, die der eines Embryos im Mutterleib gleicht, der sich vielleicht durch gelegentliches Zucken oder gar naturgemäß unsanftes Treten bemerkbar macht, aber sonst doch trotz aller Hinterfragungstendenzen mehr oder weniger vor uns hin schmarotzt. Jetzt hatte uns jener Leib der Mutter „Organisation" wie eine Fehlgeburt abgestoßen. Geistig gesehen waren wir tot, aber da Mama sich diesen Auswurf nicht weiter ansah, lebten wir unbemerkt von ihr weiter und mussten plötzlich aus eigener Kraft mit all den vielen Umstrukturierungen im Leben fertig werden - mit neuen, paradiesentfremdeten Visionen, der Kälte ausgesetzt, die außerhalb dieses wohlig warmen Leibes herrschte. Keiner, der uns liebevoll und regelmäßig an den Unterschied zwischen erlaubten und unerlaubten Handlungen erinnerte.

Aber es war noch genug von diesen Dingen in uns vorhanden, und es wurde klar, dass die anfängliche Ziellosigkeit, mit der wir durchs Leben trieben, beendet werden musste.

Wir dachten ernsthaft darüber nach, zusammenzuziehen, weil unsere eigenen Lebensvorstellungen wesentlich von denen unserer Bekannten abwichen. Und auch wenn wir Glaubensweisen religionsgemeinschaftlicher Art nicht mehr zugeneigt waren, der Versuch, sich alten Prägungen zu entziehen, beinhaltet immer wieder auch eine Auseinandersetzung mit Gott und seinem vermeintlichen Wesen. In unserem neuen Umfeld fanden wir auch damit nur geringes Verständnis. Die ständigen Sit-ins mit all den ausufernden Gesprächen, angefüllt mit bedeutungsvollen Erkenntnissen über die Abgründe der menschlichen Seele hingen uns irgendwann zum Hals raus. Und weil nicht nur die Küche so schön groß, sondern auch unsere ganze WG-Burg so herrlich romantisch heruntergekommen war, der Tisch reichlich Platz für viele und große Aschenbecher bot, die Höhe der Räume dem oben angestauten Qualm viel Zeit ließ, bis er die Ebene unserer Atmungsorgane erreicht hatte, fanden diese verbalen Bewältigungen allen menschlichen Elends natürlich immer bei uns statt. Also beschränkten wir uns nicht mehr darauf, nur über das Zusammenziehen nachzudenken, sondern machten die Suche nach einer gemeinsamen Wohnstätte zu unserem Hauptanliegen.

Wir stießen auf ein altes Fachwerkhaus, das Teil eines Resthofes war. Begeisterung! Bestimmt würde dieses Anwesen der Startpunkt in ein Leben sein, das unseren Träumen gerecht wurde. Da uns aber klar war, welche Wertvorstellungen Günter seinen Kindern eingepflanzt wissen wollte, bat ich ihn vor einer endgültigen Entscheidung noch um ein Gespräch, und er stimmte zu. Ich erzählte ihm von unserem Vorhaben und den Bedenken, die wir bezüglich der Kinder hatten. Er sollte einfach wissen, dass ich mich zurückziehen würde, wenn er noch eine Chance für sich und Angelika und ihre Ehe sehen würde; und dass mir unwohl war bei dem Gedanken, die neue Bezugsperson für seine Söhne zu sein, die ich ihm auf keinen Fall entfremden wollte. Er versicherte mir, dass meine Zurückhaltung unangebracht sei, dass er sogar gefürchtet hatte, ich würde mich zurückziehen wollen, und dass er mich gut genug kannte, um zu wissen, dass seine Jungs gut bei seiner Frau und mir aufgehoben wären. Den Gedanken, den jüngeren Sohn bei sich zu behalten, hatte er aufgegeben, und so entschieden wir uns für diese romantische Bleibe, deren Zustand sehr dem des Gemäuers meiner WG glich. Als wir Angelikas Mutter stolz und voller Freude durch die Räume führten, gab sie in häufiger Wiederholung nur eine Silbe von sich: „Oh, oh, oh! Oh, oh, oh!" Wir konnten diese vernünftigen Einwände sehr gut verstehen, freuten uns aber trotzdem darauf, unserer Fantasie bezüglich der Verwendbarkeit der vielen und großen Zimmer freien Lauf zu lassen.

Die Jahre in diesem Haus bauten für uns und ihre aber auch für meine Kinder die Erinnerungen auf, die wir mit größter Freude im Herzen bewahren. Man kann ohne Übertreibung sagen, dass wir in dieser Zeit und an diesem Ort das Leben, jeder sich selbst, wir alle uns gegenseitig und unsere kleine Familie als Ganzes auf eine völlig neue Art erfuhren. Das lag vor allem daran, dass unser Dasein davor mit er*leben* nichts zu tun gehabt hatte. Es gibt da diesen Klischeespruch vom gelebt-*werden*, den ich immer reichlich abgedroschen und bescheuert fand. Macht aber nichts - er traf auf unsere Lebenssituation in der Verkündigerzeit genauso zu wie auf die etwa zwei Jahre danach. Wir spürten das damals und stellten uns der Herausforderung, das nicht mehr zuzulassen. Es wurde immer deutlicher, *wie viele* Bereiche unseres Lebens wir fremdbestimmt „gestaltet", wie viele *Verantwortlichkeiten* wir auch anderen übergeben hatten; sei es Lebenspartnern oder der „Theokratischen Gesellschaft" einschließlich ihrer Vertreter; den Ältesten, den „Reisenden Aufsehern" und ihren schriftlichen Mitteilungsorganen. Und nun auch den Menschen in der neuen Freiheit - wenn auch nicht ganz so offensichtlich..

Jetzt gab es niemanden mehr, gegen den wir uns wehren mussten, aber auch niemanden, der uns die lästige Aufgabe der Tagesgestaltung abnahm. Alles lag in unserer Hand. Freie Bahn für unser Traumschiff. Die weiteren Entwicklungen in unserem Leben entsprachen natürlich einerseits den Erfahrungen, die alle machen, die ihre unterschiedlichen individuellen Lebensvorstellungen und Bedürfnisse erst richtig wahrnehmen, wenn sie zusammenziehen. Auch wir waren nicht frei von dem Phänomen und den Folgen der gegenseitigen Projektion, obwohl wir so viel darüber gelesen hatten und anderen kluge Ratschläge dazu geben konnten.

Aber es spielte noch etwas Weiteres mit hinein: Angelika hatte das „christliche" Rollenverständnis in der Ehe praktisch mit der wohltuenden sprichwörtlichen Muttermilch in sich hinein- genuckelt und war bei aller aggressiven Ablehnung doch geprägt genug, um irgendwo ganz tief innen zu wünschen, sie hätte in mir einen neuen starken Mann an ihrer Seite, der ihr zeigt, „wo's lang geht" - was sie gleichzeitig aber natürlich überhaupt nicht wollte. Das war bei mir jedoch völlig anders. Ich hatte in meiner nunmehr vergangenen Ehe alles, was mich nicht interessierte oder mir zu unbequem war, meiner Frau überlassen. Darum war sogar das Ausfüllen eines Überweisungsformulars, ganz zu schweigen vom damals noch notwendigen Betreten eines Bankgebäudes, eine Herausforderung, der ich mich noch nie oder nur notgedrungen und mit zaghaftem Herzen gestellt hatte.

Im Rahmen meines Single-Daseins hatte ich zwar einige Erfahrungen gesammelt, den Umgang mit Leuten betreffend, die fest im Leben stehen; aber eine führende Rolle in einer Partnerschaft zu übernehmen entsprach weder meinen Fähigkeiten noch meinen Vorstellungen von einem gemeinsamen Leben zweier sich liebender Menschen.

Wenn ich aus der zeitlichen Distanz diese beiden Persönchen betrachte, kommt es mir wie ein Wunder vor, dass wir nach über zwanzig Jahren sagen können, wir lieben uns mehr als je zuvor (das hört einfach nicht auf mit diesen klischeehaften Plattheiten). Die Erwartungen der reifen Beobachter, die aus kritisch-liebevoll-skeptischer Distanz frühzeitig erkannt hatten, dass unser Zusammenleben nur im Chaos mit abschließendem selbst gewähltem Ableben enden kann, erfüllten sich bis heute noch nicht.

Wir lernten jetzt nicht mehr aus klug durchdachten Schriften eindeutiger Ausrichtung, sondern voneinander und vom Leben selbst. Ein Leben in einer Gesellschaft, die wir noch vor kurzem (na ja; vor nunmehr immerhin drei Jahren) als verurteilt betrachtet hatten. Wir ersetzten die Vorstellung von einem baldigen Ende des gegenwärtigen gottlosen „Systems der Dinge" und einem ewigen Leben in physischer und psychischer Vollkommenheit inmitten prächtiger Obst- und Gemüsepflanzungen durch einen Traum von wirtschaftlicher Ungebundenheit; denn natürlich würde jetzt auch der musikalische Erfolg nicht mehr auf sich warten lassen. Ganz bestimmt würde ich bald einen Hit schreiben, und wir könnten dann uneingeschränkt durch finanziell und beruflich bedingte Grenzen unseren Lieblingsbeschäftigungen nachgehen: reisen, Rad fahren, spazieren gehen und am Baggersee rumhängen. Diese Dinge machten uns sehr glücklich, weil es sich unter blauem Himmel noch viel besser spinnen lässt als in den eigenen umbauten Räumen, die einen immer irgendwie an Arbeit erinnern. Hatte doch so viel Zeit. Und jede Menge Stoff für Texte. Es entstanden nämlich gleichzeitig gewisse Spannungen zwischen uns, die ich psychologisch ausgefeilt falsch deutete, um sie dann in Liedern zu verarbeiten.

Wie erkannten nicht wirklich, welche emotionale Gratwanderung wir betrieben. Jeder versuchte sich irgendwie auf die Wünsche des Anderen einzustellen, weil man sich ja so sehr für dessen Glück verantwortlich fühlte. Und immer, wenn Partnerchen unglücklich wirkte, gab der jeweils andere sich selbst die Schuld daran und suchte nach weiteren Möglichkeiten für einen Kompromiss.

Die Wolke, in der ich mich behaglich eingerichtet hatte, ließ wohl keinen klaren Blick auf Angelikas Belastungen zu: ihre anstrengende Arbeit in der Schule, durch die sie sich nicht so um ihre Kinder kümmern konnte, wie sie es wollte und ihre Versagensängste, was deren Erziehung betraf.

Ich bildete mir zwar ein, sie durch meine Arbeit im Haushalt zu unterstützen, aber ich hatte eine etwas andere Vorstellung davon, welche Arbeiten notwendig waren. Und eine andere Schmerzgrenze, was Ordnung und Sauberkeit betraf. Eigentlich gar keine.

Trotz der Spannungen und der gelegentlichen Konflikte und Streitigkeiten, die sich daraus ergaben: unsere Erinnerung an diese Zeit ist beglückend; manchmal richtig schwärmerisch. Wir lernten voneinander und erlebten eine erfreuliche gegenseitige Anpassung. Ich wurde zwar wieder von wohlmeinenden Ratschlägen heimgesucht, die mich zur Vorsicht mahnen sollten. Meistens von Leuten, denen durch meine Veränderungen Zeit mit mir entzogen wurde, die sie gerne für sich gehabt hätten.

Aber ich bedaure es nicht, gelernt zu haben, dass es das Leben bereichert, wenn man am Wochenende nicht bis halb zwölf im Bett liegt, weil man die Nacht mit Freunden und viel Alkohol und Musik verbracht hat. Ja, ich entwickelte sogar ein gewisses freundschaftliches Verhältnis zu Staubsauger, Besen, Schrubber und – wie erstaunlich – Gartengeräten.

Irgendwann sah ich nämlich ein, dass ein Blumenbeet schöner aussieht, wenn nicht so viel grünes Zeug dazwischen rumwächst. Und dass man sich so eigenartig wohl fühlt, wenn man an frischer Luft arbeitet.

Etwas empfand ich allerdings auch als richtig unerfreulich. Es wurde nämlich allmählich offensichtlich, dass die Musik doch nicht so schnell zu einem Einkommen führte, das erwähnenswert gewesen wäre. Das erforderte ein gewisses Umdenken, denn der Bezug des Arbeitslosengeldes näherte sich dem unausweichlichen Ende. Watt nu?

Irgendwie selbstständig wär' gut. Also Zeitungsannoncen gewälzt und nach Jobs Ausschau gehalten, die nach freier Zeiteinteilung rochen. Die Erfahrung des Taxifahrens hatte ich schon hinter mir und abgehakt. Ich war zu langsam, zu schwerfällig in der Reaktion auf Anfragen und viel zu schüchtern. Ließ mich von selbstbewussten Fahrgästen verunsichern und war reichlich frustriert, wenn ich z.B. nach einer Samstagsschicht von 6 – 18 Uhr mit viel Standzeit in der Kälte und voller Blase, der ich nicht helfen konnte, weil ich vorne stand in der Schlange und auf den nächsten Funkruf wartete, mit zwanzig Mark nach Hause kam.

Ich versuchte es mit verschiedenen Hausierertätigkeiten, weil ich dachte, meine Verkündigererfahrungen könnten mir hilfreich sein. Es gab da verheißungsvolle Angebote von Versicherungsbüros, ganz schnell durch ein bestimmtes Produkt ganz viel Geld zu verdienen. Ganz viel Geld wollte ich gar nicht. Lieber ganz viel Zeit. Wenn man mit viel Zeiteinsatz ganz viel verdient, dann ist es doch nicht unrealistisch, sich vorzustellen, dass man mit wenig Zeit nicht ganz so viel, aber doch genug verdient, um „über die Runden zu kommen". Klappte nicht.

Für eine kleine Zeitschrift Werbefläche für Annoncen anzubieten bei den umliegenden Gewerbetreibenden im Rahmen eines Multilevel-Marketing Konzeptes erschien ebenfalls sehr vielversprechend. Klappte auch nicht. Bin kein Verkäufer; Flasche! Aber das Stück, an dem ich gerade herumbastele, könnte vielleicht ein Hit werden; nur: die Zeit wird knapp. Die wachsende Panik lässt die Traumwolke wachsen und ich flüchte mich in Erfolgsfantasien.

Und dann der Supergau (größtmöglicher anzunehmender Unfall): Angelika teilt mir begeistert mit, ihr Ex hätte ihr was von einer Maßnahme erzählt, die als Vorbereitung für eine Tischlerlehre diente.
Das hieße: Arbeit!
Richtige!
Mit früh aufstehen und acht Stunden durchhalten.
Im Handwerk!
Ich!
Zwei bis drei linke Hände und im Praktischen einfach nur blöd. Aber ich weiß: ich sollte mich freuen. Ein richtiger Beruf ist nicht das Schlimmste, was einem passieren kann. Also Freude geheuchelt,

damit sie glücklich ist, und auf zum Arbeitsamt, wie die Behörde damals hieß. Den Arbeitsvermittler durch die Äußerung überrascht, dass ich sofort loslegen will.

Hab dann auch am nächsten Tag in der überbetrieblichen Ausbildungseinrichtung angefangen und schon nach wenigen Wochen die begeisternde Erfahrung gemacht, dass ich gar nicht so ungeschickt war wie ich dachte. Wir hatten einen Ausbilder, der sich sehr für handwerksuntypische, fast künstlerische Gestaltung im Möbelbau interessierte und uns alle Zeit einräumte, Ideen zu entwickeln. Die Arbeitsatmosphäre war toll und ich dachte, ich hätte dort einen realistischen Einblick in das Tischlerleben gewonnen. Hihihi.

Klar, dass ich mich für eine Umschulung eintragen ließ, die ich nach einem halben Jahr, gleich im Anschluss an die Maßnahme, begann. Neben allem fachlichen Wissen, das ich dort erlangte, machte ich die wichtige Erfahrung, dass Dinge, denen man aus Angst ständig auszuweichen versucht, einen tatsächlich weiter bringen als die festgefahrenen Träume, die man sich oft hochzüchtet, weil sie einem die einfachste und erfreulichste Lösung vorgaukeln. Ich konnte meine Werkzeug- und Soziophobie und viele andere Ängste wenn auch nicht überwinden so doch beachtlich reduzieren.

Nach Abschluss der späten Lehre als immerhin 41-jähriger arbeitete ich in verschiedenen sozialen Werkstätten; innerlich angefüllt mit wechselhaft ausgeprägter Begeisterung, weil ich bei aller Dankbarkeit, doch noch einen Beruf gefunden zu haben, nicht verkenne, dass mein handwerkliches Talent nicht immer im richtigen Verhältnis zu den praktischen Herausforderungen des Arbeitsalltags steht. Welch ein Glück, bis heute immer Kollegen an der Seite gehabt zu haben, die mir diesen Mangel nicht anlasteten.

Nebenbei schrieb ich weiter Lieder und trat mit dem „besten Psychologen aller Zeiten" gelegentlich in diversen Kneipen, Clubs und auf ausgesuchten privaten Geburtstagsfeiern auf; später ohne ihn, weil er nicht damit klarkam, dass ich für unsere Aktivitäten nicht so viel Zeit erübrigen konnte wie er, der sich bewusst für den Status eines Sozialhilfeempfängers entschieden hatte. Er wollte, wie ich kurz vorher ja auch noch, nicht arbeiten, sondern glücklich sein, was sich nach seiner Überzeugung gegenseitig ausschloss.

Auch bei Angelika bestand das Wachstum vor allem in der Überwindung verschiedener lähmender Unsicherheiten und Ängste. Im Job hatte sie inzwischen schon sehr viel dazugelernt. Sie wurde z.B. immer erfolgreicher darin, einen Ausgleich herzustellen, wenn gelegentlich eine große Differenz zwischen ihrem eigenen

Selbstbewusstsein und dem eines sehr von sich überzeugten gebildeten Menschenkindes aus der Lehrergilde erkennbar war. Solche Erfahrungen im beruflichen Umfeld erwiesen sich aber auch als eine große Hilfe, wenn es darum ging, jenen Bildungsvermittlern entgegenzutreten, die ihren beiden Söhnen ans Fell wollten. Diese beiden Herrschaften hatten nicht die Angewohnheit, sich schulischen und später auch behördlichen Anordnungen ohne Einwände gehorsam zu unterwerfen, darum war der kämpferische Geist ihrer Mutter, der sich durch ständig notwendigen Gebrauch immer mehr herausbildete, oft das letzte Mittel, sie vor den höchst unerfreulichen Folgen ihrer Art von Selbständigkeit zu bewahren.

Manche Ex-Geschwister, die damals von den Problemen hörten, mit denen wir gelegentlich zu kämpfen hatten, sollen kopfschüttelnd unsere Torheit gerügt haben, den schützenden Pferch der einzigartigen Organisation Gottes verlassen zu haben. Tatsächlich aber haben wir in diesen Jahren mehr über das Leben, seine Höhen und Tiefen, Belastungen und Freuden gelernt als in der langen Zeit der festgelegten behüteten Pfade.

Abgesehen von dem überall üblichen Generationenkram genossen wir ein sehr lebendiges Familienleben, und das in einer stark renovierungsbedürftigen, aber eben auch unangepassten Heimstätte. Umgeben von Katzen (vielen Katzen!), Kühen, Schafen, Schweinen und Unmengen von Fliegen und saisonbedingten Hornissenschwärmen fühlten wir uns ein wenig wie das typische Farmerehepaar aus US-amerikanischen Familienserien der 50er und frühen 60er. Natürlich ohne die Last der dazu gehörigen landwirtschaftlichen Arbeit.

Wir nahmen an den Interessen ihrer Kinder regen Anteil und förderten sie darin so gut wir konnten, was sie sicherlich zumindest teilweise bejahen würden. Wir erlebten besonders ihre spannende Entwicklung in musikalischer Hinsicht mit, die sich von der Neuen Deutschen Welle über Modern Talking (ja wirklich!), Heavy Metal (hier mit eigener Band und Übungsraum im Kinderzimmer, was zu vielen Spaziergängen unsererseits führte), Death Metal, Jazz, HipHop und Techno bewegte. Meine Kinder, die regelmäßig an den Wochenenden bei uns waren, profitierten auch davon, und alle vier bestätigten uns, dass die Zeit dort die intensivsten und nebenbei auch schönsten Erinnerungen birgt.

Schön und gut. Aber was hat dieser sehr geraffte Überblick über unser säkulares Leben mit dem Glauben zu tun? Berechtigte Frage, und die weitere Entwicklung wird den Zusammenhang sicher deutlich machen.

Zwei Aussteiger aus dem Reisezug ins ewige Leben hatten in der Vorstellung der Weiterreisenden ihren Schritt in einen verfallenen Bahnhof gesetzt. In der trostlosen Umgebung gab es nichts mehr, was auf ein Leben hoffen lässt, das diesen Namen verdient. Man landete zwangsläufig in der Verzweiflung; außer man fände in dieser gottverlassenen Einöde einen Weg zurück in das geistige Paradies der allein wahren Anbeter.

Das mit der Verzweiflung stimmte zwar.
Manchmal.
Gottlos war es wohl auch, denn wie es aussah, waren wir Gott los. Mir schien es mitunter so, dass es ohne ihn nicht geht, und oft dachte ich zaghaft an eine Rückkehr. Besonders, wenn mich bestimmte Zeitschriftenartikel ins Grübeln brachten. Wir wurden von Angelikas Mutter dankenswerterweise weiter mit Stoff versorgt. Aber Rückkehr war halt untrennbar mit dieser Organisation verbunden und jeder Gedanke an Gott ebenso. So behielt ich meine diesbezüglichen Gedanken so tief in mir versteckt, dass ich sie selbst kaum wahrnahm.

Und ich erwähnte schon in der Einleitung unseren unterschiedlichen Umgang mit solchen Fragen, wenn Angelikas Sehnsucht nach Gott und das „Wort zum Sonntag" sie gelegentlich in gemeinschaftlicher Anstrengung vorm Fernseher fesselten. So arbeiteten, träumten, sehnten wir uns durch die Jahre, während unsere Wohlfühlkurve die aufsteigende Tendenz trotz starker Ausschläge in beide Richtungen kontinuierlich fortsetzte.

Wir wechselten noch dreimal den Wohnsitz und konnten uns irgendwann wieder mehr auf uns selbst, auf unsere tiefer liegenden Bedürfnisse, konzentrieren, weil die Kinder ihr eigenes Leben in eigenen Wänden zu leben begonnen hatten. Wir füllten die Wochenenden weiterhin und vermehrt mit vielen langen Spaziergängen in schöner Umgebung aus, die uns die richtige Atmosphäre für lange Gespräche bescherten.

Mein Sehnen zurück hatte sich immer mehr verdichtet, während Angelika trotz ihres Drangs in Richtung Schöpfer von Bibel und Gruppenzwang, egal ob posi- oder negativ, absolut nichts mehr wissen wollte. Also musste jemand anders als Opfer für meinen Gesprächsbedarf herhalten.

Der ältere meiner beiden Söhne, mit dem ich zu der Zeit als musikalisches Duo unterwegs war, hatte als Teenager schon mal einen recht kurzen Versuch unternommen, seine geistigen Wurzeln wieder neu zu entdecken, indem er eine Zeit lang die Versammlungen besuchte, und so sprach ich gelegentlich bei unseren Übungsabenden dieses Thema an.

Erfolglos.

Bis zu besagtem 11. September, der den Beginn einer Entwicklung kennzeichnete, die den eingangs gewählten Begriff einer „großen Leidenschaft" rechtfertigt.

Ein bis zwei Heimkehrer

Er bekam es wohl nach dem zu Beginn erwähnten unvorstellbar grausamen Anschlag auf das beeindruckende Symbol unseres wohlstandsverwöhnten Lebensraumes mit der Angst zu tun, was sicher jeder ohne größere Anstrengung nachvollziehen kann. Dass seine Erschütterung über das Geschehen ihn veranlasste, nach der Bibel zu fragen, ist nicht so ungewöhnlich.

War er doch bei mir und seiner Mutter „in der Wahrheit" aufgewachsen. Zumindest in seinen ersten zehn Lebensjahren. Schon in der Vorschulzeit hatte er lesen gelernt. Nicht aus elterlichem Ehrgeiz heraus erzwungen, sondern aus Freude daran. Was ich ihm unter anderem abends im Bett vorgelesen hatte, war eine putzige Mischung aus „Sesamstraße", einem Buch mit biblischen Geschichten und wunderschönen Bildern und der Bibel selbst und hatte schon frühzeitig sein Denken mit geprägt.

Er wusste in Erinnerung an die liebevoll dargestellten wachtturmtypischen Vernichtungsszenen intuitiv, dass der Welt jetzt Allerschlimmstes bevorstand. Die schrecklichen Bilder, die man im Fernsehen rund um die Uhr sehen konnte, ähnelten schon sehr denen der tief beeindruckend einstürzenden Gebäude und schreienden Menschen, die man in den erbauenden Veröffentlichungen aus New York immer wieder mal zu sehen bekommt, wenn es darum geht, vor dem drohenden Gericht Gottes zu warnen. Seit Beginn ihres Erscheinens 1879 hat diese Zeitschrift aus Gründen aufrichtig-liebevoller Wachsamkeit unermüdlich daran erinnert, was der Welt „nun wirklich bald" bevorsteht.

Klar, dass diese vor langer Zeit verschütteten Darstellungen des Höhepunktes kriegerischer Kopulation aller Nationen im Kampf gegeneinander und gegen Gott wieder in sein Bewusstsein vordringen und Fragen aufwerfen, die ihrem Zweck entsprechend nach Antworten schreien; auch bei mir mal wieder. Die Tatsache, dass er aufgrund meiner Anregungen Kontakt aufnahm und schnell Fuß in der Versammlung fasste, wurde also von mir wie gesagt sehr begrüßt, weil mir viele der ehemaligen „Brüder und Schwestern" wirklich sehr fehlten.
Sie waren Teil meines Lebens.
Gewesen.
Wieso eigentlich?
Nur, weil ich sonst nichts auf den Schirm bekam?
Lebensfrage?
Sinnfrage?
Gottfrage, keine Frage.

Wenn ich auch von mir aus nicht den Umschwung schaffe zurück zu den Wurzeln; wenn Söhnchen darin Erfolg hat, kann ich mich ja vielleicht mit reinhängen, so die unausgesprochene Hoffnung.

Ähnlich lief das dann auch ab.
Er befolgte meinen Rat und nahm Kontakt auf.
Hielt mich ständig auf dem Laufenden.
Begann ein Bibelstudium.
Mit der Person unseres gemeinsamen Vertrauens, dem Günter.
Besuchte dann die Versammlungen.
Erzählte von Begegnungen und seinem Gefühl, angekommen zu sein. Von der Begeisterung der Leute, die ihn noch als bewegtes Objekt in einem Kinderwagen kannten. Oder etwas später als Pubertierenden, der kurzfristig mal reingeschaut hatte, dann aber doch wieder abgetaucht war.
Jetzt war er wieder da.

Unsere Gespräche veränderten sich inhaltlich. Hatten wir vorher mehr darüber gesprochen, wie bestimmte Bibelstellen unser Leben berührten, oder darüber, wie wir auf bestimmte Fragen des Lebens Antworten in der Bibel finden konnten, rückte jetzt mehr und mehr dieses „weißt du noch, damals?" in den Vordergrund. Er wurde natürlich gefragt, was denn sein Vater so macht. Dieser wollte seinerseits immer das Neueste aus der Versammlung hören und über all die von früher so Vertrauten und Geliebten Bereicherndes erfahren. Und wenn Leute, mit denen du vor fast dreißig Jahren in die Tiefen der Bibel eingestiegen und meistens freudig von Haus zu Haus gegangen bist, dich grüßen lassen und nach dir fragen, glaubst du sicher zu wissen, wo du sein willst. Da war es doch, was du so lange vermisst, gesucht und jetzt vielleicht wiedergefunden hast.

Und so wie unsere Gespräche veränderte auch er sich selbst erstaunlich schnell. Vor allem äußerlich, optisch erkennbar; etwas, worin manch einer schnell eine *innerliche* Veränderung zu sehen glaubt.

Mein Drang, es ihm gleichzutun, all die nach mir fragenden Leute neu in mein Leben zu lassen und innerlich dadurch neu zu erblühen, dass ein allgemeiner Wiedersehensfreudetaumel Licht und Nährstoffe bietet, wuchs schnell.
Ich gab ihm später nach.
Dem Drang.
Klopfenden Herzens und mit weichen Knien.
Der Taumel sollte sich in Grenzen halten. Zumindest soweit ich es visuell erkennen konnte.

Aber ich war ja vorbereitet. Ich wusste von früher, aus der ersten Zeit des Kennenlernens, dass jemand, der aus der Verbannung zurückkehrt, erst mal seine Demut beweisen muss. Damit man merkt, dass es ihm ernst ist.
Bevor es aber überhaupt so weit war, benötigte ich noch einen kleinen Schubs.

Mein Umgang mit der Bibel war in den Tagen mehr eine Suche nach Schriftstellen als flüssiges Lesen. Mal gezielt, mal nach dem Zufallsprinzip. Letzteres bewahrt mit einer gewissen Wahrscheinlichkeit davor, aus Versehen Intelligenz mit ins Spiel zu bringen. Man denkt über etwas nach auf eine Weise, die auch gut als Gebet in Frageform durchgehen könnte, schlägt sie dann auf und… Ja, ich hab das wirklich getan. Kann übel in die Hose gehen, und ich mag es wirklich nicht vorbehaltlos empfehlen. Hat aber trotzdem was bewirkt; oh du Widersprüchlichkeit des Fühlens und Denkens!

Bin immer auf Stellen gestoßen, die mit Vergebung zu tun hatten. So manches Bächlein entsprang meinen Augen, und weil es sich fast nur um solche Funde handelte, fühlte ich mich väterlicherseits begleitet, wie an der Hand genommen.

Es gab da eine prächtig bunte Palette der Fehlleistungen, die ich in den vergangenen fünfundzwanzig Jahren unter Einbeziehung aller kreativen Kräfte zusammengestellt hatte. Viele davon recht schwerwiegend. Einige konnte ich mir selbst nicht vergeben. Wann immer meine Gedanken dort landeten, ließ mein Vorstellungsvermögen sie lebendig und sehr peinigend werden, weil ich mich in manchen Situationen sehr herzlos verhalten hatte.

Und nun, bei bibellesend erwachender Reue, wurde meine Aufmerksamkeit durch diese klugheitsresistente Art des Lesens immer wieder auf Stellen gelenkt, die Gottes Willen zur Vergebung deutlich machten. Das wohl recht bekannte Gleichnis vom verlorenen Sohn bildete dann einen Höhepunkt. Wissbegierigen Naturen verrate ich hier, dass man es auch vor- oder nachlesen kann. Und zwar im Lukasevangelium in dessen 15. Kapitel, in den Versen 11 bis 32.

Die Stelle, die den Vater beschreibt, wie er dem Sohn voll Mitleid und Freude entgegenläuft, als er noch weit weg ist, hat mich sehr bewegt; besonders, da ich mal in einer Erklärung gelesen hatte, dass dieses Verhalten in jenem Kulturkreis auch heute noch als für einen reifen Mann völlig unpassend empfunden wird. Ist aber eigentlich bei uns auch nicht anders. Männer laufen einfach nicht. Außer manchmal Amok oder beim Fußballspielen oder Joggen. Oder wenn sie Gefahr laufen, den Bus zu verpassen oder das Klo nicht rechtzeitig zu erreichen.

Und er will die zurechtgelegten Erklärungen des Sohnes gar nicht hören. Er unterbricht ihn in seinem Redefluss und ordnet an, ihn in die besten Kleider zu stecken, schenkt ihm einen Vertrauensvorschuss, indem er ihm einen Ring anstecken lässt, der in jenen Tagen ein Symbol für Handlungsvollmacht ist, und lässt ein üppiges, fröhliches Fest vorbereiten.

Das Gleichnis ist eingebettet in eine Reihe thematisch ähnlicher und vermittelt in seiner lebendigen, gefühlsstarken Erzählweise eine unbeschreiblich tiefe Vorstellung von der Art, wie Vergebung bei Gott aussieht.

Aber ich hatte nicht nur die Bibel. Von meinem Sohn wurde ich mit der neuesten Literatur versorgt. Ein Buch hatte es mir besonders angetan. Der Titel „Komm Jehova doch näher" schien etwas zu versprechen, was der Inhalt halten könnte. Es bestärkte mich, noch mehr in der Bibel zu lesen. Ganz besonders ein Kapitel, das sich mit Gottes Eigenschaft der Liebe beschäftigte, erfüllte mich mit starken Glücksgefühlen. Ich wollte wirklich wieder „mitlaufen" – im eigentlichen Wortsinn; mich zurück begeben in die Gemeinschaft und beginnen, den vertrauten Dienst am Menschen zu reaktivieren.

Ich wusste, dass es mir ernst war. Und sicherlich teilte Gott meine Zuversicht.

Irgendwann zu dieser Zeit klingelte unser Telefon. Wir waren aber nicht da. Es klingelte jedoch trotzdem, denn unser Anwesenheitsstatus war ihm wurscht. Es ließ einfach den fälschlich so genannten Anrufbeantworter anspringen und zeichnete eine Nachricht auf. Ich glaube, der technisch und sprachlich aktualisierte Mensch nennt das „voice-mail". Und die hörten wir ab. Eine Stimme, die wir wohl vor fast zwanzig Jahren das letzte Mal gehört hatten, sprach, als wären wir die engsten Freunde und noch immer regelmäßig mit gegenseitigen Treffen beschäftigt: „Na, wo treibt ihr euch denn rum? Um diese Zeit?" Oder so ähnlich.

Ich rief zurück. Es war derselbe Älteste, der mir 1985 den Austritt nahegelegt hatte, weil ich ihm bei einem „Hirtenbesuch" meine Gefühlslage zu erklären versuchte, indem ich ungeschickterweise sagte, ich könne nicht vorbehaltlos „hier" rufen, wenn einer sagt „Zeugen Jehovas". Wie sonderbar. „Du weißt ja", so stimulierte er mein Erinnerungsvermögen, „dass wir Ältesten gehalten sind, Abgefallene einmal im Jahr aufzusuchen, um uns zu erkundigen, ob sie einen Sinneswandel erfahren haben, und zu zeigen, dass der Weg zurück immer offen ist."

Ob er wirklich das Wort „Abgefallene" gebrauchte, weiß ich nicht mehr, aber dass dieser jährliche Besuchsversuch schon in seiner zwanzigsten Warteschleife schlingerte und jetzt endlich zur Landung

101

ansetzen konnte, ließ es umso mehr auf eine sehr überfällige Weise gerade rechtzeitig erscheinen.

Ich schlug vor, uns bei ihm zu treffen, weil es meiner jetzigen Frau zur Zeit nicht so sehr unter den Nägeln brannte, dem Mann zu begegnen, von dem sie wusste, dass er damals, wenn es in Gesprächen um sie oder ihren damaligen Ehemann ging, nicht allzu viele guten Haare an ihr gelassen hatte.

Er stimmte zunächst zu, rief aber etwas später wieder an, um mir mitzuteilen, „dass es wohl besser ist, wir treffen uns auf neutralem Boden". Er hat das auch irgendwie begründet. Womit, weiß ich nicht mehr. Dieser neutrale Boden sollte der Versammlungssaal sein, und die Frage, was daran neutral sei, verkniff ich mir; ich stimmte nun meinerseits zu.

Ich begab mich also zum geschickt gewählten Treffpunkt in einer Stimmung der Vorfreude. Ich hatte die Vater-Sohn-Geschichte im Kopf und fühlte schon längst, dass Gott mir vergeben und mich umarmt und an die Hand genommen hatte; malte mir aus, wie dieses bevorstehende Gespräch den Einstieg in den Ausstieg aus dem Leben in Finsternis einläuten würde. Ich stellte mir vor, dass die Vertreter Gottes, denen ich gleich begegnen würde, auch ein wenig von dem Überschwang vermitteln würden, der den Vater in dem Gleichnis charakterisiert.

Mit einer herzklopfenbegleiteten Beklemmung in der Körpermitte gehe ich auf den Saal zu. Vor dem Gebäude wartet schon ein Altvertrauter, dem ich zaghaft die Hand reiche. Oben dann im Besprechungsraum sitzt am Verhörtisch ein mir von früher her unangenehm im Gedächtnis schlummernder Oberhirte, dessen Blick ich schon damals als hart und kalt empfand; schaue ihm trotzdem in die Augen, denn das Gefühl von Kälte kann subjektiv sein. Helle, stahlgraue Augen wirken wohl in Verbindung mit dem scharfen verbissenen Ausdruck schmallippiger Rechtschaffenheitsmünder manchmal so.

Es läuft aber nicht ganz nach meiner Vorstellung. Es überrascht mich nicht sonderlich, dass tatsächlich jenes Gleichnis die Grundlage für die folgende Belehrung bildet, aber meine schöne Vorstellung, bereits gemeinsam mit dem Vater, der mir ja entgegengelaufen war, zurück auf dem Weg nach Haus zu sein, verschwindet im weiteren Verlauf hinter einer dicken Mauer aus Steinen der Gerechtigkeit.

Christus bezeichnete seine Nachfolger ja oft bildhaft als Schafe. Wenn ich mich jemals als Schaf erwiesen habe, dann während dieser Begegnung.

Sollte jemand denken, man beginne nun mit einem Gespräch, das diesen Namen verdient, weil man im Austausch von Worten und Gedanken vergangene und gegenwärtige Beweggründe zu beleuchten versucht, so irrt sich der. Es gibt auch keine geistige Standortbestimmung.

Er eröffnet die Sitzung mit den nicht durch ein Lächeln belasteten freundlichen Worten: „Wir freuen uns, dass du unserer Einladung gefolgt bist."
Lächel(ich), nick, nick.

„Dein Erscheinen hier zeigt uns, dass du wirklich den Wunsch hast, zurückzukommen, denn warum solltest du dir sonst die Mühe und dich auf den Weg machen?"
Nick, nick; und spür-dass-ich-was-sagen-muss.

„Wir alle freuen uns sehr über deinen Sohn, der sehr schöne Fortschritte macht. Kürzlich hatte er eine Aufgabe in der Predigtdienstschule und hat sich extra dafür ein neues Jackett gekauft. Und seine Haare hatte er ja schon lange vorher geschnitten."
Oh.(?)

Vielleicht kann ich, um meine Sprechfähigkeit nicht völlig zu vernachlässigen, jetzt ja mal zeigen, dass ich auch schon ganz schön gut bin; inzwischen wieder.

„Ja, ich merke auch, wie glücklich er ist, und ich freue mich jedes Mal, wenn er von den Zusammenkünften erzählt und besonders, wenn er mir neue Literatur mitbringt. Mir hat ja dieses neue Buch über die Nähe Gottes sehr gut gefallen." Beim Reden wird mir klar, dass man mir ja nur helfen kann, wenn ich aber auch ehrlich erwähne, dass das nicht auf alle Gedanken zutrifft und dass ich schließlich noch *erhebliche* Zweifel mit mir herumschleppe.

„Ich schleppe allerdings auch noch *einige* Zweifel mit mir herum."
„Wenn du das Buch gelesen hast, kannst du gar nicht zweifeln!"
Noch mal oh!

Er startet seine Ausführungen, die ich dann nicht mehr mit Worten, sondern nur noch mit weiterem gelegentlichen Nicken unterstütze.

Er erklärt mir im Beisein des mich angerufen habenden Ältesten, der jetzt die Rolle eines Zeugen (also so ein Zeuge wie vor Gericht, kein Zeuge Jehovas; obwohl – das natürlich auch) innehat, die tiefere Bedeutung der besagten Geschichte.

Er liest vor, erklärt Vers für Vers, ich schweige und lausche und der Zeugenzeuge schweigt und zeugt. Lächelt und nickt auch zuweilen zustimmend und ermunternd, blickt aber ansonsten ernst und unterstreicht damit ebendiesen der Situation.

Das heißt, er liest einen Vers, erklärt, was dort steht; liest den nächsten, erklärt, was dort steht, liest einen weiteren, den er auch erklärt und so weiter.

Dann kommt natürlich irgendwann der Moment, der auch eine Aussage von mir bewirken sollte: der Sohn geht heim, mit all den zurechtgelegten Sätzen und macht die oben beschriebene Erfahrung mit seinem Vater.

Warum sage ich nicht, dass ich mich an dieser Stelle der Geschichte zu befinden glaube?
Ich weiß nicht. Ich sage es eben nicht.
Seine Erklärung ist schneller und hat mehr Autorität.
„Wie du siehst, macht sich der Sohn auf den Weg. Das bedeutet buchstäbliche Bewegung. Du musst dich also auch aufmachen und in den Königreichssaal kommen, wie du es ja auch heute getan hast. Aber in Zukunft eben in die gemeinsamen Zusammenkünfte. So wird dein echter Wille zur Umkehr für alle erkennbar. Es wird dich zwar gemäß den biblischen Erfordernissen natürlich niemand grüßen, aber in Übereinstimmung mit diesem wunderbaren Gleichnis kannst du sicher sein, dass sich alle freuen. So kannst du regelmäßig an unseren geistigen Festmahlen Anteil haben".

Sicher hat er recht. Wie konnte ich annehmen, ich hätte schon umkehrtechnisch alles erledigt. Natürlich muss meine Reue ja noch bewiesen werden. Als wir dann anschließend nach unten gehen, zeigt er mir noch den Saal: „Geh doch rein und such dir schon mal einen Platz aus".
Ich gehe rein.
Einen Platz auszusuchen, will mir nicht gelingen, aber ich stehe da mit allen Erinnerungen an die letzten Monate dort vor etwa achtzehn Jahren. Die Gefühle lassen in dem Moment keinen Raum für verstandgesteuertes Reflektieren.

Aber auf dem Weg nach Haus im Auto spürte ich Wut in mir aufsteigen. Hatte den kindischen Drang, mir eine Schachtel Zigaretten zu kaufen, und ich benötige keinen Psychologen, um mir diesen Zusammenhang zu erläutern.
Die Ursache für meine Erregung war hauptsächlich die keinen Widerspruch zulassende Aussage, ich könne keine Zweifel haben, wenn ich jenes Buch gelesen hätte.
Was war denn das für ein Denken?
Und dann die Frage der Reue.
Ohne meine Lebensführung zu kennen, schienen sie einfach vorauszusetzen, welche Sünde von meiner Seite zu bereuen war: nämlich die einzige Sache, die *kein* Bewusstsein für erforderliche Buße in mir wachrief: meine Aussage von damals, dass ich mich nicht als

dazugehörig empfinde. Das schien offensichtlich schlimmer zu sein als jeder Schmerz, den ich jemals jemandem zugefügt hatte.

Als ich zu Hause meiner jetzigen Frau mit entsprechender Emotionalität von dem Gespräch erzählte, schien sie sehr erleichtert zu sein. Vielleicht war ja diese dumme Phase damit beendet.
Aber langfristig war mein Wunsch nach Unterwerfung wohl stärker. Wie konnte ich so stolz sein, meine eigenen Ansichten dermaßen wichtig zu nehmen?
Wenn Gott mich zu sich zurückzieht, wie könnte ich dem widerstehen wollen?
Und wo sollte ich sonst hingehen? Etwa in die Kirche? Na, das wär's ja wohl noch!

Mein Ziel blieb, mein Leben wieder in den Dienst für Gott zu stellen, wie ich es von früher gewohnt war und richtig fand. Der Drang wuchs ziemlich schnell, und irgendwann war er größer als die hemmende Angst. Mein tapferes Weib ermunterte mich, es endlich zu versuchen.

„Wie willst du jemals eine Entscheidung fällen, zu der du stehen kannst, wenn du dich dem nicht aussetzt? Wenn du denkst, das ist der richtige Weg, dann musst du ihn auch gehen. Und wenn du das jetzt denkst, dann tu es jetzt."

Was dieses Anschieben für sie bedeutet haben muss, wurde mir erst in späteren Gesprächen richtig klar, als sie mir von ihrer Angst erzählte, unsere Beziehung könnte Schaden dadurch nehmen oder sogar letztendlich scheitern, weil ihre eigenen Albträume wieder hochzukommen drohten.

Ihr Blick, als ich mich eines Sonntags dann wirklich für die Versammlung zurechtmachte und vorm Spiegel mein ewig nicht getragenes Jackett in Form zupfte, ließ es mich allerdings ahnen. Das einzige, was mich noch von der vollkommenen optischen Vorab-Anpassung trennte, war der fehlende Kulturstrick um den Hals, die jetzt schon fast letzte Bastion kämpferischen Widerstands.

Dann verließ ich die Wohnung, im Kopf den Eindruck von zwei leicht feuchten, etwas ängstlich blickenden Augen und eine verschwommene Vorstellung von der vor mir liegenden Begegnung.
Etwas nervös beim Autofahren, vorm Saal Parkplatz gesucht.
Im Auto sitzen geblieben und der Menge beim Strömen in die Anbetungsstätte zugesehen.
Viele hübsch gekleidete Damen mit großen Handtaschen und Herren mit ziemlich identischen Anzügen und den dazu gehörenden Aktentaschen.
Genau wie früher.

Bin ich schon dabei?
Herzklopfen!
Aussteigen; geradeaus gucken.
Saal betreten mit den genannten Körperreaktionen.
Angst, Fluchtimpuls, verhaltene Freude, nicht weniger verhaltener Argwohn eines aufkeimenden Geborgenheitsgefühls. Lächeln, lächeln, keine Scheu zeigen, Bereitschaft zur Anpassung signalisieren, zielstrebig und aufrecht, aber demütig wirken, möglichst niemanden ansehen, sondern nach dem suchen, der mich erwartet und mir zeigt, wo ich mich bedenkenlos hinsetzen kann, ohne Gefahr zu laufen, dass mir jemand aus Versehen unberechtigter- weil verbotenerweise die Hand gibt.

Dieses Niemanden-Ansehen funktionierte allerdings nicht so richtig. Man fällt halt auf. Für viele ein Neuer, für andere ein Denkenn-ich-doch, aber auch einige sehr herzliche Gesichter mit leuchtenden Augen. Diesen Kitsch in der Darstellung erlaube ich mir einfach.

Jemand weiblichen Geschlechts, eine etwas ältere junge Dame (als ich noch dabei gewesen war: Glaubensschwester) kam vom anderen Ende des Saals auf mich zu (sie rannte mehr, als dass sie ging; hatte ein wenig was vom Vater des reuigen Heimkehrers im teuflisch gut klein geredeten Gleichnis) und streckte mir schon sechs Meter vorher die Hand entgegen. Sie war eines der Beispiele für die besagten leuchtenden Augen, die, wenn man ihre Ausmaße zu der Größe des strahlend gebleckten Gebisses addiert, unbegreiflicherweise, weil mathematisch-anatomisch unmöglich, größer waren als das ganze Gesicht. Diese Begrüßung freute mich besonders, weil diese Frau damals, als ich mit dreiundzwanzig das Licht des Saals erblickte, eine meiner Bezugspersonen geworden war. Hätte altersmäßig meine Mutter sein können, ich fühlte aber eine Art Geistesverwandtschaft zu ihr, die sich bei näherem Kennenlernen immer mehr vertiefte. Wenn wir damals ein Gespräch begonnen hatten, erforderte es immer ein Höchstmaß an Selbstbeherrschung, es zu beenden.

Versuch des Neueinstiegs

Ja, diese Erinnerungen. Man kann sie in diesen Momenten wegen ihrer tiefen Emotionalität zwar selten zutreffend verbalisieren, aber sie wirken deswegen aus dem Unbewussten heraus umso intensiver. Wieder zu Hause!
Ich war darauf vorbereitet, nicht gegrüßt zu werden.
Einige taten es zunächst trotzdem.

Seit dem letzten Besuch als Mitverbundener waren also fast zwanzig Jahre vergangen. Im Moment schien es, als hätte es diese Zwischenzeit nie gegeben, als wäre ich erst vor einer Woche in der letzten regulären Versammlung gewesen. Fast ausschließlich dieselben Leute. Auch die, die ich nicht kannte, weil sie ja damals noch im Kinderwagen oder im Uterus gelegen hatten. Aber all die anderen: gruseliges Empfinden, wenn Menschen innerhalb einer Woche zwei Jahrzehnte gealtert zu sein scheinen und alles andere genau so war wie früher.

Der Älteste, der mich zu dem vorbereitenden Gespräch eingeladen und zeugend beigesessen hatte, klopfte mir, verstohlen mit einem Auge zwinkernd, lächelnd auf die Schulter. Ein waghalsiger Balanceakt zwischen menschlichem Empfinden und loyalem Gehorsam gegenüber der „Organisation". Auf meinem zaghaften Weg zu dem schon reservierten Platz neben meinem Sohn (Ich muss mich einfach an diesen *Anzug* gewöhnen!) erfolgte dann die Begegnung mit der gerade erwähnten lieben weiblichen Person, die vom anderen Ende des Saals mehr wie aus den Tiefen längst vergangenen Lebens auf mich zu gerauscht kam.
Und nun saß ich da.
Alles wie gehabt.
Damals.
Inhaltsreicher Laienvortrag, gespickt, wie gewohnt, mit vielen Schriftstellen und Versprechern.
Bibel immer mit aufgeschlagen, Notizen gemacht.
Pause, Lied, „Studium".
Gut „vorstudiert". Viel unterstrichen.
Soll doch jeder sehen, wie eifrig ich mich jetzt schon einbringe.
Beim Vorlesen der zu besprechenden, daheim vorbereiteten Absätze erste Ermüdungserscheinungen, mit dem dazugehörenden Kampf um die Loyalität der Augenlider.
Wie soll denn meine Wertschätzung erkennbar sein, wenn ich hier einfach entschlummere?
Zur Verdeutlichung und Verständnisheischung noch einmal der schon früher angedeutete Ablauf:

Daheim Artikel zunächst ganz gelesen.
Dann Absätze einzeln gelesen.
Dann Fragen unten am Seitenende gelesen.
Dann im Abschnitt Antworten gesucht zum Unterstreichen.
Gelegentlich Randbemerkungen gemacht für Anwendung des Gelesenen.
Bibelstellen nachgeschlagen, aber Zeit wird knapp. Wenn ich anfange, über Zusammenhänge nachzudenken, schaffe ich den Stoff nicht.
Alles noch mal überfliegen und dann noch die Fragen zur Erinnerung am Ende des Artikels.
Jetzt sollte es sitzen.
Dann werden in der Versammlung die Abschnitte gelesen.
„Studienleiter" liest Fragen vor.
Mutige aus der Menge lesen Antwort im Absatz vor.
Ganz Mutige formulieren mit eigenen Worten.
Die Tollkühnen unter den Anwesenden bringen gewisse eigene Erfahrungen mit ein.
Die Todesmutigen hinterfragen zweifelhafte Gedanken und regen zur Diskussion an.
Es gibt aber weder zweifelhafte Gedanken noch die benötigten Todesmutigen und deswegen auch keine Diskussionen.
Die Kinder dürfen die Zwischenüberschriften vorlesen.
Erwachsene, denen das Beantworten der Fragen hemmungsbedingte Schwierigkeiten bereitet, erhalten die Gelegenheit, zitierte, aber nicht ausgeschriebene Schriftstellen vorzulesen.

Während ich dies schreibe, bekomme ich Hitzewallungen und Pickel. Weil das Gewissen, meines nämlich, mich plagend Einspruch einlegt und mir vorwirft, dies sei eine sehr gemeine Darstellung des Vorganges.

Ich halte inne, stimme zu und wundere mich darüber - über die Zustimmung. Denn die Beschreibung enthält keine subjektiven Zusätze. Ich habe nur versucht, durch eine streng sachliche Aufzählung die Müdigkeit begreifbar zu machen, die so quälend sein kann, wenn man nicht den Mut hat, entweder einfach sanft, aber trotzig zu entschlafen oder genauso einfach, nur nicht so sanft, zu gehen.

Ich vergesse darüber nicht, dass ich durch diese Methode des Lehrens zur Zeit meines ersten Einstiegs sehr schnell einen brauchbaren Überblick nicht nur über das teilweise zweifelhafte Lehrgebäude der Gruppe, sondern erfreulicherweise auch über die Bibel erhalten habe. Darum kämpfte ich mich auch tapfer jedes Mal wieder durch den zähen, Widerstand leistenden Barrierebrei, den mein gefallenes Fleisch meinem kämpferischen Willen entgegensetzte. Ich wollte keinen Stolz aufkommen lassen, sondern mich demütig der Leitung durch die Organisation unterstellen, um wieder eines Sinnes mit der weltweiten Gemeinschaft die gute Botschaft voranzutreiben. Niemand sonst macht so deutlich und konsequent die Bedeutung der heutigen Weltverhältnisse bekannt.

Nachdem ich nun einige Male dieser Veranstaltung beigewohnt hatte, übermittelte mir mein Sohn, dass einer der wachsamen Versammlungsaufseher ihn mehr oder weniger direkt darauf hingewiesen habe, es sei besser, ich würde den Saal erst betreten, wenn alle auf ihren Plätzen säßen, um das Einstiegslied zu singen. Und dass ich zum Schlussgebet den Saal verlassen sollte, ehe alle wieder aufgestanden wären. Es sei Unruhe und Verwirrung in der Versammlung entstanden, weil einige mich gegrüßt und mit mir geredet hatten. „Ist der denn nun wieder aufgenommen oder nicht?". Ja, friedliches, aber vor allem offenes Miteinander kann schwierig sein, wenn man verwirrt ist. Kein Problem, wart ich eben draußen.

Auch ein Kongressbesuch gestaltete sich da etwas schwierig. Man versuchte freundlich, einen Platz für mich zu reservieren zwischen Personen, die reif genug waren, mit meiner Nähe umzugehen, und konnte so vermeiden, dass andere mir aus Versehen die Hand gäben oder gar aus Unwissenheit neben mir Platz nähmen.

Ebenfalls kein Problem. Ich warte auf dem Parkplatz im Auto, um die Gläubigen vor mir zu schützen, und gehe, wenn ich den schmetternden Lobpreis nach draußen dringen höre, zielstrebig hinein, direkt zu dem liebevoll für mich frei gehaltenen Platz.

Das störte mich alles nicht sonderlich. Ich war viel zu gebannt von dem Bewusstsein, als fast schon Heimgekehrter in dieser Gott preisenden Menge zu sitzen und die Vorfreude zu spüren, bald wieder dazu gehören zu dürfen.

Mit Sicherheit hatte keiner Freude an dieser von der Gesellschaft vorgeschriebenen Vorgehensweise. Ich glaube, auch die nicht, die meinen Blicken bestmöglich auszuweichen versuchten.

Das ging dann eine Weile so weiter, ohne dass etwas passierte. Ich hatte auch keine konkrete Vorstellung, was passieren sollte. Da war ja auch noch die schon erwähnte Aussage des reifen und kompetenten Gleichniserklärers mit Aufseherfunktion bei meiner anfangs beschriebenen Vorbereitungssitzung für den ersten Versammlungsbesuch. Ich hatte gesagt, dass ich mir ein Bibelstudium wünschte, weil ich an einigen Dingen noch zweifelte.

Ich erinnere an den Satz „Wenn du das Buch („Komm Jehova doch näher"; von dem ich so begeistert war, weil es Gottes Eigenschaften sehr ausgewogen beschreibt und mir eine erste große Hilfe war, wieder in so etwas wie eine persönliche Beziehung zu ihm zu gelangen) gelesen hast, dann kannst du gar nicht zweifeln." Mir fällt jetzt noch ein, dass er hinzufügte: „Jedenfalls studieren können wir mit dir nicht. Wenn du aber regelmäßig in die Versammlung kommst, wo der Geist Jehovas wirkt, dann legen sich die Zweifel ganz von selbst. Wenn nicht, dann ist mit deinem Herzen etwas nicht in Ordnung."

Jetzt besuchte ich wohl seit fast einem Jahr die sonntäglichen Zusammenkünfte und hatte immer noch meine Zweifel. Offensichtlich war mit meinem Herzen was nicht in Ordnung.

Ob es Kommentare bei der Wachtturmbesprechung waren, egal ob aus dem Auditorium oder von der Bühne, oder Aussagen im Rahmen von öffentlichen Vorträgen, es gab immer etwas, was ich nicht richtig fand, ich selbstherrlicher Freidenker, elender. Kein guter Boden, um Zweifel versickern zu lassen.

Da war die Zuneigung zu den Menschen, die mich hielt und da war die Ablehnung gewisser Denkweisen. Letzteres wäre ja nicht schlimm, wenn man, wie es in unserer Gesellschaft sonst überall üblich ist, darüber reden könnte. Das geht hier aber nicht, weil man, grundsätzlich sowieso, aber besonders als Abtrünniger, mit abweichendem Denken immer verdächtig ist.

Einheit, Einheit über alles.

Mir wurde nicht bewusst, dass ich gerade denselben Mechanismen zu erliegen drohte, die schon dreißig Jahre vorher einen blinden Fleck auf der Netzhaut meines geistigen Auges produziert hatten. Wie von einem schwarzen Loch wurde alles davon angezogen und verschlungen, was nicht in mein Wunschbild von einer wiederhergestellten Beziehung zu meinem alten Verkündigerleben passte. Immer wieder bestärkte ich meinen Sohn in der Vorstellung, dass wir bald wieder gemeinsam von Haus zu Haus ziehen würden. Ich ließ mir von seinen Erfahrungen „im Dienst" berichten und diskutierte mit ihm darüber, wie man mit Einwänden der von ihm Besuchten taktvoll umgehen könnte.

Wenn mir im Rahmen der sonntäglichen Wachtturmbetrachtungen gelegentlich etwas sauer aufstieß, ignorierte ich es oder verschwieg es zumindest, um ihn nicht „zum Straucheln zu bringen". Ich kann nicht ausschließen, dass dabei alte Schuldgefühle eine Rolle spielten.

Aber wie das so ist: wenn es nicht vorwärts geht, geht es rückwärts. Stillstand ist äußerst selten. Außer wahrscheinlich im Tod. Aber da verfüge ich über keine wesentlichen Erfahrenswerte.

Erst lässt man mal eine Zusammenkunft ausfallen, dann mal zwei. Dieser Prozess verstärkt sich.

Dann nichts mehr.

Irgendwann in der Zeit dieser wachsenden Lücken machte uns einer von Angelikas natürlich inzwischen auch erwachsenen Söhnen auf eine Website aufmerksam, die von ehemaligen Zeugen Jehovas betrieben wird. Er hatte sich schon länger mit diesem Thema befasst, weil er einen Weg suchte, wieder mit seinem Vater in Kontakt zu kommen.

Ich war skeptisch. Hatte solche Erlebnisberichte schon öfter gehört und gelesen. Auch in verschiedenen Fernsehsendungen kamen gelegentlich Ex-Zeugen zu Wort. In den meisten Fällen fragte ich mich, warum diese Leute überhaupt jemals Zeugen geworden waren, wenn sie nämlich rückblickend nur von den Dingen sprachen, die man als Zeuge „nicht darf". Dass dieser Glaube eine gewisse Distanz zu einigen populären Verhaltensweisen beinhaltet, erfährt man vorher und hätte darum auch die Möglichkeit, gründlich abzuwägen, ob man das mittragen kann oder nicht.

Bei diesem harten Urteil habe ich aber vergessen zu unterscheiden; zwischen erwachsenen Späteinsteigern und mehr oder weniger hilflos Hineinerzogenen. Letztere können zwar auch abwägen, sind durch ihre frühzeitige Unterweisung in einzig wahrer Gerechtigkeit aber natürlich mit implantierten Zielvorgaben ausgerüstet – auch gerne als Erziehung bezeichnet – die wie eine Formatvorlage wirken, die einem gewisse Entscheidungen schon vorgibt.

Meine Frau war deswegen entschieden motivierter, diese Seiten zu lesen, weil ihre freie Entscheidung, dazuzugehören, fraglich ist, da ihr als Kind genau Letzteres widerfahren war. Sie rief mich jedes Mal aufgeregt an den PC, um mir ihre neuesten Funde vorzulegen.

Meine Einstellung, dass es sich hier doch nur um Hasstiraden von Wichtigtuern handeln konnte, die nur nicht ertragen wollten, dass ihre abweichlerischen Ansichten in der Versammlung nicht ernst genug genommen worden waren, musste ich schnell revidieren. Die meisten Aufsätze waren nicht unter „Die-sind-ja-alle-doof-da" einzuordnen, sondern befassten sich mit jenen Lehren, die man für eine Qualifikation als Verkündiger – getauft oder noch ungetauft – unbedingt akzeptieren musste. Kaum zu glauben, dass diesen vielen, vielen klugen Argumenten, die doch der Fels waren, auf dem der komplette Glaube allen widrigen Stürmen der falschen Lehre trotzen sollte, tatsächlich weitere hinzugefügt werden konnten, die jenes als unzerstörbar empfundene Fundament zum Bröckeln brachten:

Hintergründe zu der bei den Zeugen äußerst wichtigen Ablehnung der Geburtstags- und Weihnachts- und Sonstwasfeierei (allerdings ein Thema, das für uns zumindest im Bereich religiöser Feste noch nicht abgeschlossen ist).

Wichtiges über die in Brooklyn aufgeworfene Frage des Kreuzes, welches im Lichte der Unvoreingenommenheit betrachtet nur ein Pfahl gewesen sein soll (als ich das erste Mal in ihrer Übersetzung statt „sein Tod am Kreuz" die Worte „sein Tod an einem Marterpfahl" las, empfand ich das als ehemaliger jugendlicher Karl-May-Leser zunächst doch als sehr verwirrend. Mir Jesus im Wilden Westen am typischen Gebrauchsgegenstand sadomasochistischer Härtetester relativ unerfreulicher Behandlung ausgesetzt vorzustellen, fiel mir genau so schwer wie das Bild von Old Shatterhand als Gekreuzigter in einer Kirche oder in der Hand des Papstes. Gewohnheit war da *ein* gutes Mittel, dieser Desorientiertheit Einhalt zu gebieten. Falls hier aber jemand einwendet: „So'n Quatsch; das weiß doch jeder, dass das ein Kreuz war", muss ich sagen, dass diese Frage im zeugeneigenen Bibellexikon und einigen dort zitierten Schriften nachvollziehbar genug erörtert wird, um zumindest in Betracht gezogen werden zu können. Dann darf man sich aber auch gleich noch fragen, wie wesentlich diese Frage wohl in Bezug auf den gelebten Glauben ist).

Zur Person Jesu, der vor seiner Menschwerdung der Erzengel Michael gewesen sein soll.

Zum Gebrauch des Namens Jehova in den Christlich-griechischen Schriften (Im „Neuen Testament", aber das sagt man nicht).

Der Umgang mit der Chronologie, die immer – besonders in der Anfangszeit dieser Organisation mit Wächterattitüde – ein äußerst wichtiges Erkennungsmerkmal der wahrsten aller Wahrheiten war, die sogar dann noch wahr war, als sie nachher scheinbar unwahr war; sie war natürlich nur durch helleres Wahrheitslichtlicht überstrahlt worden.

Erfahrensberichte, wie mit Leuten umgegangen wird, die nur gewisse Lehrmeinungen nicht mehr mittragen konnten, aber trotzdem nicht der Organisation den Rücken kehren wollten. Und solchen, denen in so einem Fall sogar die Gemeinschaft entzogen oder zumindest nahegelegt wurde zu gehen.

Es ist mir bekannt, dass die „Gesellschaft" schon immer davor gewarnt hat, sich mit derartiger Lektüre zu befassen, weil sie dem vergifteten Geist Abtrünniger entspringt und deswegen nichts

Auferbauendes an sich hat, sondern nur dem Zweck dient niederzureißen. Ich bin aber so dreist, mir zuzutrauen, dass ich unterscheiden kann, ob jemand auf ausgewogene Weise das Ergebnis sorgfältigen Nachforschens präsentiert oder nur Gefühle der Frustration durch verleumderische Aussagen umlenken will. Und auch Neid und versteckte Listigkeit sind meistens zu erkennen, wenn man wachsam ist beim Lesen.

Außerdem konnte ich das alles lange nicht akzeptieren. Es war, als würde mir der Boden unter den Füßen entzogen, um mangels ausreichender schriftstellerischer Phantasie mal wieder ein Klischee zu bemühen; denn auch wenn ich wieder aufgehört hatte, die Zusammenkünfte zu besuchen, mein Drang, zu Gott zurück zu finden, war unverändert stark. Das konnte einfach alles nicht wahr sein.

Ich hatte mir doch gerade all meine früheren Fehlentscheidungen selbstkritisch vor Augen geführt, die mich so weit gebracht hatten, mich nicht mehr heimisch zu fühlen in der Gemeinschaft treuer Anbeter.

Ich hatte erkannt, dass mein Abgleiten nur auf mich selbst, meinen Egoismus und noch andere negative Eigenschaften zurückzuführen war.

Es entwickelte sich ein Gefühl des Verloren-Seins, weil ich mir nach wie vor einen anderen Zugang zu Gott nicht vorstellen konnte. Eben weil man nur die Alternativen hat, zu einer der beiden „Organisationen" – Gottes oder Satans – zu gehören.

Und in diese Phase, die ich mit meiner Art von Gebeten füllte, weil ein Kontakt zu Gott entstanden war, den ich nicht mehr unterbrochen wissen wollte, Dieters Einladung zum 45 ½ sten Geburtstag seiner Frau, von der ich Dir am Anfang unserer Begegnung erzählt habe. Und warum das wirklich der „wunderbare Beginn einer großen Leidenschaft" werden konnte.

Genesis der Leidenschaft

Da war also dieser Geburtstag mit der Vorwarnung „Achtung, Christen!" Wirklich unbedeutender und völlig unnötiger Hinweis, denn dass das natürlich keine *wahren* Christen waren, war mir klar (wunderbares Wortspiel, *nicht wahr*?!). Trotzdem sind mir von diesem Geburtstag zwei doch wesentliche Erinnerungen geblieben.

Einige Tage vor der geplanten Feier, die, als Überraschung gedacht, natürlich für die im Mittelpunkt stehende Person ein Geheimnis bleiben sollte, gab es ein zufälliges Zusammentreffen, als meine Frau und ich einen Spaziergang in der Nähe der neuen Behausung dieser beiden sehr lange nicht Kontaktierten genossen. Wir pausierten gerade auf einer Bank mit Seeblick, als zwei Fahrräder, natürlich bemenscht, langsam auf uns zu und vorbei fuhren.

Ich habe die Herr-/Frauschaften zuerst erkannt und es war gerade noch Zeit meiner Frau schnell zuzuraunen, dass Betti nichts weiß von dem geplanten Event, als sie auch schon stoppten – Betti zuerst, „Angelika, Eugen!" rufend – abstiegen und zu uns kamen.

Nun ist es ja heute nichts Ungewöhnliches mehr, sich bei einer Begrüßung zu umarmen, aber die Art, wie *sie* es tat, stand in keinem Verhältnis zu der Tiefe unseres Verhältnisses zueinander.

Wir hatten uns jahrelang nicht gesehen, und die Treffen davor hatten ihren Hintergrund in der Tatsache, dass ich leidlich für Freude sorgen konnte, wenn es darum ging, eine Geburtstagsfeier mit vertrauten Oldies zu würzen, die die Teilnehmer unmerklich in die Wehmut über vergangene Jugend zogen, während sie diese altvertrauten Hymnen mitschmetterten. Man fand sich sympathisch, ohne viel voneinander zu wissen.

Eine so außergewöhnlich herzliche Begrüßung empfanden wir als verwunderlich; allerdings auch sehr beglückend. Wir versuchten unser Möglichstes, uns vor Betti nichts anmerken zu lassen. Wir wussten ja seit der Musikbestellung von ihrer neuen Wohnumgebung und mussten jetzt so tun, als würde die Überraschung uns nahezu den Halt rauben. Es gelang uns, das Wiedersehensgespräch nicht zu lang zu gestalten; wir durften uns doch nicht versehentlich verraten.

Als der Tag dann herangerückt war und wir abends nach dem bei mir üblichen „Verfahren" dann doch noch vor der Tür unserer Gastgeber standen, spürte ich eine etwas mulmige Verstimmung in meinem nach Jahren relativen Wohllebens nicht mehr zu übersehenden Bauch. Dass Angelikas Hand auf dem Weg zur Haustür fast unmerklich in meine rutschte, war an sich nicht ungewöhnlich; nur der erhöhte Feuchtigkeitswert. Es ging ihr also genauso wie mir.

In der linken Hand die Klampfe, im Rucksack einige Texte, an der rechten Hand Angelika, die wiederum ihre rechte frei hatte, um nach einem nicht ganz kurzen, glücklicherweise aber auch nicht allzu langen Zögern den Klingelknopf zu betätigen.

Das war ja fast so wie früher, wenn wir in unserem Bemühen, Menschenleben zu retten, an den Türen wildfremder Menschen unsere Anwesenheit zaghaft durch Klopf- oder Klingelgeräusche zur Kenntnis gebracht hatten. Es erforderte für uns sowieso schon immer eine nicht geringe Überwindungskraft, uns in eine riesige Menge von mehr als sagen wir fünf teilweise fremden Menschen zu begeben. Aber hier waren auch noch Christen angekündigt, und wenn ich auch nichts gegen solche Menschen hatte, war mir doch der Gedanke, einen Abend mit ihnen zu verbringen, etwas unheimlich. Und Angelika ging es ähnlich. Wir wussten ja noch von damals, dass die Zeugen mit ihrer ansteckenden Heiter- und Fröhlichkeit eine Sonderstellung unter glaubenden Menschen einnahmen. Aber die Leute, die man landläufig und natürlich völlig fälschlich als „Christen" bezeichnet, agierten im religiösen Kasperletheater meines mit fragmentarischer Wahrheit erfüllten Geistes als recht steife Figuren mit verbissenen Gesichtern, in denen das Streben nach Gerechtigkeit tiefe Furchen des Grams hinterlassen hatte.

Unsere Herzen klopften noch mehr als sonst solidarisch im Gleichklang.

Betti öffnete die Tür, ihre Kinnlade bewegte sich, nach einer kurzen Zeitspanne verständlichen Stutzens, abwärts; schnell und von ihr unbemerkt. Die Party an sich war ja schon eine Überraschung für sie gewesen. Und jetzt standen plötzlich die beiden kurz vorher nach so vielen Jahren zufällig wiedergetroffen habenden alten Menschen vor ihrer Tür, Klampfe und einige Beutel in der Hand und jeweils ein dämliches Grinsen im Gesicht, mit den für Uneingeweihte recht unverständlichen Worten „herzlichen Glückwunsch zum 45 ½ sten Geburtstag" auf den Lippen.

Nach einem recht spitzen Aufschrei, den wir eigenmächtig als Ausdruck der Freude werteten, und heftigen Umarmungen führte sie uns durch das Haus geradewegs in den Garten, in dem ein Partyzelt, gefüllt mit essenden, trinkenden, schwatzenden, lärmenden, lachenden und sonstwie feiernd beschäftigten Menschen aufgebaut war. Der uns bekannte Teil der Anwesenden, bestehend aus ihrer Verwandtschaft und natürlich ihrem Mann, war schnell begrüßt, und nun mussten wir mit vorgetäuschter Furchtlosigkeit in diese pulsierende Masse eintauchen.

Unsere Scheu bekam keine Gelegenheit, diesen Abend in Gemeinschaft mit uns fortzusetzen, denn sie wurde von Vertrauen einflößenden atmosphärischen Schwingungen nach kurzem Todeskampf brutal, aber leise erstickt. Wir fühlten uns sofort von allen freundlich aufgenommen und ein sehr herzliches Ehepaar zog uns in ein Gespräch, das uns unsere gewohnte und von uns selbst gefürchtete Sprachlosigkeit bei solchen Anlässen völlig vergessen ließ.

Wer oder wie viele dieser Leute zu den angewarnten Christen zählten, war von uns nicht auszumachen. Keine „Halleluja" - Rufe, niemand brüllte fortwährend „preiset den Herrn", oder gab missionarisch-einladende Botschaftshäppchen von sich. Keine zusammengekniffenen Lippen, Geradlinigkeit im Denken bildhaft darstellend; oder Augen, die mit milder, aber strenger Ernsthaftigkeit präventiv zum grundsätzlichen Maßhalten aufforderten.

Ansonsten verliefen Nachmittag und Abend, wie wir es so kannten: essen, trinken, reden, sich kennen lernen, singen und Spaß dabei haben.

Erste Hinweise auf etwas Anderes

Gegen Ende des Abends, als die Abschiedsphase einsetzte, fragte uns jemand, ob wir zu Bettis „Hauskreis" gehörten. Diese Frage überforderte uns erheblich, denn damit konnten wir nun gar nichts anfangen. Unsere Verneinung war insofern ehrlich, als wir dieses Wort nicht kannten, und uns somit klar war, dass wir *nicht* dazu gehörten. Wir haben uns später von Betti erklären lassen, was es mit diesem Hauskreis auf sich hat, und danach war klar: irgend so'n Pseudochristen-Bibeltreffpunkt. Interessierte mich wirklich nicht die Bohne.

Beim Verlassen des Hauses schaute ich nur kurz nach oben, weil da am Rande des Wohnzimmers ein kleines, aber nicht unscheinbares Treppchen hinaufführte. Einfach nur ein neugieriger Blick, weil kleine Treppen in Wohnzimmern mich eben faszinieren.

Die sympathische Schwester der Gastgeberin sah das und ließ die freundlich-bestimmte Aufforderung „na, geh mal hoch!" verlauten. Wollte ich gar nicht. Mein Sinn und Herz strebten heimwärts, ins kuschelige Bett.

„Na, geh schon", beharrte sie.

Ich ging also. *Wir* gingen. Meine Frau und ich. Hätte ich irgendwelche Neigungen, durch ergreifende Formulierungen zu glänzen, würde ich vermutlich so etwas äußern wie: „Diese wenigen Schritte aufwärts kennzeichneten den Beginn einer langen und wechselvollen Phase der Aufstiege." So etwas liegt mir wegen seiner offensichtlichen Nähe zum Kitsch jedoch so fern wie einem Finanzbeamten die Neigung, sich die Steuererklärungen seiner Opfer vorsingen zu lassen; oder Zahlungserinnerungen in Gedichtform zu versenden, wie etwa:

> lieber säum'ger Steuerzahler,
> man glaubt nicht, wie die Zeit vergeht
> wir warten lang schon auf die Taler
> doch bald ist es für dich zu spät
> so gib uns nun, was wir verlangen
> dann woll'n wir noch mal gnädig sein
> ansonsten darfst du jetzt schon bangen
> die Summe bleibt dann nicht so klein

Geht nicht, so was!

Betti folgte uns auf Angelikas Fersen. Mein Kopf war der erste, der das unvermeidliche, weil notwendige Loch in der Decke bzw. im Fußboden passierte, was mir die Möglichkeit eröffnete, heilige Räumlichkeiten zunächst aus der optischen Perspektive eines Dackels unvoreingenommen zu betrachten. Die geistig-mentale jedoch veranlasste den Ex-Zeugen-Teil meines Herzens, sich in spontaner Abwehrhaltung heftig zu verkrampfen bei dem völlig unerwarteten Anblick von Engeln und Kruzifixen. Genau so muss man sich das eben vorstellen bei Kirchenleuten, die nichts wissen von der in Jahrhunderten gewachsenen Entfremdung des Christentums von der reinen Wahrheit.

Aber ehe sich diese Gedanken richtig entfalten konnten, war Betti schon hinter uns und fing an, uns von ihrem relativ neuen, intensiv empfundenen und *er*- sowie *ge*lebten Glauben an Jesus zu erzählen. Dass sie zwar mit kirchlichen Vorstellungen und insofern im Glauben an Gott groß geworden war, aber keine Ahnung vom „Juniorchef" gehabt hatte. Sie berichtete etwas von Kontakten zu einem gewissen „Marburger Kreis", wo sie zum ersten Mal richtig von Jesus Christus gehört hätte. Mich schüttelt es natürlich sofort innerlich, wenn mir jemand erzählt, sein Glaube hätte ursächlich etwas mit einer bestimmten namentlich hervorgehobenen Gruppe zu tun; außerdem kann es ja nur eine geben. Das ist so mit der Wahrheit. Schwerkraft bleibt Schwerkraft und zweimal zwei bleibt immer vier. Wir waren aber trotzdem beeindruckt von der starken Wirkung des Gefühls, das ihre Erfahrungen in uns auslösten. Besonders Angelika. Ich aber auch. Trotz all dieser besorgniserregenden babylonischen Symbole.

Als wir dann später doch noch im Auto heimwärts strebten, war unsere Sprachlosigkeit unser Hauptgesprächsthema. Meine Frau war einfach berührt von der spürbaren Stärke des Glaubens. Mich bewegte die Frage, wie ich die Tatsache einstufen sollte, dass jemand, der nicht die Wahrheit hatte, so überzeugend von seinem Glauben an Jesus Christus reden konnte.

Zunächst war es Angelika, die diese Frage nach den „Hauskreisen" nicht mehr losließ. Sie wollte das unbedingt erleben. Obwohl sie in den letzten Monaten oft bei unseren Gesprächen, die wir während unserer langen Spaziergänge an den Wochenenden leidenschaftlich führten und immer noch führen, durch ihre Fragen und Einwände so manches meiner frischen Glaubensgebäude wieder zum Einsturz gebracht hatte, verspürte sie eine tiefe Sehnsucht nach Gott. Sie ist eines dieser seltsamen Menschenkinder, die sich ihm in der Natur, fernab von der Gesellschaftshektik, am nächsten fühlen. – Ich aber eigentlich auch.

Die körperlich spürbare Kraft, mit der sie trotzdem ihren Wunsch nach Gemeinschaft mit Christen rüberbrachte, übertrug sich auch auf mich, obwohl mein eigenes Interesse eher begrenzt spürbar war, denn warum sollte ich mich an einer Form der Anbetung beteiligen, von der ich doch wusste, dass sie einem völlig verdrehten und verwässertem Bild vom Christentum entsprang?

Jedes Mal, wenn wir unsere früheren Bekannten, zu denen sich jetzt freundschaftliche Gefühle zu entwickeln begannen, besuchten, sprach sie dieses Thema an; fragte, wo man sich denn träfe, und zeigte gleichzeitig ihre Furcht vor einer Teilnahme in einer ungewohnten Umgebung.

Hauskreis und Verwirrung

Es war unser Lieblingsatheist Dieter, der den Vorschlag machte, man könne sich doch mal hier in ihrem Haus treffen. So bestünde dann nur noch die Unsicherheit gegenüber fremden Leuten. Die Umgebung sei aber wenigstens vertraut. Er würde beherzt, aber mit wohlwollender Distanz nicht teilnehmend anwesend sein, so dass wir uns nicht ganz als Außenseiter fühlen müssten.

Irgendwann gelang es uns endlich, das erforderliche Maß an Mut zusammenzubringen. Wir trafen uns mit einer kleinen Gruppe von etwa 12 Leuten, alle sehr herzlich; aber was sagt das schon aus; hatten wir ja schon mal.

Ich fühlte mich unwohl während des Ablaufs, weil ich sehr verkrampft locker zu sein versuchte. Es war alles so anders als die vertraute, zuweilen etwas unpersönliche Mischung zwischen Lernen und Anbetung, die noch von früher in unserem Gedächtnis herumdümpelte: damals, als wir eine Art Lehrbuch hatten, das in der Gruppe unter der Leitung eines Ältesten besprochen wurde. Vorher betete jemand, den der Älteste darum bat, um Gottes Leitung, weil *der* unser eigentlicher Lehrer war, und im Anschluss an die Unterweisung dankte einer. Dadurch gab es eine klare Linie, die auf ein Ziel ausgerichtet war. Man wusste, aus diesem Buch wurde gleichzeitig weltweit in kleinen Gruppen gelehrt, und in diesem Bewusstsein fügte man sich freudig ein in die Struktur. So gab es auch nicht diese verwirrenden Situationen, die so leicht das Gemüt aufwühlen können, wenn unerwartet eigenes Denken und kreative Mitwirkung gefordert sind; wie das hier nämlich der Fall war. Wussten diese armen Menschen denn nichts von der Gefahr, die einer Gemeinschaft droht, wenn die Kette der Einigkeit oder Einheit durch eigenständiges, unabhängiges Denken des Einzelnen unterbrochen wird?

Diese christlich-beherzt glaubenden Herr- und Frauschaften sangen zunächst einige Lieder, die ein freundliches weibliches Wesen aus der Gruppe auf der Gitarre begleitete. Druck! – Wir kannten die Lieder natürlich nicht und mitsingen kam sowieso nicht in Frage; man könnte uns ja hören! Bei unseren eben beschriebenen Versammlungsbuchstudien in Privatwohnungen von Zeugen wäre niemand auf die Idee gekommen zu singen. Also ich jedenfalls nicht und mir ist kein Fall bekannt, bei dem irgendjemand etwas in dieser Richtung angedeutet hätte.

Es ist für mich schwer zu begreifen, was in dieser Situation in mir abging und warum so intensiv. Fast zwanzig Jahre lang hatte ich

keinen Gedanken daran verschwendet, wie ein Zusammensein unter Christen wohl abzulaufen habe. Die jetzt auch schon wieder der Vergangenheit zuzurechnenden Versuche, nach dieser langen Zeit wieder an die alten Strukturen anzuknüpfen, musste ich wohl als gescheitert ansehen. Durch meinen recht individuellen oder gar egozentrischen Umgang mit der Bibel vermochte ich keinen Bezug mehr zu dieser Art der Erkenntnisgewinnung herzustellen. Also könnte ich doch jetzt passiv und völlig entspannt den Verlauf des Abends auf mich wirken lassen oder mich einfach gemäß meiner Einstellung einbringen, anstatt gleich zu Beginn diese seltsame Art der Abwehrhaltung einzunehmen.
Armes kleines törichtes Gehirnchen, was machst du nur mit mir?

Der weitere Verlauf des Abends trug nicht zu meiner Entspannung bei; im Gegenteil: war das gemeinsame ausufernde Singen ganz schön vieler manchmal auch seltsamer Lieder noch als einfach nur gewöhnungsbedürftig einzustufen, geschahen dann Dinge, die grundlegenden biblischen Anforderungen, so wie sie uns von früher vertraut waren, vollkommen widersprachen. Zunächst betete jemand, was grundsätzlich ja völlig richtig ist. Dann betete noch jemand und noch einer. Also bis auf uns und Dieter, zu dem ich öfter hinüberschielte, weil ich mich ständig fragte, wie es ihm wohl bei dieser ganzen Geschichte ging, betete, glaube ich, jeder; manchmal mit langen Pausen des Schweigens dazwischen, die ich als bedrückend empfand, zumal sie meinem alten Weggefährten Bruder Tinnitus Gelegenheit gaben, sich wieder mal selbstgefällig in den Vordergrund zu rücken. Und wenn alle beten: müssen wir das denn auch? Wir verneinen das für uns im Stillen und ließen die Frage erst einmal auf sich beruhen.

Auffälliger war nämlich für uns, dass Frauen in Gegenwart getaufter Männer beteten und dass eine Frau die Leitung übernahm. Geht doch laut Paulus gar nicht. Und dann noch ohne Kopfbedeckung.

Nicht dass uns das störte. Wir empfinden diese Forderung des Apostels aus heutiger Sicht sowieso als völlig unverständlich; hatte sicher nur mit den damaligen gesellschaftlichen Normen zu tun. Aber das betrifft genauso andere Aussagen der Bibel, die jedoch von so manchen Christen auch heute immer noch äußerst ernst und buchstäblich genommen werden. Außerdem ging es hier ja nicht um das, was **wir** finden, sondern um einen Umgang mit der Bibel, der nicht dem entsprach, was wir als konsequent zu befolgendes Gebot eingepflanzt bekommen hatten, und wir fragten uns: wenn also schon jemand die Bibel bis in jede Einzelheit als Gottes ewig gültigen „Brief" an die Menschheit ansieht, warum und auf welcher Grundlage entscheidet er dann, welche Aussage für ihn heute noch Gebotscharakter hat und welche nicht?

Die später leider noch für die Heimfahrt notwendige halbe Stunde reichte nicht aus, diese Frage auch nur annähernd zufriedenstellend zu beantworten. Und es ist uns auch noch lange danach nicht gelungen. (Nur der Vollständigkeit und der Vorsicht halber erwähne ich hier aber, dass wir inzwischen einen Umgang mit der Bibel gelernt haben, der nicht mit unseren alten starren Denkstrukturen zu vergleichen ist, die gerade unübersehbar ganz keck dabei waren, wieder ihren Hals lang zu machen. Allerdings waren diese speziellen Punkte schon damals ein Problem für uns, als wir noch Unterwerfungspflichtige waren.)

Ansonsten war es aber interessant für uns, zu erleben, was einem alles einfallen kann, wenn man Gott seine Dankbarkeit zum Ausdruck bringen und ihn preisen will. Wieder drängte sich der Vergleich auf mit damals und den sachbezogenen Gebeten eines dafür Ausgewählten, die sich meistens auf Dank für die Freiheit, sich in selbiger versammeln zu dürfen, Bitte für diejenigen, denen dieses Vorrecht verwehrt ist, und um Segen für die Belehrung durch den „treuen und verständigen Sklaven" beschränkten. Zwar ehrlich und nicht auswendig gelernt, aber sehr häufig ein wenig routiniert.

Befremdlich für uns wiederum die offenkundige Unkenntnis darüber, wer der eigentliche und einzige Hörer des Gebets ist, nämlich Gott. Da wurde doch tatsächlich Jesus angesprochen; und noch seltsamer: der heilige Geist, so als sei dieser eine Person.

Bei genauerer Betrachtung hätte das aber gar nicht befremdlich sein dürfen. Wir wussten ja schließlich aus unseren alten Zeiten, dass außer der Wachtturm-Gesellschaft niemand über die Tatsache informiert ist, dass die Vorstellung von einem dreieinigen Gott, die offensichtlich die Grundlage für diese Art des Betens lieferte, eines der vielen heidnischen Merkmale ist, mit denen sich die so genannte Christenheit im Laufe der Jahrhunderte verunreinigt hat.

Unsere stille Duldung dieser glaubensvoll gut gemeinten, aber trotzdem ganz, ganz, ganz sicher falschen Handlung bewirkte ein zunächst geringfügig störendes Schuldgefühl. Dieses kopulierte leidenschaftlich mit den alten Erkenntnissen und zeugte Konflikte, die keine lange Entwicklungszeit bis zu ihrer recht unkomplizierten Geburt benötigten.

Diese Empfindungen traten aber erst einmal wieder in den Hintergrund. Jemand aus der Gruppe hatte ein biblisches Thema vorbereitet, das er auf sehr individuelle, kreative Weise unter Einbeziehung der Anwesenden darbrachte. Diesen Teil des Abends empfanden wir als sehr belebend, weil er durch nachdenkliche

Heiterkeit ebenso wie heitere Nachdenklichkeit und regen darauf gründenden Gedankenaustausch geprägt war.

Am Anfang des Treffens wies Angelika bei der typischen Vorstellungsrunde etwas schüchtern, aber bestimmt darauf hin, dass sie nur zuhören und auf keinen Fall etwas sagen würde. Die damals Anwesenden erinnern sich noch heute gern daran, weil sie ihrer angekündigten Schweigsamkeit durch einen ausführlichen Kommentar, gespickt mit aussagekräftigen Bibeltexten, sehr abendfüllend Ausdruck verlieh.

Für *mich* waren besonders ihre Bibelzitate bedeutsam, wegen ihrer umfangreichen kritischen Einwände gegen dieses Buch, die auf unseren Spaziergängen oft so sehr die Echtheit meines aufkeimenden Glaubens auf die Probe gestellt hatten.

Abschließend gab es dann noch etwas, was „Austausch" genannt wurde. Jeder bekam etwas Zeit, um über eigene Erlebnisse, besondere Herausforderungen oder auch Erfreuliches aus seinem aktuellen Tagesgeschehen zu erzählen. Niemand (außer uns; natürlich verborgen, im Inneren) maßte sich ein Urteil über eventuelle Banalität an. Alles wurde ernst genommen, weil jeder seine eigene Schmerzgrenze hat.

Es war interessant zu hören, was Menschen so unter Christsein verstanden und wie sie die Prioritäten in ihrem Leben setzten. Aus den schwindelnden Höhen der Vogelperspektive etablierten Besserwissens wirkte manches auf uns sehr schräg und unverständlich. Der reaktivierte Exzeuge in mir bekam auch schwer Verdauliches zu kauen und ich erinnere mich an Momente, in denen ich mich niemandem in der Runde so nahe fühlte wie Dieter und überhaupt allen Atheisten dieser Welt; wenn beispielsweise jemand begeistert von sehr speziellen und wunderbar anmutenden persönlichen Geschenken Gottes an ihn schwärmte, nachdem man gerade von dem Leid missbrauchter und misshandelter Kinder gesprochen hatte, das man mit der Frage nach dem eigentlich ersehnten Eingreifen Gottes verband.

In unserer Zeit als Verkündiger waren wir gewohnt, unsere Gespräche ausschließlich auf Königreichsbelange zu richten: besondere Herausforderungen im Predigtdienst, Erlebnisse bei Rückbesuchen, Anforderungen an die Loyalität, wenn es um Fragen der Neutralität oder der Medizin ging – hier passte dann natürlich doch auch ein mehr oder weniger individuelles Thema, das dann gerne etwas ausführlicher ausgewalzt werden durfte: das der überall gern mit Leidenschaft angesprochenen Krankheiten – und überhaupt alles, was unsere Treue zu Gott und seiner Organisation betraf.

Persönliches ansonsten nur dann, wenn Seine Interessen und Sein kommendes Reich dabei berührt waren.

Aber hier sprach man über den Alltag des Einzelnen, Wünsche und deren Erfüllung und eigene Lebensziele.

Der eben erwähnte Bericht einer ganz außergewöhnlichen, aber irgendwie doch normalen Gebetserhörung bewirkte, dass Dieter, der toleranterweise geduldet hatte, dass diese eigentlich ablehnenswerte Christengesellschaft sich in seinem Haus versammelte, unter Zuhilfenahme der Worte „das darf doch alles nicht wahr sein" aufstand und in Gesellschaft seiner Zigarettenschachtel und eines Feuerzeugs, sich ein Bier aus dem Schuppen holend auf die Terrasse ging. Wie gerne wäre ich ihm gefolgt, da mir doch sowieso jeder Anlass genehm war, Unmut äußernd irgendwelche in Rauch verwandelte Substanzen zu inhalieren. Besonders, wenn ich dadurch kritische Distanz demonstrieren und diese mit meinen persönlichen Süchten kombinieren konnte.

In solchen Momenten hatte ich zuweilen das Gefühl, dass ich mich auf einem sehr schmalen Pfad durch eine teilweise unerforschte Glaubenslandschaft mit vielen Abgründen bewege, und die Gefahr, ganz unversehens das Gleichgewicht zu verlieren und abzustürzen, konnte ich dann leider überhaupt nicht mehr ausschließen.

Und auch dieses Thema hat uns nicht nur auf der Heimfahrt, sondern noch sehr lange danach bewegt.

Wir lernten an diesem Abend noch ein neues Wort kennen: „Gebetsanliegen"; was inhaltlich und emotional recht eng mit dem vorhergehenden Austausch zu tun hatte. Wer sich gerade mit einem anscheinend schwer zu lösenden Problem zu befassen hatte, konnte darüber berichten und in der Gruppe bitten, dass man ihn durch Gebete unterstützt. Fast alle hatten einen Schreibblock auf dem Schoß und machten sich voller Eifer Notizen über die vorgebrachten Nöte; offensichtlich nahm man das wirklich sehr ernst. Wenn ich heute über meine damalige Verwunderung darüber nachdenke, verwundert mich selbige wiederum sehr. Hatte ich denn etwa in den alten Zeiten als „in der Wahrheit" Unterwiesener nicht richtig aufgepasst, als über das Gebet gelehrt wurde? Oder wurde im geistigen Paradies der einzig wahren Anbeter dieser Bereich sehr persönlicher gegenseitiger Anteilnahme etwa ausgeklammert?

Bei allen Absonderlichkeiten, störend oder erheiternd, bei all meiner Verkrampfung: Was hier praktiziert wurde entsprach dem, wie sich in letzter Zeit meine Vorstellung vom väterlichen Schöpfer und dem Umgang mit ihm entwickelt hatte. Ich habe doch auch persönliche Anliegen, die ich ihm „in meinem Kämmerlein" vortrage.

Was liegt denn näher als der Gedanke, diese Bedürfnisse mit Menschen zu teilen, die mir im Glauben nahe stehen?

Aber es entsprach nicht unserer alten Anbetungspraxis. Bei Zusammenkünften haben die Bedürfnisse des Schöpfers im Mittelpunkt zu stehen, die Förderung der „Königreichsinteressen". Es geht um den Dienst; darum, „seine Habe zu mehren" und nicht um unsere kleinkarierten Sorgen und Nöte; diese kann man im privaten Bereich abhandeln. Und hat Jesus nicht gesagt: „Sucht zuerst das Königreich und seine Gerechtigkeit, dann wird euch alles andere hinzugefügt werden."? Es gefiel uns aber und darum ließen wir unsere Bedenken dort weiter schlummern, wo sie es auch die letzten 20 Jahre störungsfrei getan hatten. Wir wussten noch nicht, dass sie sich im Laufe der Zeit summieren und allmählich eine gewisse Enge im Schlafsaal bewirken würden.

Diese Menschen schienen den Wert der Bibel entgegen unseren angelernten Vorurteilen wirklich zu kennen und zu schätzen. Wir konnten uns auch des Eindrucks nicht erwehren, dass sie Gott liebten und alle Anwesenden noch dazu. Es war ein Gemeinschaftserlebnis, das wir in unserem früheren Versammlungsleben niemals in einer so freien Art erlebt hatten (ohne hiermit die dort herrschende Liebe zu Gott und den Geschwistern im Geiste in Frage stellen zu wollen). Eine sehr befremdliche Feststellung; waren wir als geeinte Verfechter der Wahrheit doch die einzige Gemeinschaft auf der ganzen großen weiten Welt, die das beglückende aber auch sehr ernste Gebot der Liebe richtig verstanden hatten.

Ich erinnere mich an einen wunderbaren Satz, den ich einmal vor langer, langer Zeit in unserer Studienschrift gelesen hatte: „Nur in dem geistigen Paradies – unter Jehovas Zeugen – können wir die selbstaufopfernde Liebe finden, an der, wie Jesus sagte, seine wahren Jünger zu erkennen sind (Johannes 13:34, 35)", („Der Wachtturm" vom 15.03.86).

Unterlagen wir hier also einer unheimlichen Selbsttäuschung? Bestimmt hatte sich diese hier erlebte Art der Liebe noch nicht im läuternden Glutofen bedrückender Umstände wie Verfolgung oder Beziehungsstress wegen schlechter Verdauung bewähren müssen. Aber nett waren sie nun wirklich und Gott wird sich schon etwas dabei gedacht haben, dass er uns hierher geführt hat. Vielleicht wollte er uns ja gebrauchen, um diesen Halbinformierten die wahre Wahrheit zu eröffnen; von der bevorstehenden großen Drangsal und Gottes Gericht über alle, die sich seiner guten Botschaft von der weltweiten Vernichtung aller Zeugenresistenten widersetzen.

Bestimmt würden wir Gelegenheit erhalten, ihnen zu zeigen, welche und wie viele Werke erforderlich waren, um gerettet zu werden. Man schien hier nämlich zu glauben, man müsse einfach nur glauben und sei schon gerettet. Wie leichtfertig! Und oh, wie töricht!
Egal! Für den Moment.

Irgendwann tat dieser Abend das, was jeder andere vor und nach ihm ebenso tut und immer schon getan hat: er neigte sich, und zwar in Richtung Ende. Und darum musste natürlich auch unser Beisammensein dieser Tatsache gerecht werden. Man sprach noch das eine oder andere Gebet und schloss dann mit der Frage, wo und unter wessen Beteiligung man sich wieder treffen würde.
Dieter wies, ohne lange nach beschönigenden Worten zu suchen, eigenartig in einem Mundwinkel lächelnd – die Augenbraue der anderen Gesichtshälfte wissend hochgezogen – , aber bestimmt darauf hin, dass er so was nicht noch mal haben müsse. Diese Örtlichkeit schied also schon mal aus. Mein geliebtes Weib und ich entschieden uns aus nicht ganz identischen Beweggründen, auch der nächsten Begegnung beizuwohnen, die dann wieder in der nicht uns, aber den anderen vertrauten Umgebung stattfinden sollte. Wir würden Betti abholen, die uns dann den Weg zeigen konnte.

Auf der Heimfahrt war unser Auto fast sich selbst überlassen, weil wir wie jetzt schon mehrmals angedeutet so sehr damit beschäftigt waren, die Summe all dieser Eindrücke zu verarbeiten, die außerordentlich deformierend auf unsere Glaubensvorstellungen eingewirkt hatten. Wir konnten natürlich unmöglich bis zu Hause warten; alles musste jetzt raus, was in unseren wahrheitsorientierten Köpfen wie neuer Wein in alten Schläuchen Aufruhr verursachte.

Schon dieser erste Abend hat uns beide einander noch näher gebracht, als wir es sowieso schon waren. Wir konnten vorher Glaubensfragen immer nur sehr kontrovers diskutieren und empfanden das auch als positiv, weil unterschiedliche Vorstellungen und Ansichten oder Denkweisen geistige Energiespender für uns waren. Aber nach diesem Abend gingen unsere Gegensätze eine erfrischende Beziehung mit einem gemeinsamen Freund-/Feindbild ein. Unsere unverständliche Begeisterung für diesen lebendig-frohen Umgang mit Glauben verband uns genauso wie unser Ärger über alles, was uns damals noch oberflächlich und dumm erschien.

Mehr Hauskreis – noch mehr Verwirrung

Von da an nahmen wir mehr oder weniger regelmäßig an diesen Begegnungen teil. Meine Verkrampfung sollte mich noch sehr lange begleiten, denn es kamen im Laufe der Zeit noch mehr Unmöglichkeiten ins Spiel; „unbiblische" Praktiken, an die wir uns allmählich einfach gewöhnten, weil wir sie nicht thematisieren mochten; noch mehr „Judas-feeling". Uns fehlte der Mut, uns als Ex-Zeugen zu outen. Wir wissen jetzt, dass es dazu keinen Grund gab. Zumindest keinen, der außerhalb unserer selbst lag.

Das verschüttete, aber in der Erinnerung noch vorhandene Zeugen-Bewusstsein, von jedem Nichtzeugen mindestens als Bekloppter, oft aber sogar als dreist-böser Feind betrachtet zu werden, machte uns zu schaffen;

>obwohl wir seit zwanzig Jahren keine mehr waren und unser gesamtes Leben seitdem mehr oder weniger fröhlich mit Nichtzeugen verbracht hatten;

>obwohl ich im Gegensatz zu Angelika in dieser ganzen Zeit noch nicht einmal Probleme damit gehabt hatte, mich über Glaubensdinge gelegentlich auch mal zart, aber beherzt lustig zu machen;

>obwohl auch mein Versuch des Neueinstiegs bei den Altvertrauten als gescheitert angesehen werden musste.

Eine mögliche Schlussfolgerung: solange keine Glaubensfragen im Spiel sind, hat diese Vergangenheit keinen erkennbaren Einfluss auf mein Verhalten oder irgendwelche Entscheidungen des Lebens. Sobald es aber um Gott geht, sind die alten Erziehungsgeister wieder da, um klar zu machen, was erlaubt ist und was nicht.

Solange wir unser „freies" Leben lebten, war es uns egal gewesen, was wir taten; Hauptsache es machte Spaß. Nun aber waren wir mit „der Mutter der Huren", mit „Babylon der Großen" ins Bett gegangen, hatten uns hier an den nach unserer Überzeugung unerlaubten Handlungen, die im Weltreich der falschen Religion üblich geworden waren, durch schweigendes Dulden beteiligt. Und wir hatten noch keine Ahnung, was wir uns da später noch alles erlauben sollten. Glücklicherweise; sonst hätten wir vielleicht nicht weitergemacht.

Wir hatten auch Hemmungen, die beste aller Bibeln, nämlich unsere vertraute „Neue-Welt-Übersetzung" zu benutzen. Es erfüllte uns mit fröstelndem Unbehagen, uns auszumalen, zu welchen Reaktionen es führen würde, wenn wir einen Text vorläsen, in dem der Name Gottes, Jehova, vorkommt, während bei ihnen nur „der Herr" stand.

Dabei würde das doch eine wunderbare Gelegenheit darstellen, von der unterschlagenen Wahrheit über Gottes Namen Zeugnis abzulegen; vor Leuten, die doch immerhin regelmäßig beten „Dein Name werde geheiligt". Feiglinge, wir! Stattdessen nahm ich für uns beide meine zerfledderte alte Version der „Guten Nachricht" und die in alten Zeiten am Band zerlesene katholische Hosentaschenausgabe des Neuen Testaments mit. War eben unverfänglicher.

Der Zwiespalt in mir machte sich bei jedem Treffen störender bemerkbar. Ich fühlte mich immer wohler dort, schon fast so sehr wie Angelika, und unsere Begeisterung über den freien eigenständigen Umgang mit dem Gebet und mit Glaubensfragen und deren Bezug zum Alltag wuchs stetig. Immer wieder mal versicherten uns unsere neuen Freunde, dass unsere kindliche Begeisterung für sie wie eine Quelle der Erneuerung war, dass wir auf irgendeine Weise „frischen Wind" in etwas festgefahrene Strukturen gebracht hätten.

Zugleich mit der Freude wuchs aber auch mein Argwohn, von Gott verurteilt zu sein, weil wir entgegen seinem Rat, aus Babylon zu fliehen, uns geradezu mitten hinein stürzten.

Anfangs half mir noch die Vorstellung, durch Gottes Führung hierher geraten zu sein, mich mit diesem schmerzhaft wachsenden Konflikt zu arrangieren. Vielleicht stellte das alles hier ja nur so eine Art „Zwischenziel" dar. Man kann auf recht absurde Gedanken kommen, wenn sich Phantasie und latente Dummheit auf kreative Weise mit Vermutungen, Glaube oder Überzeugung mischen und den leider immer noch zu wenig berücksichtigten Projektionsprozess in Gang setzen.

Zu dieser Zeit war eben trotz aller Skepsis für mich immer noch nur denkbar, dass Gott uns wiederhaben will; und zwar dort, wo ihm uneingeschränkt mit ganzem Herzen, ganzer Seele und ganzem Sinn und widerstandsfähigen Schuhsohlen gedient wird. Wenn er uns jetzt mit diesen Leuten hier in Kontakt brachte, von denen er natürlich weiß, wie sehr sie ihn lieben, kann das nur bedeuten, dass wir von der Wahrheit über seine Organisation Zeugnis ablegen und nach Möglichkeit wertvollen Menschen den Weg dorthin zeigen sollen.

Also: Zähne zusammenbeißen und tapfer neue Wegweiser auf ihrem traurigen Irrweg platzieren, während wir gemeinsam mit ihnen darauf wandeln. Vielleicht konnten wir ja Stück für Stück, je nach Thema, immer mal einige „Wahrheitskörnchen" aussäen und ihnen und damit wieder auch uns helfen, „aus Babylon der Großen hinaus" zu gehen (Offb.18: 4).

Der Gedanke, Gott könnte diese kleine Gemeinschaft nutzen, um *uns* etwas Neues zu zeigen, nämlich die facettenreiche Freiheit in und durch Jesus Christus, kam uns bei aller Phantasie jedenfalls damals noch nicht; konnte es natürlich auch nicht, denn wir hatten diese Freiheit noch gar nicht richtig erkannt. Wir wussten ja noch nicht einmal, dass es sie gibt, kannten nur die Brooklyner Version.

Das grauenhaft reizvolle Bild, das wir immer noch in uns trugen, war zwar einfach und schön gemalt, in seiner Übersichtlichkeit leicht zu erfassen, mit einem hohen Erinnerungswert und bot keinen bis wenig Raum für *individuelle* Forschungen. Aber es war nicht „einfach gestrickt". Jede hervorstechende Einzelheit war durch viele engmaschig verwobene Fasern, sprich: aufwendig zurechtargumentierte Lehren, mit anderen verbunden, wodurch es fast undurchdringlich wirkte. Und wir wollten es ja auch gar nicht wirklich durchdringen oder gar zerstören, weil es ja unsere, wenn auch von uns selbst eifrig kritisierte, aber doch Wahrheit darstellte.

Manchmal male ich mir sehnsuchtsvoll aus, was es wohl für ein herrliches Lebensgefühl sein müsste, wenn man ohne irgendwelche „Vorkenntnisse" Jesus kennen und lieben lernt, als Herrn, Vater, Bruder, Freund annimmt und von ihm allmählich wachstumsfördernd (oh Eugen, was für ein Wort!) durchdrungen wird. Wie es sich wohl anfühlt, den Weg mit ihm gemeinsam zu gehen, ohne sich ständig Gedanken darüber machen zu müssen, ob man sich den falschen, weil irregeleiteten, Leuten angeschlossen hat. Jede noch so erfreuliche Glaubenserfahrung ruft den Satz im Kopf hervor „na, wenn das mal so richtig ist!" Warum? Weil man ja alle diese Erfahrungen, egal wie echt sie einem vorkommen mögen, in einem von seiner Organisation losgelösten Zustand macht. Und so kann man natürlich auf gar keinen Fall auf irgendeine Weise von Gott gesegnet werden. Es würde ja auch für die vielen Ex-Brüder und -Schwestern gar keinen Sinn machen, die Aufforderung zu befolgen, Abtrünnige zu meiden „wie die Pest", wenn diese „gemeinen überheblichen" Selbstdenker auch außerhalb der „sinnbildlichen Arche" geistige Segnungen erleben konnten. Welcher ermunternde erzieherische Effekt sollte denn dann mit einem Ausschluss einhergehen?

Die wabbelige Masse unter unserer Schädeldecke, mehr unter der volkstümlichen Bezeichnung „Gehirn" bekannt, kann auch schon mal, bei aller Genialität im Aufbau, überfordert werden. Also schien mir das Beste zu sein, der Verwirrung, die ein Strudel undefinierter Gedankenfetzen in mir auslöste, durch gezieltes Einordnen selbiger Herr zu werden.

Ich fing an, eine Art Gelegenheits-Tagebuch zu führen, in dem ich alle Fragen oder vermeintliche Erkenntnisse, die meist am

Wochenende morgens im Bett in der grüblerischen Aufwachphase meinen Denkapparat belebten, so genau und durchdacht wie möglich aufzeichnete; oder auch undurchdacht. Die Hoffnung dabei war, bei späterer Durchsicht Klarheit über die Frage nach einer eventuellen Schwachsinnigkeit meinerseits zu gewinnen; unwiderlegbar und endgültig.

Manche dieser Nebelschwaden lieferten am sonntäglichen Frühstückstisch Stoff für Gespräche, die mitunter bis in den neugeborenen Nachmittag hineindauern konnten. Angelika in ihrer schrecklich ehrlichen, direkten und herzerfrischend schmerzhaften Art, Fragen zu stellen oder Einwände zu formulieren, zerblies entweder diese rhetorischen Dunstschleier oder ließ sie dichter und lebendiger werden, weil sie dadurch einen Bezug zu unserer Lebensrealität herstellte, der mir vorher so gar nicht bewusst war.
Zunächst bemerkten wir kaum, welcher Prozess da mit und in uns in Gang gekommen war. Erst im Rückblick wurde uns allmählich klar, wie viele verschiedene kooperierende Faktoren da in uns wirksam wurden:

die Hauskreise, die uns immer wieder Gründe lieferten, in nicht ganz aber fast endlose nächtliche Gespräche zu schliddern, was den folgenden Arbeitstag zu einer harten Prüfung werden ließ; besonders, wenn wir noch anfingen, in der Bibel nach irgendwelchen Antworten oder Bestätigungen zu suchen. Das frisst nämlich Zeit - und verleiht leider eine neue Energie, die man nachts nun wirklich nicht gebrauchen kann, wegen der Folgen für das Morgen;

dann der Fernsehsender „bibel-tv", auf den wir zufällig gestoßen waren; besonders Erfahrensberichte von Menschen, die auf eine bestimmte erzählenswerte Art zu Christus gefunden hatten oder auch nur weiterführende Erlebnisse mit ihm haben durften. Wir stellten sehr oft Parallelen zu unserem eigenen Leben fest, die uns zeigten, dass wir in so manchen Bereichen mit unserem sich neu entwickelnden Denken gar nicht so falsch liegen konnten, wie wir immer wieder argwöhnten; und dass wir, wenn wir etwas als Gottes Führung in unserem Leben empfanden, keinen Grund hatten, das immer nur unserer Einbildungskraft zuzuschreiben;

bei demselben Sender abends die halbe Stunde mit Joyce Meyer. Einer Frau, die in ihren äußerst lebhaften Ansprachen auf sehr anschauliche Weise den Wert des Glaubens bei Alltagsproblemen aber auch Formen frommen Selbstbetrugs ins Bewusstsein rückt; und deren Art, sich darzustellen, uns zunächst zu hastigem Weiterzappen inspirierte. Die dann aber, nach einigen wohlwollenden

Versuchen unsererseits zuzuhören, eine Zeitlang zu einem fast unverzichtbaren Teil des Feierabends wurde. Auch wenn wir nicht mit allem übereinstimmten – muss man ja auch nicht, nicht wahr? – erschien es uns oft so, als sei ihr Thema des Abends gerade genau auf unsere aktuelle Situation zugeschnitten. Das verstärkte natürlich den Argwohn, dass ihr und unser Inspirator sogar durch Frauen Einfluss auf unser Leben nehmen kann. Na - wenn ich das den Zeugen erzählen könnte! Aber auch manche wachtturmfern denkenden Christen sollen ja Probleme mit dieser Vorstellung haben;

unser eigener Umgang mit der Bibel, nicht als Reaktion auf Außeneinwirkung, sondern weil es immer wieder Gründe gab, zu hinterfragen. Und zwar sehr häufig, wenn man sich immer wieder Aussagen oder geistlichen Angewohnheiten stellen muss, die im deutlichen Widerspruch zu Altvertrautem stehen. Hier spielte natürlich besonders „infolink" eine wesentliche Rolle, weil uns auch dort immer weitere Absonderlichkeiten des Lebens im Banne der Wachtturmgesellschaft ins Bewusstsein gerückt wurden. Es war uns eine große Hilfe, weil wir sonst wahrscheinlich an einigen für andere Christen normalen Situationen gescheitert wären.

Berücksichtigt, dass wir noch in der Gewissheit lebten, dass sowohl die Juden zur Zeit Jesu als auch die ersten Christen der Meinung waren, nur Sünder feierten den Tag ihrer Geburt, darum gäbe es in der Bibel auch keinen Hinweis auf das Geburtsdatum Jesu, wie sollten wir dann vor diesem Hintergrund damit umgehen, wenn wir nichtsahnend in der lockeren Runde des Hauskreises den Geist vertrauter Gemeinschaft genießen und plötzlich jemand sagt: „Dingsbums hat Geburtstag gehabt, wir wollen ihn heute segnen". Dann müssen wir schmerzverzerrten Gesichts mit ansehen, wie der Betreffende seinen Stuhl und sich selber in die Mitte rückt, die anderen sich um ihn herum aufstellen und dann im Namen Jesu etwas tun, was in unserer Gedächtnisbibliothek unter den Werken über schwere Entgleisungen und damit Sünde aus der falschen Religion archiviert war. Eine *Person*, ja ein *Mensch*, wird in den Mittelpunkt der Aufmerksamkeit gerückt und dadurch einer Ehre teilhaftig, die doch wirklich nur Gott zusteht. Sollen wir nun mit einem derartig hässlich befleckten Gewissen weiterleben, billigend in Kauf nehmend, dass so etwas immer wieder vorkommen kann?
Sind wir nicht verpflichtet, diesen Irrtum bloßzustellen?

Berücksichtigt, dass wir noch in der Gewissheit lebten, beim „Abendmahl" – für uns damals „Gedächtnismahl" – dürfte nur ein sogenannter Überrest „gesalbter" Christen vom Brot und Wein naschen, wie sollten wir dann vor diesem Hintergrund damit umgehen, wenn wir nichtsahnend in der lockeren Runde des Hauskreises den Geist vertrauter Gemeinschaft genießen, und plötzlich jemand sagt: „Lasst uns doch heute mal das Herrenmahl nehmen." Dann müssen wir schmerzverzerrten Gesichts mit ansehen, wie Brot, ob ungesäuert, weiß ich nicht, und Wein, gegen den wir nichts haben, bereitgestellt werden. Glücklicherweise schaffen wir es zu sagen, dass wir das nicht mitmachen können, und es wird akzeptiert. Aber das kann ja immer wieder geschehen. Wie gehen wir auf Dauer damit um? Müssen wir den Irrtum nicht bloßstellen? Müssen wir nicht sagen, dass nur die geistgesalbten Glieder der 144000 Auserwählten, die im Königreichsbund mit Jesus stehen, davon nehmen dürfen, und dass alle Anderen sich sonst „ein Gericht essen und trinken"?

Berücksichtigt, dass wir noch in der Gewissheit lebten, dass beim Osterfest die christliche Hoffnung mit heidnischen Bräuchen verquickt wurde, wie sollten wir dann vor diesem Hintergrund damit umgehen, wenn wir nichtsahnend in der lockeren Runde des Hauskreises den Geist vertrauter Gemeinschaft genießen, und plötzlich jemand sagt: „Nächste Woche ist doch Ostern. Da möchten wir in österlichem Schmuck das Abendmahl feiern". Wieder unwürdiges Essen und Trinken; und diesmal auch noch verquickt mit heidnischen Ostereier-Bräuchen? Müssen wir nicht sagen, dass auf dieses Fest eine viel ältere Göttin das Copyright hat – Astarte oder Ostara (was aber etymologisch und auch sonst sehr umstritten ist, wie wir jetzt wissen) – und darauf hinweisen, dass Gott durch die Verquickung von Christus mit Götzen in einen Zustand außerordentlicher Unzufriedenheit gerät? Klar. Machen wir aber nicht. Halten uns nur raus.

Mit Weihnachten und dessen gebefreudigem Vorboten Sankt Nikolaus sowie seinem Kumpel Knecht Ruprecht und den vielen kleinen nackten Engelchen, die auch Sonderlingen mit pädophilen Neigungen einen Zugang zur Religion eröffnen, ist es nicht anders.

Es muss was passieren. Wohlgefühl und Verkrampfung wachsen gleichzeitig, schließen sich eigentlich gegenseitig aus. Dieser Weg führt entweder direkt in die Klapse, oder wir entwickeln uns jetzt zu total durchgeknallten philosophisch-theologischen Genies. Das kann natürlich am selben Ort enden.

Wenn es noch nicht verständlich wurde: vom Empfinden her war unser neuer Weg nicht nur OK, sondern erfüllte uns mit Freude, manchmal gar Begeisterung. Glaube wurde langsam in immer mehr Lebensbereichen lebendig, zu einer formenden Kraft. Wir hatten das zwar immer noch nicht vollständig geschnallt. Es war mehr so ein

Argwohn, dass da etwas mit uns geschah, das man als Leitung von oben über innen nach außen einschätzen konnte. Und wir waren sehr geneigt, diese Vorstellung Wurzeln schlagen zu lassen. Aber diesen Gefühlen traten immer wieder die bis an die Zähne bewaffneten Wahrheitskämpfer in unserer Denkzentrale entgegen, die inzwischen nicht mehr wie ein geordnetes Heer auftraten, sondern einfach ständig unerwartet mit Gebrüll aus den Gebüschen sprangen.

Viele Aufsätze bei den Exies von infolink waren uns da eine große Hilfe. Alles was Argumente zu liefern schien, mit deren Hilfe man guten Gewissens das alte Welt- und Königreichsgebäude auf seine Stabilität abtasten konnte, wurde ausgedruckt und gesammelt.

Wir erinnerten uns an die früher schon gelesenen Abhandlungen über die äußerst wichtigen Wahrheiten aus allen Lebensbereichen, die uns als Zeugen so deutlich vom Rest der Welt abgehoben hatten und nahmen uns jede einzelne noch einmal intensiv vor. Natürlich auch die oben angesprochenen Wichtigkeiten.

Sinnigerweise gleich erst mal etwas, das täglich in unser Leben hereinbrechen kann: Geburtstage! Ist Gott über jene verbreitete Sitte, den Tag der Geburt zu feiern, wirklich so erbost, wie es den gläubigen Schafen vermittelt wird? Kehrt er jedem den Rücken zu, der der Ansicht der Führer und damit dem äußerst wichtigen und ach so nachvollziehbar erklärten Hinweis nicht folgt, dass in der Bibel nur zwei sehr negativ besetzte Geburtstagsfeiern erwähnt werden? Warum sonst hätte er in seiner Weisheit dafür sorgen sollen, dass diese Beispiele aufgezeichnet werden, wenn nicht, um der Aussage in 2. Timotheus 3: 16 gerecht zu werden, dass die ganze Schrift von ihm inspiriert wurde, um uns für ihn und jedes gute Werk tauglich zu machen?

Der besagte Artikel der Aussteiger beschäftigte sich mit der Frage, ob Geburtstage aus christlicher Sicht wirklich abzulehnen sind. Und – wie schön, es jetzt zu wissen: sind sie gar nicht! Die zum Zwecke der Beweisführung herangezogenen sogenannten Ur-Christen, die diesen Brauch nachweislich verurteilten, folgten einer geringfügig späteren Denkströmung, die sonst in unserer Literatur unter „Abfall von der reinen Wahrheit" abgehandelt wurde. Der Tag der Geburt leitete nach deren Vorstellung das sündige Leben „im Fleisch" ein, das Christen ja hinter sich lassen sollen. Das wirkliche Leben beginne nach dem Tod, und alles, was mit irdischem Denken und Handeln zusammenhängt, sei der Sünde unterworfen. Daher erschien es den damaligen Vordenkern selbstverständlich, dass man ein so schändliches Ereignis wie den Eintritt in diese böse, dem Untergang geweihte Welt unmöglich feiern dürfte.

Und wenn diese Festivitätenvermeidung wirklich so wichtig wäre, warum taucht dieser Gedanke in keinem der apostolischen Briefe auf, die voller Mahnungen bezüglich des christlichen Wandels sind und meistens an ehemalige Heiden gerichtet waren, denen vor ihrer Bekehrung solche Feiern sicher nicht fremd waren. Die Mahnungen bezüglich der ausufernden Orgien kann man hier nicht heranziehen, weil sie die Art des Feierns und nicht den Anlass betrafen. Tatsächlich soll es, wie man hört, heute Menschen geben, die ihren Geburtstag mit Freunden zusammen feiern, ohne ein Komasaufen mit Fruchtbarkeitsritualen zu verbinden und nebenbei die eine oder andere Hinrichtung zu zelebrieren.

Wieder einmal wird mir bewusst, was für seltsame Wesen wir Schafsmenschen doch sind. Als ich damals in den alten Zeiten das hübsche Bild von der Neuen Ordnung dankbar und voller Zuversicht aufgesogen hatte, konnte ich dieses Verbot akzeptieren, obwohl so ein kleiner Bösewicht in mir schon ein wenig am Strampeln war, weil ihm die Argumente doch nicht so richtig nachvollziehbar erscheinen wollten. Ich konnte ihn ignorieren, weil ich wusste, dass ich nichts wusste, außer dass Gehorsam der Schlüssel zum Leben ist. Die Akzeptanz ging sogar so weit, dass ich jedes Mal, wenn mein Geburtstag nahte, voller Angst den Momenten entgegenlebte, die mit Gratulationen und besten Wünschen für das neue Lebensjahr gespickt waren. Und nicht weniger schlimm die Herausforderung, in Loyalität zu Gott jede noch so gut gemeinte Einladung zu anderer Leute Geburtstag auszuschlagen. In Kauf nehmend, dass manch gemeiner Zeitgenosse die Dreistigkeit besaß, nach dem Grund für diese Ablehnung zu fragen. Und damit auch in Kauf nehmend, dass er in Reaktion auf meine Antwort zu jedermanns Erheiterung in demonstrativer Metamorphose die Form eines Fragezeichens annehmen würde.

Dann, in der Nachzeugenzeit, die sofortige Bereitschaft, an solchen Gedächtnisfestivitäten nicht nur teilzunehmen, sondern ihren Ablauf auch noch musikalisch zu unterstützen. Mit nur noch minimal spürbar schlechtem Gewissen, das sich deswegen leicht heruntertrinken ließ. Hab mich ja auch sonst nicht um Gott gekümmert. Also machte das jetzt auch weder den Kohl fett, noch hat es sonst irgendwelche unattraktiven Auswirkungen.

Und heute, auf dem Weg zurück zu und mit ihm (Gott; nicht dem Kohl), die Erkenntnis: wir hatten das Verbot ja damals als von *ihm* kommend akzeptiert und jetzt ignorieren wir seinen Willen und machen einfach mit, weil das ja Christen sind, mit denen wir da feiern?

Eine andere Art von Gruppenzwang? Kann man sich dabei gut fühlen?

Wie wunderbar also, auf diesen Artikel gestoßen zu sein! Weil ich sehr einfühlsam bin, erspare ich nicht nur mir, sondern auch Dir, Du aufmerksam Mitdenkender, eine Wiedergabe dieser befreienden Abhandlung, die nicht weniger umfangreich ist als die langen Argumentationsketten in Wachtturm-Publikationen, auf die man im Interesse der Glaubwürdigkeit natürlich differenziert eingehen musste. Für den Moment reichte es mir zu wissen, dass außer meinen eigenen Gedanken, geformt aus dem Ton der Selbstgefälligkeit und darum mit Recht als schädlich bewertet, noch genügend weitere und zwar echte Informationen zu dem Thema abrufbar sind. Darum kann ich mit beständig fortschreitender Entkrampfung eine andere Ansicht vertreten, ohne das Gefühl, mein Gewissen zu vergewaltigen oder zu verbiegen.

Mit solchen Artikeln als Nährboden kann die Erkenntnis reifen, dass der geniale Entwickler unseres Rechenzentrums bei dessen Erschaffung entgegen unseren bisherigen Infos doch Vorkehrungen getroffen und moralische Grundkonzepte eingearbeitet hat, die eigenständiges Denken nicht nur möglich, sondern gelegentlich wirklich wünschenswert erscheinen lassen. Hat ja auch was mit Gewissen zu tun, das sogar in der Gedankenschmiede unserer Ursprungslehrer als etwas real Existierendes behandelt wurde. Da ist dann schon ein wenig eigenes Denken mit im Spiel. Aber nicht zu viel, denn zunächst muss eine Instanz Auskunft erteilen, ob etwas dem Gewissen des Einzelnen überlassen werden darf oder ganz deutlich als durch biblisch begründete Tatsachen ver- oder geboten erkennbar ist; und *das* sollte niemand selbst entscheiden wollen, denn wofür bräuchten wir sonst geistliche Anleitungs- oder gar Führungsgremien?

Also, einer der hartnäckigen Wahrheitskämpfer, die in mir ihr Unwesen treiben, scheint ausgeschaltet zu sein. Ist einfach mit einem dezenten Plopp-Geräusch geplatzt. Taucht höchstens gelegentlich wie ein Phantom kurz auf; vergleichbar mit jenen Situationen, in denen man assoziativ an Verstorbene denkt, weil eine bestimmte Situation Erinnerungen wach ruft. Auch wenn mir persönlich Geburtstage immer noch relativ schnuppe sind: es ist ein weiterer kleiner Schritt in Richtung Freiheit und lässt uns die Gemeinschaft in der Gruppe etwas gelöster erleben.
Schön. Wirklich schön!
Trotzdem empfand ich unsere Lebenssituation in gewissen Momenten weiter als quälend ungeklärt.

Viel Gegrübel, viele Stunden im Internet oder über Büchern.
Viele schlaflose Nächte; angefüllt mit Gebeten um Aufklärung.

Und immer wieder Momente, in denen sich durch die vielen inneren Stimmen hindurch eine weitere aufdringlich Gehör verschafft, die mich mit der Frage belästigt: „Und wenn sie nun doch recht hat, diese unentwegt tätige mutige „Wächterklasse?". Finde immer noch viel zu viele Gründe, die dafür zu sprechen scheinen.

Ein Gärtner greift ein – hartnäckiges Unkraut und neuer Samen

Während unsere Köpfe, also jene Teile darin, die sich gerne analytisch mit brennenden und unbedingt zu klärenden Fragen beschäftigen, genau dies taten, muss ganz unbemerkt von uns da so ganz tief drinnen oder noch tiefer ein anderer Prozess abgelaufen sein.

Die sachliche, vergleichende, aber leider eben laienhafte Forschung mit Hilfe von Internet und Sachbüchern hat uns nicht wirklich weitergebracht. So viele Meinungen, so viele Behauptungen, so viele Beweise für dies und jenes, so viel Gegensätzliches mit sehr guten Argumenten Unterstütztes hat zwar unseren Geist anregend bereichert, war aber keine Hilfe dabei, irgend etwas Altes mit lockerer Hand auszureißen und fürs Osterfeuer zu sammeln. Alles war so tief und weit verzweigt in uns verwurzelt.

Guter Boden und kräftiges Wurzelwerk müssen ja kein Beweis sein, dass das Gewächs selbst auch was taugt. Es gibt auch extrem starkwurzeliges *Unkraut*, wie uns jetzt bewusst ist. Und unser genialer Obergärtner hat da wohl ein paar Mittelchen auf Lager, Wertloses oder gar Schädliches unauffällig von unten her zu beseitigen. Gleichzeitig sät er neuen Samen, und der hat dann richtig Platz und kann sich genießerisch ausbreiten. Auf diese Weise hat er schon Vorhandenes auf sehr kreative Weise kultiviert.

Angesichts all der negativ empfundenen Schockmomente bei einigen Mannschaftsabenden ist es erstaunlich, wie dieser feinfühlige Lebens- und Liebesquell klammheimlich Gelegenheiten genutzt hat, freie Stellen zu bepflanzen, während wir klugen Wesen damit beschäftigt waren, darüber zu diskutieren, ob diese und jene Pflanze wohl dahin gehört, wo sie steht, oder eine andere Form benötigt, um seinen Vorstellungen gerecht zu werden.

Die Erkenntnis wird immer deutlicher für uns, warum die aufmerksamen Hirten der Wachtturmgesellschaft viel Zeit, Kraft, Fantasie und Papier darauf verwenden, ihre Schäfchen von den gefährlichen fremden Herden fernzuhalten, in denen die schon erwähnte Pest des selbstständigen Denkens wütet. Die abtrünnige Christenheit in ihrer Selbstgefälligkeit verfügt da über einen großen Pool. Auch im Marburger Kreis erkennen wir deutlich einen von diesen unterwürfigkeitsgefährdenden Auswüchsen. Eine große Auswahl an Seminaren und anderen Tagungen.

Wo soll das bloß hinführen in Gemeinschaft mit unserem unabhängigkeitssüchtigen Geist?

Das erste Event dieser Art, für das wir unsere kleine Eremitentonne verließen, erinnerte uns wegen der Größe und der Entfernung von zu Haus an einen der früheren kleinen Kongresse in der alten geistigen Heimat. Eine nicht sofort überschaubare Menge von Einzelpersonen, Gruppen und Familien bewegte sich lachend und fröhlich schwatzend, also gar nicht in der erwarteten christlichen Ernsthaftigkeit auf ein Gebäude zu. Wir fädelten uns in diesen Strom ein und hatten dabei auch nicht soviel Angst wie sonst, denn wir waren mit einem kleinen Grüppchen gereist. So was macht es immer etwas leichter, in sonst unvertraute Gefilde vorzudringen.

Die scheinbare Ähnlichkeit mit unseren Kongressen verlor sich recht schnell bei näherem Hinsehen. Gleich als wir den Saal betraten, oh, welches Grauen uns doch packte, fiel unser Blick auf – na? – jawohl, ein Kreuz auf der Rednerbühne. Immer wieder schoss es mir durch den Kopf: „Geht aus ihr hinaus, mein Volk, geht aus ihr hinaus, geht aus ihr hinaus...!" Am Rand desselben Podiums konnten wir Musikinstrumente ausmachen, die sofort an eine Rockband denken ließen. Da stand unter anderem ein E-Bass, eine E-Gitarre und hinter einem Synthesizer ein Schlagzeug. Versuchte man hier also auch tatsächlich, wie im Wachtturm schon vor Jahren schonungslos bloßgestellt, junge Menschen mit Rockmusik zum Glauben zu locken? Pass jetzt bloß auf, Eugen!

Etwas anderes, das uns wegen unserer Wurzeln genauso hätte stören müssen, fiel uns – seltsam, seltsam – angenehm auf. Es war die offensichtliche Tatsache, dass man genau wie wir zu ignorieren schien, wie sich ein wahrer Christ bei solchen Anlässen kleidet. Auch der Referent, der später ans Mikrofon trat, hätte auf keinem Kongress bei uns auch nur einen Schritt in Richtung Bühne setzen können, ohne von entsetzten aber doch noch vorausschauenden Ordnern aufgehalten zu werden. Ein grünes(!) und zwar *schreiend* grünes Jackett, dessen Kragen von langen Haaren bedeckt war, die ohne Unterbrechung von der Mitte des Schädels, vom Scheitelpunkt, bis dort hinab fielen. Kann man als Christ etwa doch die „neue Persönlichkeit anziehen" und trotzdem zumindest einen Teil seines Wesens beibehalten? Während wir seinen frei gesprochenen Ausführungen lauschten, machte sich ein Gefühl der Geborgenheit in uns breit. Alles passte irgendwie. Herz und Verstand hatten hier auf einmal eine gemeinsame Kooperationsbasis. Nichts gab dem kleinen Restzeugen Anlass, sich weiterhin aufzublähen und mit dicken Backen seine Weisheit herauszuposaunen. Wie wohltuend sein unerwartetes Schweigen doch war! (Na, wart's mal ab!)

Und dann plötzlich wieder so ein schrecklicher Moment, als er (der Referent, nicht der Exzeuge) am Ende eines Satzes unvermittelt zu der Bildung von „Bienenkörben" aufrief. Zunächst fragendes Unverständnis; bei uns beiden; sonst war das wohl niemandem fremd; dann bei aufkeimendem Verstehen blankes Entsetzen! Wir sollten selber denken, gemeinsam im Gespräch mit anderen das Gesagte reflektieren!

Wir bildeten kleine Gruppen von, ich glaube, 5-6 Personen, die jeweils einen kleinen Kreis formten. Wir beide fühlten uns etwas beklommen, weil wir überhaupt nicht wussten, was von uns erwartet wurde. Den anderen in unserer Runde schien es aber genau so zu gehen, darum wiesen wir erst einmal darauf hin, dass dies alles für uns eine völlig neue Erfahrung war, mit der wir nicht umzugehen wussten.

Ein älterer Herr, intellektueller Typ und deswegen furchterregend, äußerte mit leuchtenden Augen und fröhlichem Klang in der Stimme seine Freude darüber, dass Christus uns so annimmt wie wir sind, und ich schleuderte ihm taktvoll, aber beherzt die Frage entgegen, wie man dann wohl gewisse kritische Aussagen Jesu aus den Sendschreiben in der Offenbarung werten sollte. Er schwieg in spontanem Schließen des Mundes, während seine Augen, etwas größer werdend, Überraschung und Staunen signalisierten. Ich konnte nicht ausmachen, ob er verletzt war oder mich einfach nur doof fand. Oder beides. Ich jedenfalls fand mich angesichts seines Blickes *total* doof.

Ich kann mich auch an die Inhalte des ganzen Treffens nicht mehr so genau erinnern. Eigentlich gar nicht. Wichtig ist mir bei diesem Rückblick, was tief drinnen hängen geblieben ist, weil es eines von den erwähnten Samenkörnern ist, die besagter Garten- und Landschaftsdesigner unauffällig gesetzt hat, um es erst unterirdisch und später sichtbar weiterwachsen zu lassen. Was er hier säte, war eine Vorstellung davon, was „Freude im Herrn" wirklich bedeuten kann. Oberflächlich betrachtet, war dieses Gefühl zwar mit dem vergleichbar, was wir früher bei den lehrreichen Kongressen empfunden hatten. Wenn man aber beides erlebt hat, fällt einem bei genauerem Hinsehen ein wesentlicher Unterschied auf; besser: mehrere.

Wir spürten, wie diese Freude in uns lebhaft sprudelte, ohne Vermischung mit irgendwelchen Ansprüchen von wem auch immer. Auch im gemeinsamen Gesang, den wir wirklich als von Herzen kommenden Lobpreis empfanden (Huuh; Rockmusikklänge in der Anbetung!), bewirkte diese Freude, dass wir uns eins fühlten mit Gott und allen anwesenden Glücksträgern.

Ein Maulwurf taucht auf

„Na und?",

schaltet sich plötzlich und völlig unerwartet meine linke Gehirnhälfte ein:

„ Erhabene Gefühle sind doch bei derartigen Großveranstaltungen nichts Besonderes; schon gar nicht, wenn geschickte Rhetoriker ihr Können vor bereitwilligen Abnickern einsetzen. Und was war denn an der Freude bei den Zeugenkongressen so völlig anders?".

Wer spricht da? Und was will der? Was heißt hier linke Gehirnhälfte? Ich kenne diese Stimme doch. Hat mir in meinem Leben, aber besonders in letzter Zeit, schon oft dazwischengeredet und mich in Verwirrung versetzt. Hab ihn auch jetzt beim Erzählen schon einige Male dezent gespürt. Ein ganz widersprüchlicher Typ ohne eine klar erkennbare Meinung; der sagt nämlich, wenn er den Mund aufmacht, einfach nur das Gegenteil von dem, was ich gerade denke. Ein flinkes Kerlchen in immer wieder neuer Verkleidung, und sobald ich denke ich hab ihn, ist er schon wieder verschwunden. So wie jetzt. Ich geb ihm mal einen Namen und schau dann was passiert. „Also mein kleiner Freund und Widersacher, ich nenn dich einfach mal Maulwurf, weil ich deine Anwesenheit schon lange geahnt und den Eindruck gewonnen habe, dass du versuchst, mich zu unterhöhlen. Willst du das - bist du noch da?"

*„Wie du mich nennst und wer ich bin..., ach weißt du,...egal im Moment. Ich schwimme in deinem Erzählfluss tatsächlich schon eine geraume Weile mit und deine dümmlichen Rechtfertigungsversuche machen mich langsam ziemlich zappelig. Ehrlich gesagt, reicht's mir jetzt. Du hast was von der Freude erzählt, und wie anders die neuerdings sein soll. Hier; in der Freiheit. Und ich hab gesagt, es ist **immer** toll, wenn was los ist. Und ich will wissen, wieso dieses sicher reizvolle neue Erleben freudiger sein soll als die gut fundierte Unterweisung damals."*

„Ich weiß, worauf du anspielst. Natürlich hab ich da auch geflennt, wenn wir am Schluss eines Kongresses intensiver Belehrung gesungen haben ‚hab Dank, Herr Jehova', weil ich durch die Atmosphäre, die Gemeinschaft, die Weite, die durch den natürlichen Hall der Halle, diese akustische Emotionspumpe, noch weiter, größer, spiritueller, eben beeindruckender wurde, mit meiner Winzigkeit konfrontiert war. Wir gehörten in einer bevorrechteten Zeit zu einer nicht weniger bevorrechteten Gemeinschaft, die sich in dem Bewusstsein versammelt, als einzige zu wissen, was die heutigen bösen Weltverhältnisse zu bedeuten haben. Man spürt, dass man zu diesem großartigen Treffen von Gott persönlich eingeladen ist, um von ihm immer besser ausgerüstet zu werden für das weltweite Einsammlungswerk, das in der Bibel für unsere Zeit vorausgesagt wurde. Durch die Teilnahme an diesem Werk bewirkt man immerhin seine eigene Rettung und die derer, die der Botschaft gehorchen.

Man kann sich dann zum Beispiel beim gemeinsamen Schmettern von Kampfliedern wie ‚Vorwärts, Ihr Zeugen' umblicken und ergriffen schaudern bei dem Gedanken, dass sich Gottes Geist mit einem kleinen Umweg über Brooklyn, New York, wie eine unsichtbare Kuppel über unserer Versammlung treuer demütiger Diener ausgebreitet hat, um in dieser erhabenen Zeit der Belehrung Kraft und Stärke auszugießen - und Schutz zu bieten, sollte er in diesem Augenblick so plötzlich kommen ‚wie ein Dieb in der Nacht'. Nicht die drohende Vernichtung alles Bösen und der Menschen, die es verursachen ist dabei der Grund für das schauerliche Glücksgefühl, sondern das unterschwellig immer mitschwingende Wissen, dass die *Rettung* unmittelbar bevorsteht. Zwar bereits seit über hundert Jahren ‚greifbar nahe', aber da bei Gott tausend Jahre wie ein Tag sind, würde man seit Beginn der aufrüttelnden Tätigkeit der Zeugen und früheren Bibelforscher umgerechnet mal gerade 2,5 Stunden warten und seit dem letzten wichtigen Datum 1975 sogar nur eine dreiviertel Stunde. Da kennt die Deutsche Bahn ganz andere Wartezeiten.

Ein weiterer Grund zur Freude hing mit der Tatsache zusammen, dass man eigentlich nie genug tut angesichts der ‚großen Ernte' und der ‚wenigen Arbeiter'. Ferner gibt es immer Möglichkeiten, seinen Dienst zu verbessern. Wie glücklich es doch macht, wenn man von Gottes verantwortlichen Dienern durch ernsthaft-eindringliche Bühnendemonstrationen einen liebevollen Klapps hinten drauf erhält, verstehst du das?"

„*Hmm.*"

„Und dann die immer wieder gern gegebenen Hinweise auf die vielen Herausforderungen des Alltags, in denen unsere Loyalität gegenüber den gerechten Grundsätzen Gottes auf die Probe gestellt wird: wenn mal wieder die Steuererklärung dran ist, oder ein Arbeitskollege Geburtstag hat; oder auch für die Kinder, die liebevolle und ernsthafte Unterstützung brauchen, z.B. wenn eine Klassenfahrt geplant ist und sie daran nicht teilnehmen können wegen der dort um sich greifenden Sittenlosigkeit; oder wenn arrogante Ärzte nicht einsehen wollen, dass das ewige Leben wichtiger ist als eine kurzfristige Verlängerung der zeitlich stark begrenzten ‚Demoversion' des aktuellen Orientierungslebens, die man vielleicht durch eine Bluttransfusion erreicht; einen schrecklichen Akt der Untreue gegenüber Gott.

Packende Dramen zeigen: es gibt keine Lebenssituation, die man nicht im Rahmen einer schauspielerisch wundervoll dramatisch, realistisch und trotzdem auch künstlerisch wertvoll dargebrachten Bühnendemonstration treuetechnisch beleuchten könnte.

Wie froh man doch ist, dass Gott in seiner verständnisvollen Liebe dafür sorgt, dass wir die unterstützenden Ermahnungen bekommen, die wir benötigen. Wie ein unterwürfiges Kind, das gelernt hat, dankbar zu sein für die väterliche ‚Rute der Zucht', sind wir voller Glück und Freude darüber, dass er so sehr an unserer eifrigen Tätigkeit, die er eigentlich gar nicht benötigt, und an unserer unerschütterlichen Treue interessiert ist."

„Na, danke für die Ausführungen. Sehr erschöpfend. Dass du nach so langer Zeit zu einer so ausführlichen Zusammenstellung fähig bist, lässt in Gemeinschaft mit deiner hässlichen Ironie aber ganz schön weit blicken. Wenn du darüber nicht nachdenkst: ich tu es. Ich werde dich beizeiten informieren, was das über dich aussagt.
Und jetzt der Vergleich. Wie erklärst du mir oder dir oder überhaupt die Freude bei euren heutigen Großveranstaltungen?".

„Meine Güte! Sie fühlt sich eben anders, echter, an. Sie ist ursprünglicher und nicht an diese eigenartigen Selbsteinschätzungen gekoppelt."

„Welche Selbsteinschätzungen? Ich meine ich frag nur so. Und übrigens: fällt dir auf, dass deine zweite Freudenbeschreibung viel wortärmer ist?"

„Du nervst! Natürlich brauche ich für pure Freude auch keine Erklärungen. Sie ist einfach da. Aber ich benötige viele Worte, um Unterschiede deutlich zu machen, und die bestehen halt in diesen Betrachtungen des eigenen Wertes oder der Motive, Beweggründe meine ich."

„Das bedeutet doch aber auch, dass deine Freude damals mit Inhalten zu tun hatte. Was ist schlimm an Inhalten? Und warum fallen dir bei dieser neuen Sache keine Inhalte ein?"

„Lass mich doch in Ruhe! Ich will einfach nur erzählen, wie gut es uns jetzt geht. Auf deine Kommentare kann ich gerne verzichten!"

„ - - "

„Hallo!?"

„ - - "

Na das war's dann wohl hoffentlich; Frechheit, meinen schönen Gedankenfluss zu stören. Und ich hab' den Faden verloren. Ach ja; es ging um ursprüngliche Freude. Die hing bestimmt auch eng mit Jesu Zusage zusammen, dabei zu sein, wenn sich zwei oder drei in seinem Namen versammeln. Nun gut: wir waren ein paar mehr, aber er hat das bestimmt nicht als zahlenmäßige Begrenzung gemeint. Jedenfalls hab ich es genau so empfunden: ein Familientreffen und er mittendrin."

„Also das halt ich jetzt nicht aus! Ich begleite dich schon sehr lange, falls dir das noch nicht klar ist; Und ihr habt damals auch in dem Bewusstsein Gemeinschaft zelebriert, dass er in eurer Mitte ist".

„Gut; stimmt. Aber ist es nicht widersprüchlich zu sagen er sei unter uns, und gleichzeitig zu behaupten, man dürfe nicht mit ihm reden; untermauert mit komplizierten Querverweisen? Durch ihn ist uns Gott nah. Er ist kein *stummer* Retter und er hat sogar selbst gesagt, dass wir ihn persönlich bitten dürfen. Wurde bloß in unserer Bibel unterschlagen. In Johannes 14, Vers 14 sagt er, dass er für uns alles tun würde, um was wir *ihn* unter Berufung auf ihn selbst bitten. Das setzt ständigen Gedankenaustausch voraus. Das habe ich aber erst viel später erkannt. Zu der Zeit von der ich gerade rede, war es noch ein Problem für uns, Gebete an Jesus zu richten. Es relativierte sich zuerst nur allmählich durch den recht fragwürdigen Prozess der Gewöhnung. Da jedoch gerade alles, was rund um die Person Jesu Christi gedacht, geglaubt, gesagt und getan wurde, unsere größte Hemmschwelle zu Fortschritten im Glauben darstellte, mussten wir in diesem Bereich noch genauer forschen als bei den vergleichsweise geringfügigeren Streitfragen, die in unserem geistigen Wurzelwerk existieren.

Die Leute, in deren Gesellschaft wir jetzt schon eine geraume Weile das Christsein neu entdecken wollten, mochten wir mit diesem Thema nicht konfrontieren, da wir sie auf eine gewisse Weise als „befangen" ansahen. Wer die Sonderlehren der Zeugen Jehovas nicht kennt, kann die Fragen und Glaubenskrisen, mit denen ein Aussteiger auf neuen Wegen zu kämpfen hat, nur schwer ermessen, weil er die umfangreichen Beweisführungen in WT - Schriften nicht kennt.

Unsere Fundgrube im Netz hat uns mit verschiedenen Abhandlungen natürlich auch da wieder weitergeholfen. Und wir stießen dort noch auf ein weiteres Hilfsmittel. Wir waren schon mehrmals bei dem Hinweis auf ein Buch mit dem Titel „Der Gewissenskonflikt" hängen geblieben, das ein gewisser Raymond Franz geschrieben hatte, der als ein ehemaliges Mitglied der „Leitenden Körperschaft" in Brooklyn vorgestellt wurde. Wir übten uns zunächst in Zurückhaltung, denn in der Zeit vor unserem Ausstieg war in den internen Mitteilungs- und Schulungsblättern häufig die Rede gewesen von stolzen Mitarbeitern, denen es an der nötigen Demut fehlte, sich den gemeinschaftlich unter Gebet erarbeiteten Grundsätzen und Lehrpunkten zu unterwerfen. Das wird wohl einer von diesen „arroganten" Querdenkern gewesen sein, was ihn für uns vorab schon unglaubwürdig machte. Aber irgendwann kam mein geliebtes Weib auf die glorreiche Idee, mir dieses Buch zu schenken. Es war für uns äußerst interessant und sehr erschütternd, nach so vielen Jahren mal die Gegenseite zu hören und lesend mitzuerleben, was damals in der „Chefetage" so für ein Denken herrschte und mit welch erstaunlich brüderlichen Mitteln der Liebe Andersdenkende unglaubwürdig gemacht wurden. Der Umfang, in dem dort eine ganz besondere Form der Loyalität eingefordert wurde, erinnerte uns sehr an Insiderbeschreibungen über die Führungsriege der ehemaligen DDR. Aus einem ganz kleinen versteckten Eckchen unseres Erinnerungsvermögens lugte zaghaft der Gedanke, das habe man doch irgendwie alles damals schon geargwöhnt. Es hatte nur eben nicht sein dürfen.

Es wirkte auf uns wie eine die innere Wandlung unterstützende Therapie zu erkennen, wem wir damals unser Leben anvertraut hatten.

Das war aber erst der Anfang. Dieser böswillige Verleumder hat sich in einem zweiten Buch („Auf der Suche nach christlicher Freiheit") mit Grundlehren beschäftigt, die genau die Fragen betrafen, die uns daran hinderten, uns völlig der Führung Jesu zu öffnen.

Damit sind wir wieder bei dem Grund für diesen kleinen Abstecher. *Wir* konnten nicht so unbefangen mit Jesus kommunizieren, wie es unsere Freunde taten; und *sie* konnten uns nicht helfen, weil sie in Unkenntnis der detaillierten Belehrungen die starke und ausschließliche Bindung, die mit dem Namen „Jehova" verbunden war, nicht nachvollziehen konnten. Man kann auch nicht sagen, dass nun, nachdem wir neue Gegenargumente kannten, „alles gut" war. Es war einfach nur ein weiteres Körnchen, das zur rechten Zeit am rechten Ort gesät wurde, um in uns eine langsam wachsende blühende Landschaft ins Dasein zu bringen, die aber nicht mit den schrecklich wunderschönen Bildern von der greifbar nahen paradiesischen Erde mit ihrer „Neuen Ordnung" verwechselt werden sollte. Glaube war für uns früher in erster Linie eine Ansammlung von Lehrpunkten und recht oft mühsam erlernten Verhaltensprinzipien, unterstützt durch die Art, wie Gemeinschaft gelebt wurde. Soweit Gefühle damit verbunden waren, handelte es sich meist um Besorgnis wegen der vielen persönlichen Unvollkommenheiten und des daraus resultierenden übertriebenen Schuldbewusstseins.

„Stimmt so aber auch nicht. Ich erinnere mich an Gespräche, zum Beispiel im Predigtdienst, in denen ihr euch über eure Dankbarkeit für alles Mögliche unterhalten habt, und meistens wart ihr immer ziemlich gut drauf. Und an irgendein mühsames Erlernen erinnere ich mich auch nicht. Da war nämlich auch immer ganz schön viel Freude im Spiel. Versuch jetzt nicht, mir was anderes zu erzählen."

„Natürlich erschien mir mein Glaube damals lebendig. Aber das Gefühl erwuchs aus der gemeinsamen Tätigkeit und dem Wissen, dass alle Zeugen auf der ganzen großen weiten Welt genau das Gleiche taten. Und er war ja auch schön bunt, wenn man regelmäßig den Wachtturm las, weil man immer wieder mal auf Artikel über das Verkündigungswerk stieß, die durch Bilder von zwar grau oder braun beanzugten Männern, aber dafür auch Frauen in hübschen bunten Kleidern geschmückt waren, die in den verschiedensten Ländern mit aufgeschlagenen Bibeln predigend vor nachdenklichen, grimmig dreinblickenden, aufmerksam zuhörenden, gleichgültig abwinkenden oder versonnen mit leicht aufwärts gerichtetem Winkel in die Ferne blickenden Menschen standen. Ach so: auf Bildern aus exotischen Ländern kann man auch schon mal gelegentlich bunt gewandete Männer bewundern.

Aber das Innenleben sah nicht gar so lebendig aus. Eventuelles Reflektieren bestand bestenfalls im Nachsinnen darüber, ob wir in unserer Persönlichkeit, der äußeren Erscheinung und unserem Wandel wirklich den Anforderungen entsprachen, und ob wir ehrlich sagen konnten, dass wir unsere Zeit gut auskauften, also, an unseren eigenen Lebensumständen gemessen, wirklich genug taten.
Weil es in beharrlicher Wiederholung immer wieder für jeden Lebensbereich Artikel gab, die verbindliche biblische Grundsätze dazu beleuchteten oder erst erarbeiteten, blieb wenig Raum für die Entwicklung einer eigenen Glaubenspersönlichkeit."

„Schätze, ich hab mich vorhin gerade rechtzeitig gemeldet. Mein Erinnerungsvermögen hat deinem einiges voraus. Dieser Rückblick stimmt zwar halbwegs, ist aber reichlich einseitig. In meiner Position habe ich schon immer vollen Einblick in deine Gedanken gehabt und kann sie wahrscheinlich objektiver beurteilen als du. Du hast dein persönliches Studium damals sehr gründlich und unter ständigem Gebet betrieben. Und nebenbei bemerkt hast du das Rüstzeug dazu von dort bekommen, wo du jetzt nur noch mit Sarkasmus hin zu schauen scheinst. Ich glaube nicht, dass du wirklich weiterkommst, wenn du dir einredest,

damals war alles schlecht und jetzt ist alles gut. Schau mal ein bisschen differenzierter hin, mein Kleiner. Dass dein Glaube dich zur Tätigkeit angeregt hat, kann ja wohl wirklich kein Kritikpunkt sein."

„Was soll denn das auf einmal alles? Erst meldest du dich überhaupt nicht, ich ahne nicht mal, dass es dich gibt, und jetzt stellst du mich hier ganz plötzlich unter Dauerbeschuss. Halt dich jetzt bitte raus, Ich möchte gern ungestört weiter erzählen".

Ich hatte durch jenen Ansporn immer das Gefühl, nicht genug getan zu haben, auch wenn zuweilen darauf hingewiesen wurde, dass in einem vernünftigen Maße auch Zeit für Entspannung eingeplant werden durfte. Aber gerade dieser Hinweis brachte mich ja zu der Befürchtung, dass das Ausmaß meiner Entspannungszeit eben das vernünftige Maß grundsätzlich überschritt.

Und was das Studium betrifft: man schrieb, es sei nicht vorgesehen, dass der einzelne Verkündiger Kontakt mit Jesus aufnimmt. Unser Ansprechpartner sei Jehova Gott, und der spricht nicht mit uns persönlich, sondern durch die Veröffentlichungen seines „treuen und verständigen Sklaven", ohne dessen Leitung die Bibel nicht richtig verstanden werden kann.

Daher jenes Gefühl von Leidenschaft, als mir zu Beginn meines Wiedereinstiegs so viel persönliche Begegnung mit Gott widerfuhr. Ich hätte mir früher nie vorstellen können, mal zu erleben, dass er auf eine Weise in unser Leben spricht, von der ich gelernt hatte, er handele heute nicht mehr so mit seinen Dienern. Es gebe angeblich keine Hinweise darauf. Klar; wenn man glaubt, er habe nur diesen einen Mitteilungskanal, durch den das geistgetränkte Wasser vom Himmel direkt nach Brooklyn, New York, geleitet wird und von dort gefriergetrocknet hübsch in handlichen Büchern verstaut in die Zweigbüros der Länder unserer Erde; weiter an die Ältestenschaften der Versammlungen und die einzelnen Verkündiger; von diesen dann in willige Privathaushalte, da muss man schon zu diesem Schluss kommen. „Gott gibt doch keinen Privatunterricht", hatte mir schon ganz am Anfang meine bibelkundige Lehrerin erklärt, deren Wissen mir über jeden Zweifel erhaben schien. Widerspruch war nicht vorgesehen.

Nun erleben wir also etwas, was es gar nicht gibt. Rückblickend kann man sagen, dass alles, was ich mal grob als „Hinweise" zusammenfasse, immer genau zum richtigen Zeitpunkt kam.

Anfangs habe ich das allerdings nicht als Wink von oben aufgefasst, denn natürlich können einem exzessiven Bibelleser vertraute Schriftstellen durch die Erinnerung huschen, wenn er über eine bestimmte Frage intensiv nachdenkt. Es ist aber etwas ganz anderes, und für mich nahezu unbegreiflich, wenn nachts beim Einschlafen etwas in mich hineinspricht: „Schlag die Bibel auf, ich hab dir etwas zu sagen". Und ich öffne sie gehorsam wirklich mit dösigem Kopf irgendwo und lese Worte, die genau einer aktuellen problematischen Lebenssituation gerecht werden. Ich traue dem Unterbewusstsein oder der linken Gehirnhälfte oder wer sonst für so was zuständig ist – warst du das etwa? –

„*Nöö!*"

einiges zu; auch Problemlösungen im Hintergrund unserer Gedankenlandschaft. Aber dass es sich auf geheimnisvollen Wegen in jemandes Fingerspitzen schlängelt und mit Hilfe dieser Werkzeuge ohne suchendes Blättern eine Seite unter etwa 1500 auswählt, um Notwendigkeiten zu offenbaren, entspricht nicht meiner Vorstellung von dieser geistigen Suchmaschine. Und wenn ich den Zufall als Erklärungsmodell wähle, mag so etwas zwar gelegentlich auch möglich sein; jedoch schrumpft die Wahrscheinlichkeit erheblich bei zunehmender Häufigkeit.

„*Ich hab gut aufgepasst. Weiter vorne hast du diese Methode noch als klugheitsresistentes Vorgehen bezeichnet; eine Art präventiver Intelligenzschwund.*"

Ich beachte den jetzt einfach nicht mehr. Ich weiß ja und habe das auch schon angedeutet, dass man sich auf diese wunderbar anmutende Weise ganz schön verlaufen kann. Besonders, wenn dies die *einzige* Methode ist, die Bibel als Richtschnur zu benutzen, weil es das lästige Nachdenken erspart. Könnte zwar auch ein interessanter Zick-zack-Kurs durchs Leben werden, mit immer wieder neuen Perspektiven, es zu gestalten, hätte aber nichts mit zielgerichtetem Wachstum zu tun.

Im Vergleich zu den regelmäßig zu verdauenden Lehrstoffmenüs mit ihren aus Gründen der Nachdrücklichkeit immer wieder gleichen Zutaten und Beilagen sind es die Erfahrungen einer immer enger werdenden Beziehung zu Jesus im Leben mit ihm, die das Wachstum bewirken. Dazu gehören eben auch in unseren Geist hineingesprochene Worte; auch wenn man da gut prüfen muss, ob die Quelle stimmt. Erst im Rückblick wird uns allmählich klar, wie vielseitig, umsichtig und einfühlsam er dabei vorgegangen ist und wie wichtig dabei die Gemeinschaft mit Gleichgesinnten ist; was, wie wir jetzt glücklicherweise bestätigt finden, nicht mit Gleichgeschaltet sein zu verwechseln ist. Ich vermute: würde dies jemand hören, der schon lange mit Jesus unterwegs ist, schmunzelte er vielleicht darüber, vergleichbar mit Eltern, die erheitert zuhören, wenn ihnen ihre frisch eingeschulten Kinder begeistert die ersten gerade gelernten Wörter vorlesen. Wir fühlen uns wirklich ein wenig wie geistliche Erstklässler.

„Das hast du hübsch gesagt, Schatzilein. Ich reihe mich solidarisch mit ein in die Menge der Schmunzler. Deine demütige „man-lernt-ja-nie-aus"-Haltung lässt mich hoffnungsfroh in deine persönliche Zukunft blicken."

Und wieder: Babylon die Große

Immer, wenn ich im Verlauf meiner geistigen Höhen-, Tiefen- und Sturzflüge bei Gedanken landete, die den Zusammenhang zwischen Glauben und Gemeinschaft hervorheben, drängelte sich die Dame in den Vordergrund, die in jener Phase unserer Veränderung durch ihre Rolle als größte und bestgetarnte Domina beherrschend unseren Geist in die Mangel nahm. Ich meine die in den WT-Publikationen in erregenden Auswüchsen christlich-phantasievoller Malkunst immer wieder mahnend vor das glaubende Auge geführte Prostituierte Babylon die Große, und ich weiß gerade nicht, ob ich sie überhaupt schon erwähnt habe. – Doch! Ganz kurz.

Wir treiben immer wieder das gleiche Spielchen. Wenn sie erscheint, fesselt sie mich mit schnellem, geübtem Griff, und ich versuche sie dann mit Argumenten zu entblößen und ihren Einfluss zu brechen. Ihre Macht über mich hat sie nur durch meine Vorstellung von ihr, die ich mir in dankbarer Unterwerfung vor Jahren angeeignet hatte. Wenn ich all die neuen Erfahrungen wirklich in ihrer Vollständigkeit wirken lassen will, muss ich mich aus dem Bannkreis dieser Deutungen herausdiskutieren, die uns immer wieder einreden, dass wir doch selbst davon überzeugt waren, dass sich die kirchlichen Gemeinschaften, mit denen wir heute so freudig Umgang pflegen, zu einem ganz wesentlichen Teil dieses verführerischen Wesens gemacht haben, dem „Weltreich der falschen Religion".

Ich habe mich schon mit vielen möglichen alternativen Erklärungen befasst. Aber während ich unsere neuen Gemeinschafts- und Schulungserfahrungen mit den Kongressen der Zeugen und anderen Werkzeugen derer Geisteswaschungen vergleiche, denke ich, dass sich babylonische Züge neben den deutlichen Erklärungen in der Offenbarung auch dort zeigen, wo eine Organisation sich menschliches Denken und Handeln zu unterwerfen versucht. Stelle ich dieser neckischen Verführerin „Babylon" das „Himmlische Jerusalem" gegenüber, welches Paulus als „frei" bezeichnet, dann gehe ich aus ihr hinaus, indem ich mich Tendenzen entziehe, die meinen Glauben an menschliche Schlussfolgerungen zu binden versuchen. Die Grenzen zwischen weisem Rat und dem Einfordern von Gehorsam unter Berufung auf göttliche Autorität sind nicht immer klar zu erkennen.

Ein Unterscheidungsmerkmal, das mir einfällt, ist, ob ein Mensch in einer Autorität redet, die offensichtlich auf Weisheit gründet, die irgendwie Gottes Wesen widerspiegelt und dir Gedanken als Entscheidungshilfe vorlegt, oder ob er sich darauf beruft, zu einer

Personengruppe zu gehören, die angeblich von Gott mit der Führungsaufgabe ausgestattet wurde.

Und damit bin ich wieder beim Thema. Vergleiche ich die Seminare und Tagungen z.B. des MK mit den Kongressen der Zeugen, so lassen uns erstere von persönlichen Erfahrungen und Erkenntnissen reifer Christen profitieren, die in Gesprächen immer wieder nachbearbeitet werden. Ein Referat oder einen Erfahrensbericht hinterher in kleiner Gruppe zu besprechen zeigt meistens, wie unterschiedlich die Einzelnen damit umgehen, weil jeder andere Schwerpunkte hat. Gleichzeitig kann durch Gemeinsamkeiten herausgearbeitet werden, ob es Punkte gibt, die als verbindlich einzustufen sind. So lernen alle voneinander und wachsen unter dem Einfluss des Geistes Gottes, obwohl Aussagen von Menschen am Anfang stehen.

Bei Letzteren dagegen wird dem Zuhörer vorgelegt, wie er denken und handeln sollte, und gerade noch so viel Spielraum für eigene Gedanken gelassen, wie es die Frage „nicht wahr?" am Ende eines Satzes erlaubt. Du kannst immerhin noch zwischen „ja" oder „nein" entscheiden. Es ist aber jedem klar, dass ein „Ja" angebracht ist.

„Wenn du das so beschreibst, erweckst du den Eindruck, deine alten Lehrer wären durch ihr angeblich autoritäres Auftreten selbst babylonisch. Lässt du da nicht einige Merkmale des Bildes in der Vision außer Acht? – Ach, was frag ich. Natürlich tust du das. Und ich glaube, du weißt das auch."

Erstaunlich, wie hartnäckig dieser Bursche sich immer wieder einmischt. Sicher hat er Recht, aber mir über richtige und falsche Autorität klar zu werden, ist beim jetzigen Stand eine größere Hilfe im Umgang mit Altlasten als das Nachforschen über Lehrpunkte.
Wir haben in keiner Tagung jemals erlebt, dass Respekt und darauf beruhender Gehorsam *eingefordert* wurde; etwas was bei autoritären Gruppen, nicht nur bei den Zeugen, sehr üblich ist. Während Jesus sagt „wenn ihr in meinem Wort bleibt, seid ihr meine Jünger" oder „wer auf meine Worte hört, gleicht einem Menschen, der sein Haus auf festem Grund baut", sagen religiöse Faschisten: „Sei weise und höre auf uns, denn was wir dir sagen, sagt dir Gott. Wer uns nicht gehorcht, dem droht die Vernichtung."

Und falls Dir das gerade genannte F-Wort zu hart und ungerechtfertigt erscheint: So groß ist der Unterschied zwischen Androhung von Prügel oder Folter und dem Hinweis auf Vernichtung in einem mit Sicherheit zu erwartenden Feuersturm nun wirklich nicht.

Ich wies früher immer gerne darauf hin, dass die Kirchen schon seit Beginn ihres Bestehens die Angst vor der Hölle benutzt haben, um ihre Schäfchen bei der Stange zu halten. Aber ständiges Anspielen auf das drohende Gericht in „Harmagedon" in Verbindung mit anspornenden Ermahnungen bezüglich des weisen Umgangs mit der Zeit ist ein stärkeres Druckmittel, weil es durch Hinweise auf unsere Weltverhältnisse greifbarer ist als der Ort ewiger Qual, der noch von niemandem durch persönliche Erfahrung verifiziert wurde.

„Du behauptest, Warnungen auszusprechen sei etwas Schlechtes? Haben Jesus und Johannes der Täufer nicht auch gepredigt ‚bereut, denn das Königreich der Himmel hat sich genaht?' Und was ist mit Petrus, der die Erwartung des Gerichts mit der Aufforderung zum Eifer und ‚heiligen Handlungen' in Verbindung bringt; und der Mahnung sein Äußerstes zu tun und den Tag fest im Sinn zu behalten? Und hast du die Zerstörung Jerusalems vergessen im Jahre 70; die eindringliche Warnung Jesu, bei einem bestimmten Zeichen, das er als Hinweis beschrieben hat, die Stadt zu verlassen, ohne noch etwas mitzunehmen? Hast du vergessen, was du allen, die es hören wollten oder nicht, über die Aufzeichnungen des Flavius Josephus im „Jüdischen Krieg" erzählt hast? Die Parallelen zu heute, die die dich so fasziniert haben, weil man sie fast lesen konnte wie heutige Nachrichten aus den Krisenherden jener Region?"

„Du willst unbedingt wieder ins Gespräch kommen, was? Natürlich wird auch in der Bibel darauf hingewiesen. Und ja, bestimmt sehr eindringlich. Aber die Häufigkeit dieser Themen steht in keinem Verhältnis zu den freudigen Aspekten der Botschaft: Auferstehung, ewiges Leben, Gottes verändernde Kraft in unserem Leben, die durch Liebe wirksam wird, seine Geduld mit uns. Und die haben wir erfahren, ohne ständig Regeln oder Grundsätze studieren zu müssen; Christus hat den Du-darfst-das-nicht-Geist beseitigt. Soviel zu Dir; geh wieder in deine Kammer!"

„Schon gut; ich gehe. Aber du lässt dir eine falsche Freiheit versprechen. Ihr wollt doch nur eine Freikarte für den Himmel haben, ohne Anstrengung, ohne Werke. Ihr wollt die Befriedigung des Glaubens genießen, aber trotzdem euren eigenen Wünschen gerecht werden. Ihr missbraucht Gott als himmlisches Versandhaus; wie die Leute, die sich das, was sie zu brauchen glauben, beim Universum bestellen."

Oh dieser Maulwurf! Ich glaube langsam wirklich, dass er es war, der sich mir in den letzten Jahren mit seinem „Wissen" über falsche Religion wiederholt so kämpferisch in den Weg gestellt hat, dass ich mich oft frage, wie es möglich war, dass wir ihn trotzdem fortsetzen und weiter mit wachsender Freude und Begeisterung darauf gehen und unseren Hauskreis und andere Treffen besuchen konnten. Dadurch erlebten wir immer wieder, wie Gott uns durch Aussagen,

Bibelstellen und Bilder, die uns „gegeben" wurden, seine Begleitung zeigte.

Ein Beispiel, das mich besonders beeindruckte und begeisterte, erhielt ich am Ende eines Treffens, bei dem ich sehr viel über einzelne Gedanken, Unsicherheiten und handfeste Zweifel gesprochen hatte, die meinem Forscherdrang eine leicht fanatische Komponente verliehen.

Marion kam zu mir. Sie sagte, sie habe „ein Bild bekommen". Irgendwie schienen einige dieser Leute ständig „Eindrücke" und „Bilder" zu bekommen. War wirklich sehr gewöhnungsbedürftig. Sie sah einen Weg aus vielen kleinen Steinen, an dessen Ende ein großes leuchtendes Kreuz stand, das alles überstrahlte.

„Oh du süßes Vergessen! Ausgerechnet ein Kreuz, was? Und das gibt dir gar nicht zu denken? Schon gut, ich sag ja nichts."

Ich hockte gemäß ihrer Beschreibung ein ganzes Stück vom Kreuz entfernt und sah nur auf den Boden, um mich mit den Steinen zu befassen. Eine Stimme vom Kreuz sagte zu mir, ich solle erst einmal zu ihm kommen, dann könnten wir gemeinsam gucken.

Diese Darstellung traf mich voll in der Mitte, im Bauch, wo er am empfindlichsten ist, und ich musste darüber sehr lange nachdenken; nicht nur an dem Abend. Sie hatte irgendwie die Funktion einer Weiche, die mich auf einen neuen Gedankenweg brachte. Manchmal sah ich mich danach mit baumelnden Beinen entspannt oben sitzen und die Aussicht genießen.

„Oh, wie wunderschön und romantisch! Erzähl das doch mal deinen zeugenden Verwandten. Wird bestimmt ein hübsches Gespräch."

Nein, nein, nein! Ich lass mich auf den nicht mehr ein. Während ich mich einem Schwindel erregenden Strudel der Widersprüche aus alten Prägungen und neuen persönlichen Erfahrungen manchmal hilflos ausgeliefert fühlte, hatte Angelika wegen ihrer hemmungslosen Lust am Lernen *in* und Genießen *von* Gemeinschaft ein waches Auge auf das Angebot an Seminaren und anderen Tagungen des MK und konfrontierte mich immer wieder mit ihren Teilnahmewünschen.

Durch eines dieser Seminare kam eine weitere Neuerung in unser Leben, weil es uns dazu brachte, noch tiefer in die „alte Hure" einzudringen.

Auf einem unserer Mann- und Frauschaftsabenden lag ein Flyer auf dem Tisch, der nichts mit dem MK zu tun hatte, sondern eine Seminarwoche mit verschiedenen Themen ankündigte. Alle waren so interessant, dass es uns schwer fiel, uns zu entscheiden. Das ist in diesem Zusammenhang aber nicht so wichtig. Weit bedeutungsvoller sind der Austragungsort und die Folgen unserer Teilnahme. Ein Gebäude, das mir in beruflichem Zusammenhang sehr vertraut war und deswegen völlig unverfänglich erschien. Eine bekannte Freizeit- und Bildungseinrichtung jener Stadt, die auch mein Arbeitgeber ist. Was ich nicht wusste: es *war* nicht mehr das, was es einst war. Wir betraten das Gebäude, hielten Ausschau nach dem Raum, in dem der von uns ausgewählte Wissenskomplex vermittelt werden sollte, erfuhren aber, dass sich zunächst die Teilnehmer aller Kurse im Saal treffen würden. Mehrfaches déjà vue für mich. Abgesehen von diversen Rockkonzerten, die wir vor Jahren hier mit alten Freunden erlebt hatten, war die Bühne im hinter uns liegenden Jahrzehnt der Ort gewesen, auf dem einige meiner Kolleginnen und ich jedes Jahr an einem Wochenende in der Vorweihnachtszeit unsere Holz-, Textil- und Floristikprodukte angeboten hatten. War immer mit viel Spaß verbunden. Das war der erste Teil des déjà vues. Der zweite Teil bestand in einer Erinnerung an das spontane Zurückprallen auf unserer ersten Tagung des MK. Denn auch hier wieder auf der Bühne ein mehr als mannsgroßes Kreuz. Was um alles in der Welt hat so etwas in einer städtischen Bildungseinrichtung zu suchen? Langsam dämmerte mir etwas. Schon im Foyer war mir einiges so eigenartig anders vorgekommen. Irgendwo hatte ich auch etwas gelesen, was ich wie „Friedenskirche" erinnerte; war bloß nicht richtig ins Bewusstsein durchgedrungen.

Ich will mich jetzt nicht in zu vielen Worten verlieren: wir waren in einer Kirche gelandet. Auch wenn das Gebäude das nicht erkennen ließ. Mein ganzer Körper stellte sich sofort auf Flucht ein. „Schnell weg hier", pochte es rhythmisch in meinen Ohren. Aber nicht nur mein forsches Weib, sondern noch irgendetwas anderes ließ mich trotzdem mit ihr weitergehen und irgendwo Platz nehmen. Ich hätte gern ganz hinten am Rand, in der Nähe des Ausgangs gesessen, wo man schnell und unauffällig verschwinden könnte; denn wer weiß, was denen so einfällt; rituelle Handlungen vielleicht oder anderes absurdes kirchliches Zeug!? Außerdem mag ich das Gefühl nicht, wenn jemand hinter mir sitzt. In meiner Vorstellung auf mich gerichtete Blicke drücken noch schwerer als erkanntes und notgedrungen akzeptiertes Angeschaut-Werden. Aber noch ehe ich eine entsprechende Entscheidung fällen konnte, saßen wir schon in der zweiten Reihe und mussten uns der herzlichen Freundlichkeit stellen, die uns in Form von lächelnden Gesichtern, kräftigem Händedrücken und Willkommensgrüßen entgegenschwappte. Über dem ganzen Raum schien ein großes Lächeln zu schweben und mein Fluchtimpuls wurde von einer Welle fortgespült, die ein kribbelndes Wohlgefühl im Bauch auslöste.

„Du emotionales Weichei", musste ich mich schelten. „Pass bloß auf! Du hast dich schon mal durch einnehmende Wesen eben genau das: nämlich einnehmen lassen".

„Wie schön zu hören, dass da wohl doch noch ein Rest Vernunft…"

„Halt den Mund!" – Ich konnte über diese Ermahnung nicht weiter nachdenken, denn nun betrat ein junges weibliches Wesen die Bühne und begrüßte alle Anwesenden auf eine sehr persönlich-familiäre Art; sehr ansprechendes Ansprechen. Dann wurden die Leiter der einzelnen Kurse nach vorn gerufen, um ihre Themen vorzustellen. Drei davon outeten sich als Pastoren, was uns in Erstaunen versetzte, weil solche Herrschaften in unserer Vorstellung einfach anders daherkamen. Irgendwie heiliger; mit scheinheiligem Heiligenschein über ihren Köpfen und melodiösem Wohlklang in einer Stimme, die unverständliche himmlische Weisheiten verkündet.

Wenn man neugierig durchs Leben geht, erlebt man eben immer wieder Überraschungen. Jedenfalls häufiger, als wenn man zum abgestumpften Gewohnheitstäter wird, der glaubt, nichts mehr suchen zu müssen. Wir fanden das richtig aufregend, was wahrscheinlich kein Schwein versteht.

Nach einem Gebet wurden wir dann alle in unsere Arbeitsgruppen entlassen. Dadurch erhielt das Ganze eine tiefere Bedeutung, als es z.B. bei einem Volkshochschulkurs zu erwarten ist. Ich verzichte darauf, die Inhalte des Seminars zu betrachten. Wichtig für uns ist hier, dass wir eine weitere Erfahrung mit Kirchenmenschen in unsere Liste von Begegnungen aufnehmen konnten, die unser sogenanntes Wissen über Scheinchristen fortschreitend aufweichen.

Wir empfanden es als äußerst wohltuend, eine ganze Woche lang jeden Feierabend in so einer Gemeinschaft zu verbringen. Sehr ungewöhnlich; denn wir sind beide nach einem Arbeitstag normalerweise so ausgelaugt, dass wir keine Kraft für irgendetwas zu haben glauben, was Körper und/oder Geist noch in irgendeiner Form fordert. Diese regelmäßige abendliche Gemeinschaft bewies uns etwas Anderes. Wir fühlten uns gestärkt für den nächsten Tag und freuten uns auf den Abend.

Am Ende der Woche gab es noch mal ein Abschlusstreffen im Saal, das auch sehr durch gemeinschaftliche Freude getragen war, und abschließend wurde zum Gottesdienst am kommenden Sonntag eingeladen.

Im Überschwang der Gefühle sahen wir uns an und wussten übereinstimmend – ja, auch ich – dass wir dieses Ereignis nicht versäumen wollten. Als es so weit war, es lag ja noch ein ganzer Tag, der Samstag nämlich, dazwischen, hatte sich das bei mir schon wieder relativiert. Wie oft treffe ich im emotionalen Überschwang Entscheidungen, die ich später, bei wieder klarem Verstand, bedauere.

"Hört, hört!"

Allerdings: neugierig war ich schon, und Angelika war sowieso Feuer und Flamme in ihrer Vorfreude. Natürlich fuhren wir. Wieder diese Angst beim Betreten des zur Kirche umfunktionierten Saales. Die ersten beiden Male waren ja nur seminarbezogen gewesen und konnten insofern meine Befürchtungen gar nicht bestätigen. Aber jetzt? Ein Gottesdienst? Wir hatten früher als noch aktive Zeugen immer mal gerne – wie andere Ausüber des Verkündigungsdienstes auch – mit klug wirken sollendem Gesichtsausdruck gegenüber jedem, der es hören wollte (oder auch nicht) die Meinung vertreten, dass man bei so etwas ja wohl kaum von einem Dienst für Gott sprechen könne, denn man empfängt doch nur. Dienst verlangt Tätigkeit. Also traf das Wort Gottesdienst natürlich nur auf unser weltweites Erntewerk von Haus zu Haus zu.

Was würde jetzt auf uns zukommen? Wird es diesmal irgendwelche Riten geben, die mein Gewissen belasten? Angelika scheint jetzt auch ein wenig mulmig zumute zu sein, denn sie ist einverstanden, weiter hinten Platz zu nehmen, wegen der Nähe zum Ausgang und der damit verbundenen Abgangsoption. Diesmal nehme ich die freundlichen Begrüßungen nicht so deutlich wahr wie vor einer Woche zu Beginn des Seminars, obwohl sie wahrscheinlich noch intensiver sind. Mein Blick wird immer wieder vom Kreuz angezogen und ich denke „was mache ich hier; was habe ich hier verloren?" Trotzdem: das lebhafte Treiben um uns herum lässt keine erinnerungsbezogene Verbindung zu alten Kirchenerfahrungen aufkommen. Da der Saal das Flair einer Schulaula verströmt, tauchen dadurch und wegen der raumfüllenden entspannten Heiterkeit eher Assoziationen zu meinem allerersten Besuch eines Königreichssaals der Zeugen Jehovas vor 32 Jahren auf. Jenes schicksalhaften Ereignisses, dem ich glücklicherweise auch die Frau, die gerade neben mir sitzt, verdanke.

Nur das Kreuz halt. Das stört schon erheblich. Schau einfach mal bewusst woanders hin. Ach ja: da stehen auch wieder diese Werkzeuge weltlichen Musikgestaltens. Schlagzeug, Bass, E-Gitarre und Keyboard. Hab ja schon an anderer Stelle erzählt, was davon zu halten ist. - Herzklopfen.

"Kann mir kaum vorstellen, dass das ausgerechnet für dich ein Problem gewesen sein soll. Kleiner Hang zum Kokettieren, wie?"

Und schon betritt jemand die Bühne, um Begrüßungsworte mit der Bitte, allmählich zu den Plätzen zu gehen, zu verbinden. Dann bewegen sich einige mehr oder weniger junge Menschen auf die Bühne, greifen sich die Instrumente, beziehungsweise nehmen davor Platz und fangen an zu spielen.

Die Zuhörerschaft erhebt sich. Die Melodien, der Rhythmus und der gemeinsame Gesang erzeugen eine Stimmung, die den ganzen Saal in Schwingungen zu versetzen scheint. Jeder ist irgendwie in Bewegung. Ich auch. Staun! Angelika sowieso. „Kuck mal!", sagt sie und zeigt lachend, aber sonst dezent auf die erste Reihe, wo ein junger Mann seine Freude in lebhaftem Tanzen ausbrechen lässt. „Das wäre doch bei den Zeugen undenkbar". Wohl wahr. Tanzen bei der Anbetung. Wo sind wir denn? Im Busch etwa? Gibt allerdings auch die Musik dort nicht her(bei den Zeugen, nicht im Busch), die meistens entweder im kämpferischen Marschrhythmus oder in getragener Ehrfurcht, zuweilen mit gemäßigt heiterer Freude gepaart, vom Datenträger auf die Massen herunterklingt.

Es bleibt nicht bei einem Lied. Die ganze Atmosphäre und in Verbindung damit die Texte schnüren mir plötzlich den Hals zu. Ja: ich versuche doch tatsächlich mitzusingen. Geht nicht. Fange an zu nässen. Glücklicherweise nur im Gesicht. Finde ich aber trotzdem peinlich. Gefühlsduseliger Schwachkopf!

„Bravo! Der hätte von mir sein können."

Hoffentlich merkt keiner, dass ich immer neue Bäche wegwischen muss. Irgendwann ist natürlich doch Schluss mit dem Singen, der Einstiegsredner tritt wieder ans Mikrofon und spricht ein Gebet. Nachdem er einige Bekanntmachungen vorgebracht hat, kommt ein junger Mann auf die Bühne und verkündet, er habe einen „Eindruck" gehabt. Die hier also auch? Was ist *das* denn jetzt wieder?! Erfahre ich sofort: er sagt, dass jemand im Saal den starken Drang zu Christus habe, sich aber wegen irgendwelcher alten Bindungen nicht traue. Christus will ihm sagen, dass er ihm seinen Arm entgegenstreckt. Er brauche ihn nur zu ergreifen. „Wenn du dich angesprochen fühlst, dann komm nach vorne". Es kommt aber keiner.

Ich kann nicht sagen, warum, aber ich verspüre den starken Drang aufzustehen und zu rufen „ich bin's!" Ja, ich fühle mich so stark betroffen, dass ich ganz sicher bin: „der meint mich". Aber das kann ja gar nicht sein. Ist ja lächerlich.

„Noch mal ,bravo' für latente Erkenntnis! Ist dir schon mal der Gedanke gekommen, dass neue Gesichter in einer solchen Runde auffallen, und dass es für ‚Alte Hasen' nahe liegt, eine Aussage zu machen, die auf die meisten von ihnen zutreffen wird?"

Ach, ich würde sowieso ganz bestimmt nicht aufstehen und die Aufmerksamkeit auf mich lenken. Ich habe natürlich noch keine Ahnung, dass ich Ähnliches noch öfter erleben werde. Mit wachsendem Glaubhaftigkeitspotential.

Dann ist dieser magische Moment auch schon vorbei und die Predigt wird angekündigt. Und die ist, um ein dem Volksmund und Herrn Bohlen übereinstimmend zuzuordnendes Schlagwort zu gebrauchen, weil es eben so schlagkräftig und männlich ist: der Hammer. Ich weiß noch den Titel: Die Trümmer sollen jubeln!

Vom Inhalt hab ich nur noch in Erinnerung, dass ein Text aus Jesaja die Grundlage war und er auf sehr aktuelle Weise unser Herz traf, weil es darum ging, mit Gottes Hilfe aus ausweglosen Situationen heraus zu finden; und an die Kraft, die dahinter steckte. Und mein Erstaunen darüber, was aus pastoralem Mund so alles herauskommen kann.

Als alles vorbei war, saßen wir einfach nur ergriffen da und sahen zu, wie sich der Saal allmählich leerte. Haben wir gerade wirklich eineinhalb Stunden Kirche erlebt? Für den Moment waren jedenfalls erstmal alle Brooklynwahrheiten verblasst, die unseren Geist beherrscht hatten.

„So einfach ist das also. Schöne Lieder, nette Menschen, beeindruckende Worte und schon zählen vernünftige Erkenntnisse nicht mehr. Du setzt dich in einen Raum mit Leuten, die bei ihrer Anbetung das heidnische Mordinstrument verehren, an dem ihr Freund und Herr brutal zu Tode gequält wurde, und das schon viel früher dem babylonischen Gott Tammuz gewidmet war...."

„Die *verehren* das Kreuz nicht. Das steht da als Erinnerung an sein Versöhnungsopfer. Die Gläubigen essen ja auch das Brot und trinken den Wein in Erinnerung daran."

„Ja; aber sein freiwilliger Tod ist eine Sache; seine Mörder und ihre Hilfsmittel und Helfer eine andere. Warum stellen sie nicht gleich noch eine Statue von Judas dazu, oder von den Priestern, die seinen Tod gefordert haben, oder Pilatus oder Herodes; nicht zu vergessen der Soldat, der ihn durchstochen hat? Und im Hintergrund das Volk, das seinen Tod gefordert hat."

„Pass auf! Diese Streitfrage ist kleinkariert und sinnlos. Ein Symbol kann nicht wichtiger sein als das, wofür es steht, was die Betrachter damit verbinden und was es bei ihnen bewirkt. Ich weiß, dass es da verschiedene Ansichten gibt; alle klug belegt. Mir geht es im Moment darum, dass ich unterwegs, und zwar in der richtigen Richtung bin. Dass mein Glaube lebendiger wird in dem Maße, wie er immer mehr Bereiche meines Lebens beeinflusst. Dass ich Gott und Jesus als begreifbare Personen erfahre, zu denen man eine

Beziehung aufbauen kann. Das ist mehr als eine „Religion" und deren Symbole. Wir finden es toll, Menschen gefunden zu haben, deren Glaube entgegen dem in unseren Köpfen eingepflanzten Klischee kraftvoll ist. Menschen, in deren Gemeinschaft man wachsen kann, ohne regelmäßig Verhaltensmaßstäbe zu ‚studieren'. Wenn Babylon die Große wirklich das ‚Weltreich der falschen Religion' sein soll, aus dem man hinausgehen sollte, dann bedeutet das mehr, als irgendwelche Gebäude zu meiden. Sonst hätten ja auch Paulus und Co. nicht in Synagogen predigen dürfen. Wenn ich bei dem Bild in der Offenbarung bleibe, dann kann ich vielleicht an verweltlichte Religionsführer oder auch -einrichtungen denken, deren Glaube keine Kraft mehr hat; die sich das Wohlwollen des Staates zum Preis des Verlustes der wertvollen Nähe zu Gott erkaufen. Wenn ich mich von diesem Geist anstecken lasse, weil das in meiner Kirche so üblich ist, bin ich ein Teil davon; bin ich ‚drin'. Und ich gehe hinaus, wenn ich Christus folge, mich nach ihm ausrichte, der wie seine Leute kein Teil der Welt ist. Und Symbole brauch ich nicht. Sie interessieren mich nicht und darum stören sie mich auch nicht. Weil sie einfach keine Bedeutung für mich haben. Noch mal: wichtig ist das, wofür sie stehen. Und noch mal: verschon mich mit deinen Kommentaren."

Ein wirklich geheimnisvoller Gärtner

Wir haben im Hauskreis nach unseren überraschenden Erlebnissen im Rahmen des Seminars natürlich hemmungslos über dessen beseelende Begleiterscheinungen verbal und emotional herumgesprüht und mit übersprudelnder Lebhaftigkeit angekündigt, dass wir nun auch einen Gottesdienst besuchen wollten. Alle wussten aus unseren immer offener werdenden Erzählungen, dass wir zur Kirche ein, vorsichtig ausgedrückt, gespanntes Verhältnis hatten, und waren deshalb voller Erwartungen, was wir erzählen würden. Allein diese intensive Anteilnahme an unseren Empfindungen wirkte auf uns immer wie eine Art Glücksdroge. Besonders, weil sich auch durch die negativen Anteile darin keiner irgendwie beeinträchtigen ließ.

Begeisterung hat in Gesellschaft mit offenen Menschen eine ungemein potenzierende Wirkung, wie wohl jeder weiß. Hier natürlich auch. Ich glaube, wir kamen unseren Freunden wie Kinder vor, die das erste Mal im Kindergarten gewesen waren und nun gar nicht aufhören konnten, durcheinander zu schnattern.
Paulus schrieb irgendwo so etwas wie: „Freut euch mit den sich Freuenden". Hier hat jeder aus der Freude des anderen Gleiches geschöpft und überschwänglich herumgespritzt. War ein toller Abend.

Während wir gerade staunend an einigen neuen Pflanzungen unseres geistigen Landschaftsgärtners herumrätselten, hatte unser verborgener Wohltäter klammheimlich einen hübschen Springbrunnen angelegt und mit üppigen Zierpflanzen geschmückt. Und trotzdem gibt es immer wieder mal Momente und Stimmungen, in denen wir uns törichterweise fragen, ob er wohl wirklich an *uns* interessiert sein kann. Er hat's wirklich nicht leicht mit uns.

„Nein. Ich übrigens auch nicht. Und ich muss mir das alles anhören. Springbrunnen! Zierpflanzen! Mein lieber Schwan! Du bist doch nur der Lust erlegen. Babylon die Große ist eine Edelnutte und Meisterin der Täuschung. Natürlich ist es ein außergewöhnliches Erlebnis, mit ihr im Bett zu liegen."

Jaja. Er wieder! Wir konnten jedenfalls von da ab mehr oder weniger regelmäßig bei einem immer geringer werdenden Einfluss alter Gewissensstrukturen, den Gottesdienst – egal ob diese Bezeichnung nun akzeptabel ist oder nicht – besuchen, was uns weiterhin und mit steigender Tendenz begeisterte. Im Rahmen verschiedener Seminare, die dort einen wichtigen Platz einnehmen, lernten wir andere Christen näher kennen und einen neuen Umgang mit Glauben. Also nicht völlig neu, weil es dem entsprach, was wir im MK und per bibel-tv durch viele persönliche Beispiele schon mitbekommen hatten. Und es war in Übereinstimmung mit dem, was wir insgeheim immer gedacht hatten, aber nicht zulassen konnten.

Wir müssen heute nicht mehr nach Argumenten suchen, um gegen die alte Vorstellung anzukämpfen, brüderliche und schwesterliche Einheit könne es nur geben, wenn alle Christen auf der Welt einer einzigen Organisation folgen und jeden einzelnen Gedanken, der ihnen vorgesetzt wird, akzeptieren. Wir haben jetzt durch Erfahrung etwas gelernt, was eigentlich so selbstverständlich ist, dass jeder freie Mensch nur darüber schmunzeln kann, dergleichen hier als besondere Erkenntnis hingestellt zu bekommen: Man kann in der Nachfolge Christi vereint sein und trotzdem gemäß seiner *eigenen* Persönlichkeit denken, fühlen und handeln. Die neue Persönlichkeit, die wir durch Christus anziehen, beinhaltet keine Gleichschalterei, und das entspricht dem Vergleich der Gemeinschaft mit einem Körper und den verschiedenen Funktionen seiner unterschiedlichen Teile, wie ihn Paulus im zwölften Kapitel des Korintherbriefes gebraucht. Dieser Punkt ist ebenfalls so klar zu erkennen, dass er keiner Erörterung bedarf. Auch wenn der Apostel ihn als Bild für die verschiedenen Dienstzweige aufgrund unterschiedlicher Gaben heranzieht, beinhaltet er doch auch individuelle Sichtweisen, Wesensmerkmale, Wahrnehmungen und Arbeitsmethoden oder Schaffensziele.

Das linke Auge hat einen etwas anderen Blickwinkel als das rechte, aber beide zusammen vermitteln erst die richtige Vorstellung von der Tiefe des betrachteten Gegenstandes.

Das Ohr nimmt andere Dinge wahr als die Nase. Beide zusammen geben uns mit dem, was die Augen uns zeigen, natürlich ein noch klareres Bild. Kommt dann noch der Tastsinn dazu, und alle diese Beteiligten nehmen die Eindrücke der anderen ernst, wird die ganze Sache wunderbar abgerundet.

Ich denke gerade daran, wie stark schon in der alten Zeit des eingeschränkten Denkens ganz bestimmte Gleichnisse Jesu oder Wunderberichte, wie zum Beispiel die Wasserbegehung, auf mich wirkten. Gerade der wackelige Spaziergang des oft schnell beherzt handelnden Petrus machte mir sehr viel über mich und mein wenig ausdauerndes Vertrauen deutlich. Es war mir in dem Moment völlig gleichgültig, ob dieses Wunder als Metapher anzusehen oder als echtes Ereignis unbedingt zu akzeptieren war. Es öffnete mir einfach die Augen etwas mehr, und das war alles, was für mich zählte.

Was *ich* darin sehe, wird sich doch meistens völlig von dem unterscheiden, was Anderen deutlich wird. Und wenn wir uns dann darüber austauschen, kann es richtig spannend werden. In diesem Sinne ähneln diese Geschichten guten Gemälden, die in ihrer

Vielschichtigkeit bei jedem Betrachter andere Aus- und Einblicke hervorrufen. Tauscht man sich darüber aus, kann man sehr viel über sich, das Gegenüber und die Beziehung zueinander erfahren.

„Du wunderbarster aller Erklärer. Unabhängiges Denken kann so schön sein nicht wahr? Ihr habt euch doch einfach nur angepasst. Ich sehe da keine biblische Beweiskette; nur Gefühle. Und was ist mit dem ‚vollkommenen Band der Einheit', dem gemeinsamen Felddienst, den Heimbibelstudien, dem persönlichen Studium? Ihr habt euren Verstand abgelegt, weil der Kopf so schwer geworden ist und seid dann leicht wie eine Feder emporgeschwebt und sitzt jetzt auf eurem rosa Wölkchen; und lächelt gar so schön. Und hübsche Liedchen habt ihr ja auch."

„Ach komm; ich denke, du warst bei allen Erlebnissen und Entscheidungen dabei. Dann weißt du auch, dass wir uns das nicht so leicht gemacht haben. Wozu hab ich eigentlich all das Zeug erzählt über unsere Konflikte und den Umgang damit? Ich glaube wirklich, dir geht es nur um das Dagegensein. Und sagte ich jetzt ‚ja, du liegst richtig mit deinen Vermutungen' und holte meinen Anzug und meine Predigtdiensttasche aus der Mottenkiste hervor um die alten Dinge wiederherzustellen, dann würdest du dich auch wieder mit deinen Einwendungen dazwischenstecken. Du bist für mich nicht glaubwürdig. Ich mach jetzt weiter. Und bitte ohne dich!"

„Leben in neuer Dimension"

In unserem Hauskreis wurde an einem Abend ein neues Kursprogrammheft vorgestellt. Schwierig. Die Auswahl nämlich. Es ist ein wenig so, als stünde man vor einem reichhaltigen, appetitanregenden Buffet und sieht und riecht die leckeren Mettbällchen, weiter hinten tut sich aber gerade jemand nicht weniger appetitlichen Heringsalat auf den Teller, mitten auf dem Tisch steht jedoch auch noch ein riesiger Topf mit einer anscheinend sehr nahrhaften Gemüsesuppe, die ebenfalls das Augenlicht und den Geruchssinn betörend gefangen nimmt. Als vorausschauender, relativ weiser Mensch weiß man aber, der Körper kann nicht die Gesamtheit seiner einzelnen Bereiche zur Speicherung all dieser Köstlichkeiten bereitstellen.
Man muss also eine Wahl treffen, denn der Raum für deren Unterbringung ist begrenzt.

Wir entschieden uns für die Suppe: ein Seminar, das nicht nur in groben Umrissen den Zusammenhang zwischen einem sinnerfüllten Leben und dem christlichen Glauben behandeln würde. Auch keine reine Wissensvermittlung, obwohl uns das gar nicht gestört hätte. Wir finden Wissen gar nicht so verkehrt. Aber hier sollte das Wissen nicht in einer isolierten Position stehen bleiben, sondern einen Prozess in Gang setzen, der den Glauben erfahrbar macht. Das hört sich doch gut an (nicht wahr?). Das Angebot richtete sich an Menschen, die auf der Suche sind; aber traf das auf uns zu? Wir glaubten ja an Gott, hatten in ferner Vergangenheit die gar so wunderbaren Erfahrungen des Dienens und der Unterwerfung machen dürfen und in neuerer Zeit schon einige kleine Erlebnisse gehabt, die eine Berührung mit Gott argwöhnen ließen. Aber wir waren in einem anderen Sinn auf der Suche, weil voller Zweifel: dieser ganze schon erläuterte scheinbar unlösbare Krampf der Auseinandersetzung mit den widersprüchlichen Sicht- und Denkweisen. Die Inhaltsangabe ließ uns diesbezüglich auf Erleichterung hoffen. Die Frage „wer ist Jesus Christus?" wurde verbunden mit dem Hinweis auf schädliche Einflüsse im Leben und der Rolle, die Vergebung dabei spielt, ein neues, befreites Leben mit Gott zu beginnen. „Befreiung" war dabei das für uns wichtige Schlüsselwort. Es gab so vieles, wo*von* wir endlich frei werden wollten. Und vielleicht noch mehr, wo*für* es notwendig war, diese Freiheit zu erreichen.

Der Hinweis auf ein „Leben in neuer Dimension" wirkte sehr verheißungsvoll, und wir konnten den Termin wirklich kaum erwarten. Heilige Ungeduld!

Es wurde wieder mal ein Wochenende, das wir nie vergessen werden. Man begrüßte uns, wie auch andere Gäste, mit herzlichen Worten, Gesten und Mienen sowie netten kulinarischen Häppchen und hieß uns auf diese Weise glaubhaft willkommen. Unsere alte gewohnte Scheu vor unbekannten Menschen verschwand darum relativ schnell.

Inhaltlich war uns manches nicht so neu. Die Sündenvergebung aufgrund der Erlösungstat Christi zum Beispiel ist ja auch bei uns früher die Glaubensgrundlage gewesen. Auch der Hinweis, dass die Urgemeinde nicht mit den heutigen Kirchen vergleichbar war, sondern dass man sich im kleinen Kreis in Privatwohnungen traf. Keine Pastoren, keine besonderen, beeindruckenden Gebäude und schon gar keine rituellen Amtshandlungen.

Ebenso dass es Verhaltensweisen gibt, die uns von Gott entfernen, und wir uns deswegen nicht auf die erlangte Vergebung beschränken können, sondern leider auch dem schmerzhaften Prozess der Loslösung und Veränderung unterziehen müssen. Aber genau hier ist ein wesentlicher Unterschied zu unseren früheren Erfahrungen festzustellen: der *Umgang* mit unserer Sündhaftigkeit.

Dass wir früher sehr mithilfe der Angst vor ewiger Vernichtung „motiviert" worden waren, ist wohl schon deutlich geworden. Auf unserem Seminar wurde dieses Wort (Vernichtung) nicht einmal erwähnt. Wir erlebten einen begeisternden Programmablauf, der aus Referaten bestand, die aufeinander aufbauend eine Vorstellung davon vermittelten, wie man in ein Leben mit Gott gelangt und wie das aussehen kann. Sie waren mit persönlichen Lebensberichten angereichert, in denen anwesende Mitarbeiter von ihrem eigenen Weg mit Gott, diversen Hürden, die sie dabei überwinden mussten, und der Hilfe, die sie von ihm erhalten haben, erzählten. Ja: und den reichhaltigen Segnungen, die darauf folgten.

Dazwischen gestaltete man auch hier, wie wir es schon bei anderen Tagungen erlebt haben, kleinere Gesprächsrunden, um im Austausch mit anderen die gewonnenen Erkenntnisse zu vertiefen. Wer das nicht wollte, konnte eine Zeit der Stille für sich wählen, um seine Eindrücke allein zu verarbeiten.

Es gab dann aber einen Programmpunkt, der den Gang in die Stille sogar zum Inhalt hatte. Und dabei wurde uns auf bewegende Weise ein sehr hervorstechender Unterschied zu den alten Vorstellungen deutlich. Der Umgang mit der Frage *nach* der und dem Sieg *über* die Sünde ist ein sehr allgemeiner und unpersönlicher, wenn er über anstudierte Glaubensgrundsätze von außen festgelegt wird. Besonders verwirrend, wenn gelegentlich durch sogenanntes neues

Licht verbotene Handlungen plötzlich erlaubt sind oder umgekehrt Erlaubtes nun doch nicht mehr tragbar ist. Hier ging es aber darum, in dieser stillen Zeit die Begegnung mit Gott zu suchen, um in einer ungewöhnlich leisen Art des Dialoges herauszufinden, was mich von ihm trennt. Es wurde empfohlen, alles, was einem an solch trennenden Faktoren einfiel, aufzuschreiben; später würden wir den Sinn dieser ganzen Geschichte erfahren. Was ich dabei erlebte, war so intensiv und eigentlich unglaublich, dass ich später zu einigen relativierenden Gedanken Zuflucht nahm, die ich aber inzwischen aufgrund weiterer Erfahrungen mit solchen geistigen Meilensteinen wieder verwerfen musste.

Ich saß da in einer Ecke am Fenster, allein mit meinen Gedanken. Schon im Vorfeld, bei der Ankündigung dieses „Experiments", hatte sich eine Art Panik in mir aufgebaut, die sich jetzt vertiefte. Ich hatte so viele Fehler, die mir bewusst waren, dass ich mir gar nicht ausmalen mochte, was dann erst in meinem Unterbewusstsein noch so schlummern mochte. Und das soll ich aufschreiben? Liest es dann vielleicht auch noch jemand? Mir wurde klar, dass das nicht die entscheidende Frage sein konnte, und so fing ich tapfer mit dieser Auseinandersetzung an. Kaum hatte ich mich jedoch dazu entschieden, sprach da etwas in mich hinein, was sich ähnlich anfühlte, an„hörte", wie ich es schon gelegentlich in vergleichbaren Situationen erlebt hatte. Es war, als „sagte" da jemand mit sanfter Stimme: „Lass mal. Ich will das jetzt gar nicht hören. Du und ich wir wissen beide über diese Dinge Bescheid. Das soll im Moment nicht unser Thema sein. Ich weiß, was man dir angetan hat. Besser als du selbst. Und daran werde ich zunächst mit dir arbeiten."

Ich war mehr als froh, dass ich allein in dem Raum war, denn es wäre mir sehr peinlich gewesen, wenn in dem Augenblick jemand mich und meine körperliche Reaktion beobachtet hätte. Das war nicht diese „innere Stimme", die wohl jeder kennt. Ich kenne die auch und kann unterscheiden.

„So? Kannst du? Du musst jetzt sehr tapfer sein, kleiner Eugen. Das kann ich so nämlich nicht stehen lassen."

„Was soll das heißen?"

„Diese Stimme, weißt du, das war ich. Ich hab gemerkt, dass du zu feige warst, dich dem zu stellen, was du eigentlich hättest aufschreiben müssen. Darum hab ich dir einfach nur einen Vorwand geliefert, heile aus der Geschichte herauszukommen. Ich kann nämlich auch nett sein. Aber sprich nur weiter. Hört sich alles ganz wundervoll an."

„Es fällt mir schwer, dir das zu glauben. So destruktiv, wie du hier rüberkommst, kann ich mir nicht vorstellen, dass du mich in dieser Frühphase des neuen Weges so ermuntert haben sollst, ihn fortzusetzen; das passt nicht zu deiner extremen Ablehnung dieses Denkens. Wenn du glaubst, mir ständig dazwischenreden zu müssen, dann bleib wenigstens bei der Wahrheit. Aber selbst wenn es stimmen sollte, wären wir dann eben mit deiner unbeabsichtigten Hilfe dort, wo wir nun mal sind. Such dir aus, was dir besser gefällt. Ich fahre fort, wenn du erlaubst."

Man gab jedenfalls später jedem in der Runde die Gelegenheit, in einem seelsorgerischen Gespräch das Niedergeschriebene zu verarbeiten, Vergebung zugesprochen zu bekommen und sein Leben Jesus zu übergeben. Das ging uns beiden allerdings ein wenig zu schnell. Machte aber nichts. Das Gesprächsangebot bestand auch ohne Bedingungen. Angelika und ich nahmen dies gemeinsam wahr und legten hier erstmals unsere Zeugenvergangenheit offen dar. Das tat vielleicht gut! Nein, das tat *richtig* gut! Wir bekamen das Angebot, im Rahmen regelmäßiger Treffen im privaten Rahmen die schwierigen Themen, die uns so sehr im Weg standen, ausführlich zu besprechen.

Aber auch in den restlichen Gesprächsrunden dieses Wochenendes geschah einiges, was wir nicht erwartet hatten. Nachdem wir dort ebenfalls unsere Vergangenheit zaghaft erwähnt hatten, wurden wir mit sehr vielen Fragen konfrontiert. Wir hatten ja keine Ahnung, wie viele Christen an den Glaubensvorstellungen der Zeugen interessiert sind. Wir waren jetzt länger als ein halbes Jahr mit diesen Leuten unterwegs und hatten aus einer völlig falschen Scheu heraus alles, was uns bewegte, für uns behalten. Wir hegten wohl die Befürchtung, dass man uns dann sofort abschreiben würde. Aber wir hatten es hier nicht mit der Art Menschen zu tun, die uns früher die Tür vor der Nase zugeknallt hätten. Wie bemerkten bei allen, mit denen wir sprachen, dass sie die Tätigkeit und den Mut der Zeugen bewunderten und immer versuchten, sie in die Wohnung zu bitten, um von ihnen etwas über ihre Motive zu erfahren und über den Christus und seine Art der Rettung mit ihnen zu reden. Es waren die Zeugen, die in so einem Fall auf weitere Besuche verzichtet hatten.

„Stimmt doch gar nicht!"

„Sagst du! Ich hatte genau solche Dinge erlebt; also hör einfach weg. Wenn ich bitte meine Ausführungen fortsetzen dürfte?!"

Wir hatten damals im Rahmen unserer wöchentlichen Schulungen vom „Sklaven", der nur auf unser geistiges Wohl bedacht war, die

Anweisung bekommen, uns nicht auf das Gedankengut von selbstherrlichen „Scheinchristen" einzulassen. Auch keinen Lesestoff entgegenzunehmen, der ihren Standpunkt erläuterte. Wir hatten doch die Wahrheit. Und die war zu verkündigen. Wie unglaubwürdig wir doch wären, wenn wir signalisierten, dass wir die verdrehten Ansichten Groß-Babylons auch nur eines Blickes würdigten.

Nach einem Gespräch an einer Haustür, welches mein Begleiter, ein Ältester, unter Zuhilfenahme verurteilender Aussagen, verstärkt durch allwissend hochgezogene Augenbrauen, extrem verkürzte, hatte ich vorsichtig einen Einwand platziert. Obwohl schon so lange in der Wahrheit, besaß ich die Unverfrorenheit, zu fragen, ob wir nicht viel besser auf die Menschen eingehen und Gespräche führen könnten, wenn wir ihnen zeigten, dass wir ihre Einstellung ernst nähmen. Seine liebevolle, freundlich-bestimmte Rüge verschloss mir für den Moment zwar den durch Demut gezügelten Mund; innerlich hielt ich ihm aber schweigend entgegen, dass die von uns Heimgesuchten dann aber das gleiche Recht hätten, uns nicht zuzuhören. Nun: er konnte diesen Einwand nicht hören, denn Gedankenlesen gehört nicht zu den Qualifikationen, deren er sich hätte rühmen können. Der betreffende Wohnungsinhaber schien mir sehr offen zu sein. Er dachte nur anders. „Du willst doch nicht deinen Glauben schwächen lassen von Menschen, die einer Ohrenkitzlerreligion folgen!?", fragte mich der reife Älteste (derselbe übrigens, der später, achtzehn Jahre später, zeugend meiner Wiedereinstellungssitzung beisaß). Damals war die Gehorsamsphase allerdings bei mir schon Vergangenheit. Ich behielt meinen Ärger für mich, holte mir nach dem Dienst eine Schachtel Zigaretten, genoss das Böse-Sein, ging nach Hause, goss mir einen Whisky ein, legte „Wings over America" auf und freute mich über Paules (des Ex-Beatles; nicht etwa Paul*us*, jener vorbildliche Evangelist der frühchristlichen Zeit, dem diese Art leidenschaftlichen Musizierens sicher noch nicht so vertraut war. Obwohl er allerdings allem Anschein nach die interessante Erfahrung einer Entrückung in unbekannte Dimensionen machen durfte.) originelles lusterregendes Gekreische bei „HiHiHi". Rock'n'roll kann so gut tun, wenn man scheiße drauf ist. Nicht allzu viele Wochen später war ich ja dann auch schon kein Zeuge mehr.
Pech!
Will damit sagen, unsere babylonischen Freunde erinnerten sich richtig. Wir hatten Menschen gepredigt, die im Allgemeinen nichts von Jesus wussten. Wer jedoch die Bibel kannte und gebrauchte, uns aber nicht zuhören, sondern vielmehr nun seinerseits predigen wollte, war aus unserer Sicht in seiner Selbstgefälligkeit gefangen und stellte

für unseren Glauben womöglich eine Gefahr dar. Keine Einwände, Maulwürfelein?

„*Nein!*"

Donnerwetter! – Es ergaben sich nun in der Runde einige sehr interessante Gespräche darüber, und zu der Zeit regte sich zum ersten Mal eine ganz verschwommene Vorstellung davon, wie wir unsere Erfahrungen vielleicht zum Nutzen Anderer einsetzen könnten.

Wir verließen das Seminar mit einem Gefühlsmix, den wir danach noch häufig erleben sollten. Diese Tage waren für uns ein wenig wie Leben in einer anderen Welt und der Gegensatz zum folgenden Alltag, besonders natürlich dem beruflichen, erforderte einiges an Gedanken- und Gebets„arbeit", um sich ihm zu stellen. Auch daraus lernt man natürlich, denn Gott will bekanntlich das Licht, das er großzügig spendet, verschwenderisch in die Dunkelheit hineinleuchten lassen. Obwohl man also dieses Erleben von Gemeinschaft gerne festhalten und am liebsten mit einer Art Ausschließlichkeit genießen möchte, ist da auch ein Gefühl der Zuversicht, alles besser bewältigen zu können, was der folgende Montag und auch die weiteren Arbeitstage an Grauen so bringen mochten; also eine wirkliche Kraftquelle, so eine Tagung. Und sehr zukunftsweisend, weil man das so bald wie möglich wieder erleben möchte.

Unser Gärtner hatte wieder mal unbemerkt Hand angelegt. Während wir unsere Gedanken mit ihm beschäftigt hielten und damit, was er wohl für einer ist und was er von uns will, hat er schon wieder heimlich ein Pflänzchen gesetzt, das unsere geistige Umwelt nachhaltig verschönert.

Wir nahmen in der Folge das Angebot sehr dankbar an, uns im Rahmen regelmäßiger biblischer Gesprächsabende unseren Problemen mit sachkundiger Hilfe zu nähern. Was vorher als Krampf in uns wirkte, weil es im dunklen, eingesperrten, weil unausgesprochenen Zustand keinen Bewegungsspielraum hatte, konnte nun bei Tageslicht frei von verschiedenen Seiten beleuchtet und betrachtet werden. Wir waren fünf Personen und natürlich der, der von uns jedesmal um seine helfende Teilnahme gebeten wurde.
Der Begriff Seelsorge war uns in seiner Bedeutung noch nie so verständlich geworden wie im persönlichen Erleben in Verbindung mit diesen Gesprächen. Was uns wirklich weiterhalf, war gar nicht in erster Linie die intellektuelle Auseinandersetzung mit einzelnen tief verwurzelten Lehren, die unsere Entwicklung bremsten. Es war das Bewusstsein, verstanden zu werden und zu erkennen, welchem

Missbrauch man sich viele Jahre lang ausgesetzt hatte. Besonders natürlich Angelika unfreiwillig in ihrer Kindheit und Jugendzeit. Hat man dieses Monster (den Missbrauch, nicht Angelika) erst mal betrachtet, ist man ihm nicht mehr ausgeliefert, selbst wenn es weiterhin mit mal mehr mal weniger Erfolg versucht, Einfluss auf unser Fühlen, Denken und Handeln zu nehmen. Wir wissen, dass es da ist; aber auch, dass uns jemand bei der Hand hält und in die Selbstständigkeit führt. Wenn wir in seiner unmittelbaren Nähe bleiben, arbeitet sein Geist an uns. Meistens merken wir erst im Rückblick, was er gerade wieder mit uns angestellt hat und können einfach nur staunen.

Und der Dienst für Gott?

Seit wir nun auf neuen Wegen mehr oder weniger vorwärtsgehen, begleitet uns eine Frage, die sich ebenfalls aus dem Vergleich mit früher ergibt: was ist denn aber nun mit dem Dienst für Gott?

„Das hätte ich jetzt auch gefragt. Wie schön, dass du selbst darauf kommst…".

Damals ausschließlich eifrige hausiererisch-missionarische Tätigkeit mit dem Ziel, bei interessierten Personen kostenlose Heimbibelstudien durchzuführen. Das Predigen von Wohnung zu Wohnung, eigentlich von Mensch zu Mensch, hatte eng mit der Erwartung zusammengehangen, dass er „nahe vor der Tür steht", in seiner für unvorbereitete Bösewichter unangenehmen Rolle als richtender Vernichter, und war deswegen mit einem Gefühl der Dringlichkeit verbunden gewesen. Aber auch mit der Vorstellung, nur die leitenden Köpfe der Wachtturm-Gesellschaft seien in unserer Zeit die Werkzeuge, deren sich Christus bedient, um seine rettende Wahrheit zu verbreiten. Man spricht großzügig aufwertend von einem Bibelstudium in den eigenen vier Wänden und meint damit ein Schulungsprogramm, das den Wohnungsinhaber unmerklich in ein Flechtwerk von gemeinschaftlichem Lernen und Wachsen einbindet, wo er sich als Teil von etwas viel Größerem fühlen kann. Die bevorstehende Rettung bleibt aber mit einem Fragezeichen verbunden, das – nicht nur, aber doch besonders – an die Qualität des Dienstes und die Treue zur allein wahren Organisation Gottes gebunden zu sein scheint.

„Wäre gern mal dabei, wenn du diese Aussage mit einem deiner Ex-Geschwister ausdiskutieren könntest. Ob die dem wohl zustimmen würden? Hättest du es getan, wenn du damals so eine Äußerung gehört hättest?"

„Sicher nicht. Aber das besagt nichts. Ich kenne die Gründe sowohl für mein jetziges als auch für mein damaliges Denken. Darum könnte ich sie als eventuelle Gesprächspartner in dieser Frage wahrscheinlich ernster nehmen als sie mich. Und was den Zusatz ‚Ex' betrifft, muss ich auch mal was zu bedenken geben: Jesus hat gesagt ‚wer den Willen meines Vaters tut, ist mir Bruder und Schwester.' Nun gibt es in mancherlei Hinsicht zwar unterschiedliche Vorstellungen darüber, was sein Wille in manchen Einzelbereichen ist, aber ich berücksichtige jetzt mal nur die Beweggründe und seinen Wunsch, dass alle Menschen den Weg zu ihm finden. Dann muss ich feststellen, dass am Anfang des Tuns das Wollen steht; darauf folgt das Forschen nach diesem Willen. In diesem Sinne hoffe ich, dass ich von Christus als Bruder angesehen werde, auch wenn ich kaum etwas weiß und in vielen Fragen sicher ein falsches oder unvollständiges Verständnis habe. Wir hören also nie auf, ihn ‚tastend zu erfühlen', was *auch* seinem Willen entspricht. Aber genauso sehe ich auch sie als seine Brüder und Schwestern, weil sie ihren Dienst nach bestem Wissen und Gewissen durchführen. Und zwar mit einem fast beispiellosen Eifer. Auch wenn *sie* Leute wie meine Frau und mich ihrer Lehre gemäß als „Abtrünnige" meiden müssen, können *wir* sie wegen ihres Glaubens an Jesus trotz ihres anderen Verständnisses als geistige Geschwister ansehen. Ihr offizielles Verhalten uns gegenüber entspricht ihrem ernsthaften Verständnis der Bibel. Außerdem gibt es noch das inoffizielle solche, auf dessen Grundlage uns manch einer offen bis liebevoll begegnet."

„*Hätte bei all deiner Ironie nicht gedacht, dass du das so siehst. Dann muss ich dich aber fragen, ob denn die Schriftgelehrten seiner Zeit nicht auch nach bestem Wissen und Gewissen gehandelt haben, weil sie meinten, ihr Umgang mit dem Gesetz entspräche dem Willen Gottes. Hätte Jesus sie nach deiner ich nenn es mal These dann nicht auch als Geschwister ansehen müssen, anstatt sie als ‚Schlangen und Otternbrut' zu bezeichnen?"*

„Ich wusste es doch: sobald ich meine Position nur ein bisschen verändere, wechselst du deine auch. Was soll das? Tanzen wir hier Ringelrein?"

„*Als du mich noch nicht registriert hattest, dachtest du, der nicht enden wollende Dialog in dir wäre ein Indiz für deine offene Geisteshaltung. Manchmal hast du auch gedacht, Gott will sich dir mitteilen; wer weiß; auch so teilt er sich gelegentlich mit. Muss man halt lernen zu unterscheiden. Jetzt befürchtest du, du seiest schizophren; bin ich aber nicht. Frag einfach nicht so viel, sondern lass es fließen. Was wir gerade tun, erinnert mich übrigens an das, was du in deiner Schulzeit im Deutschunterricht immer mit einem ‚mangelhaft' versehen zurückbekamst. Es hieß damals dialektischer Besinnungsaufsatz; Deine etwas klügeren Kinder quälten sich unter der Bezeichnung ‚Erörterung' damit herum, aber erfolgreicher als du. Du hast halt noch einen großen Nachholbedarf, so wie du ständig zwischen These und Antithese pendelst. Über diese Phase bist du bei deinen Schulaufsätzen auch nie wirklich hinausgekommen."*

„Du lenkst mich mit deinen ständigen Einwänden aber völlig von meinen Zielen ab. Ein Satz von dir und ich vergesse fast, worauf ich hinauswollte. Es ging mir gerade um den Dienst für Gott, und ich habe darüber nachgedacht, wie unser jetziges Denken und Erleben unsere Richtung beeinflusst. Hätte ich keine Vergangenheit, möchte fast sagen, ‚gäbe es dich nicht', würde ich einen Schritt nach dem anderen vorwärts gehen; oder rück- oder seitwärts; weiß nicht. Aber du sagst mir nach jeder Bewegung ‚halt! Falsch!'. Ich hab die ganze Zeit nur in den Raum hinein erzählt, mich gut dabei gefühlt und stecke jetzt ganz plötzlich in einer Diskussion fest; und ich weiß noch nicht mal genau mit wem."

„Falsch, mein Freund. Die Diskussion hast du schon lange in dir. Seit du deinen Rückkehrversuch abgebrochen und eine neue Richtung eingeschlagen hast. Du erzählst flockig-sarkastisch von deiner Vergangenheit und erweckst so den Eindruck einer heiteren Distanz. Dann schwenkst du um und schwärmst in so blumigen Worten von der neuen Freiheit, dass ich beim Zuhören feuchte Ohren und glasige Augen bekomme. Wir beide haben früher mal sehr harmonisch zusammengearbeitet, als seien wir ein und dieselbe Person, hihi. Du hattest gesucht, gefunden, gelernt, bist gewachsen und hast gedient. Klares Ziel, starke Motivation. Kein untätiges Warten, sondern ganzherziges Bemühen ‚Seine Habe zu vermehren'. Du redest von mir, als sei da einer in dir, der dich auf deinem neuen Weg ausbremsen will, der mit dir aber eigentlich gar nichts zu tun hat. Ich sag dir mal was: du bist derjenige der mich aufhält. Dein Glaube und dein forschendes Lesen ist nichts, was du dir als eine Art von Verdienst anrechnen kannst. Du tust doch einfach nur, was dir Freude macht. Du bist ein Stubenhocker, du hast schon immer gern gelesen und geträumt und bist der Konfrontation mit dem Leben, mit richtigen Menschen gar, so oft es ging ausgewichen. Habt ihr nicht inzwischen auch wieder aufgehört, eure ach so tollen Gottesdienste zu besuchen? Geht ihr noch gerne zum Hauskreis? Wisst ihr inzwischen überhaupt, was ihr da wollt? Gerätst du nicht jedes Mal innerlich in einen Zustand der Rotation, wenn du deine gelegentlichen Blicke in den Wachtturm etwas ausschweifender betreibst? Und deine Gefühle, wenn ihr Angelikas Mutter besucht oder die Familie deines Sohnes; ich merk doch, was in dir abgeht. Euer neuer Weg hat uns beide voneinander getrennt. Aber so kommt keiner von uns weiter. Ich will da nicht hin, wo ihr langgeht. Ich kenne meine Wurzeln und stehe dazu. Die Welt, nach der du dich ausstreckst, ist mir fremd und unheimlich. Das ist doch nicht das, was wir gelernt haben. Ich bin in Gedanken unter unseren alten Brüdern und Schwestern und wir warten auf dich und deine Frau. Kommt zurück, ergreift wieder die konkrete Hoffnung. Hier sind die Menschen, die euch wirklich lieben, und ihr liebt sie doch auch."

„Stopp! Pack mich nicht bei meinen Gefühlen. Du hast überhaupt nichts verstanden von all dem, was ich hier erzählt habe. Und ich werde jetzt nicht wieder von vorn anfangen. Wenn du dich noch mit deinen Wurzeln identifizierst, die ja auch meine sind, bist du heute vielleicht ein Bäumchen oder Sträuchlein, das innerhalb eines formenden Gitters aufgewachsen ist. Eins von diesen Dingern, die gerne am Straßenrand gepflanzt und hübsch artig zurechtgestutzt werden. Bin ich dann der abgefallene Sämling, der losgelöst irgendwohin geflogen ist und jetzt in der Fremde frei und unbeobachtet aufwächst, oder etwa ein Zweiglein, das noch am Stamm hängt, aber keck seine Triebe durch das Gitter steckt? Weit kann ich eigentlich nicht weg sein von dir, wenn wir uns noch verständigen können. Aber das ist mir alles zu bildhaft. Wie es scheint, will keiner von uns da sein, wo sich der Andere niedergelassen hat. So wie wir früher zueinander standen, ist das ein ziemliches Problem. Hättest du dich nicht nach und nach in meine Gedanken eingemischt, wüsste ich gar nicht mehr, dass es dich gibt. Ich weiß doch, was ich will. Habe gebetet, gelesen, Erfahrungen gesammelt, die oft mit den Gebeten korrespondierten, Leute kennen gelernt, die völlig andere Lebensvorstellungen haben als wir, aber trotzdem auf dasselbe Ziel hin leben: das Leben nämlich. Und wir stimmen darin überein, wo es zu finden ist. Wir haben aber keine Organisation, die uns das regelmäßig vor Augen führen muss. Der, der uns zieht, ist größer, stärker; und so ansprechbar, dass er keinen Untervermittler benötigt. Er hat in uns schon eine Vorstellung entstehen lassen, wie individueller Dienst aussehen kann; bzw. bei uns aussehen wird. Das ist das, worauf ich hinauswollte. Es ist nämlich schon sehr konkret. Du hast nur sehr geschickt eine Gelegenheit ergriffen, einzuhaken, um mich wieder durcheinander zu bringen. Der Leib Christi – du weißt wovon ich rede – ist ein Körper. Du weißt, was ein Körper ist, nicht wahr? Da gibt es Beine, Arme, Köpfe, zumindest einen, Haare, falls er nicht so aussieht wie ich, Augen, falls er nicht so blind ist wie du, ein Herz, falls er nicht an Gesetze und Regeln gebunden ist, Hände, um Unbekanntes tastend zu erfühlen, und wenn er Glück hat, sogar ein Gehirn, um eigene Schlussfolgerungen zu ziehen. Entschuldige, wenn das jetzt hart klingt, aber der Leib, dem *du* dich zugehörig fühlst, kommt mir wie ein körperlich Beeinträchtigter vor; mit einem Kopf und unglaublich vielen Füßen - und Händen, um die Aktentaschen zu tragen. Und einen duldsamen Hals, für die Krawatten.

Ich würde mit den Leuten, bei denen du hängen geblieben bist, gerne reden; gerne zeigen, dass ich mich nicht als ihren Feind betrachte und sie auch nicht als meine. Ich würde ihnen sehr gerne zeigen, wo ich Denkfehler sehe. Bin dabei auch gerne bereit, mir irgendwelche Irrtümer nachweisen zu lassen. Das ist nämlich gar nicht so entscheidend. Sie räumen doch *auch* ein, in der Vergangenheit manch einem falschen Verständnis gefolgt zu sein, ohne dass das ihren Wahrheitsanspruch gestört hätte. Dann sollten sie doch das Recht auf Irrtum auch anderen einräumen können, ohne ihnen Unredlichkeit zu unterstellen."

„Das kannst du überhaupt nicht vergleichen. Es wird immer wieder so getan, als würden wir nur umherziehen und allen Kirchenchristen Gottes Urteilsspruch

persönlich unter die Nase reiben, mit einer gewissen überheblichen Häme; so eine Art ‚Ätsch! Wir sind die Guten und ihr kriegt bald euer Fett weg; und wir meinen damit keine Schlankheitskur.' So als würden wir eine unsichtbare Trennungslinie zwischen uns und den anderen Menschen ziehen, die niemand überschreiten kann.

Sieh es mal so: unsere Organisation war am Anfang ihres Bestehens in den gleichen Irrtümern verstrickt wie alle anderen Gläubigen auch. Man hat aber mehr Wert auf fortschreitende Erkenntnis durch zielgerichtetes Bibelstudium gelegt als auf erstarrte Traditionen. Und wenn man etwas als falsch erkannt hat, wurden die entsprechenden Änderungen vorgenommen. Und natürlich wurde das auch Teil der Verkündigung. Jeder hätte es nachprüfen und sich danach richten oder zumindest darüber nachdenken können. Stattdessen fühlte man sich angegriffen und jagte die Zeugen aus dem Dorf, dem Ort, der Straße, der Siedlung oder dem Haus. Wer nicht mal bereit ist, sich Argumente anzuhören..."

Ich spüre plötzlich eine heftige Erregung in mir wachsen und gleichzeitig eine seltsame Veränderung in der gegenwärtigen Situation. Während er sich zunehmend in meinen Erzählfluss eingemischt hat, schien sich dieser Dialog allmählich in die Vergangenheit zu verschieben und ein Teil der Geschichte zu werden, die ich dir hier gerade erzähle; nur dass ich ihn zeitlich nicht einordnen kann. Es verwirrt mich, dass ein eben noch sehr lebendig geführtes Gespräch mitten im Verlauf unterbrochen wird und nun mein Erinnerungsvermögen in Anspruch nimmt. Das macht keinen Sinn. Ich werde immer aggressiver und kann nicht unterscheiden, ob das an der Hilflosigkeit liegt, auf ein Gespräch, das nun schon längst stattgefunden zu haben scheint, keinen Einfluss mehr zu haben, oder ob es sich mir wegen meiner aufkeimenden Wut selbsttätig entzogen hat. Ich kann jedenfalls nicht mehr argumentieren, sondern mich nur noch an einen verbalen Kampf *erinnern* und daran, dass meine Erregung sich auf einen Punkt hinbewegte, an dem sie nicht mehr zu bändigen sein würde. Ich konnte einfach nicht mehr ertragen, was aus anfänglich leichthin eingestreuten Zwischenbemerkungen geworden war.

„Gut, dass du das erwähnst", antwortete ich ihm verärgert. „Andere sollen also eure Argumente abwägen und entsprechend handeln; Aber ihr lehnt es ab, anzuerkennen, dass diese Anderen auch Gründe für ihre Einstellung haben, und die Argumente wollt ihr nicht hören."

„Aber natürlich. Was denkst du denn, weshalb wir unsere Hausbesuche durchführen? Selbstverständlich suchen wir das Gespräch. Wir erwarten doch nicht, dass man uns etwas einfach nur glaubt, weil wir es sagen."

Jetzt war ich richtig geladen. „Wenn du bei allem, was ich hier erzählt habe, dabei warst, kannst du doch nicht mehr so einen Unsinn reden!" Ich hörte selbst, dass ich immer lauter wurde. „Was ist denn mit ‚wir nehmen keine Literatur von Scheinchristen an'? Und was ist denn mit denen, die ihr als Abtrünnige bezeichnet, die aber vielleicht nur das Gleiche getan haben wie eure Vorgänger: weiter studiert, tiefer nachgedacht, zu anderen Schlussfolgerungen gelangt, aber trotzdem voller Glauben an Jesus und gewillt ihm nachzufolgen gemäß ihrem besten Wissen und Gewissen? Die werden doch heftig stigmatisiert von eurer Leitung. Literatur von Abtrünnigen sollte gemieden werden wie die Pest. Ist es für euch überhaupt nicht vorstellbar, dass andere Schlussfolgerungen genau so ehrlich gezogen werden? Wieso lehnt man es denn ab, mit Umkehrwilligen zu studieren, um ihren Ansichten oder Fragen auf den Grund zu gehen. Warum erwartet man von ihnen, demütig im Saal Platz zu nehmen, auf Erkenntnis zu warten und bis dahin zu akzeptieren, dass niemand mit ihnen spricht?"

„Reife Älteste reden ja mit ihnen. Aber unter all den anderen Leuten in der Versammlung könnten doch Menschen sein, die im Glauben schwach und leicht zu beeinflussen sind. Die muss man doch schützen vor den listigen Anschlägen des Teufels."

Jetzt war es so weit. Ich brüllte mit Donnerstimme unflätige Worte, die er mit einem gnädigen Lächeln honorierte, was mich endgültig überschnappen ließ. Ich empfahl ihm lauthals und hysterisch-schrill, sich zu eben Genanntem zu scheren und wir seien endgültig geschiedene Leute.

Die Stille, die darauf folgte, lässt keine Beschreibung zu, weil es keine Worte für diese tonlose Kälte gibt.
Ich lauschte in sie hinein.
Angestrengt und lange.
Rief zögernd nach ihm.
Nichts.
„Maulwurf! Es war doch nicht so gemeint! – Maulwürfelein!"
Noch mehr Stille. Noch mehr Kälte.
Leichtes Angstgefühl. Keine Ahnung warum.
Herzklopfen; Ohrensausen; Schwindelgefühl.
Panische Verlustängste. Absolut keine Ahnung warum.
Ich hatte schon während der Eskalation das Gefühl, die Kluft zwischen uns würde immer größer, unüberbrückbar letztendlich. Der gesamte Ablauf war mir unverständlich. Und jetzt wusste ich: ich hab ihn endgültig vertrieben.

Und eigentlich endet hier meine Geschichte. Danke, lieber Sven-Thore, du Guter und Geduldiger, dass du mir zugehört hast, ohne mich zu unterbrechen. Dadurch ist alles noch mal sehr lebendig für mich geworden. Ob es mir genützt hat, weiß ich nicht.

Wieder im Nebel

Was für ein Bruch. Alles war bis hierher wie ein Film in meinem Kopf abgelaufen. Ist mir nahe gegangen, als hätte ich es selbst erlebt.

Hatte zwischenzeitlich völlig vergessen, wo ich war; dass mir hier ein Eugen seine Geschichte, die ihm sehr wichtig sein muss, und den heftigen inneren Dialog, der ihn offensichtlich sehr quälte, unterbreitet hat. Warum hätte er sonst hier im Nebel auf mich gewartet. Warten *sollen*, wie er mir ja anfangs versichert hatte. Aber ganz fertig ist er wohl doch noch nicht mit seinen Ausführungen. Er seufzt, holt etwas zu tief Luft und fährt – diesmal ohne Kopffilm für mich – fort:

„Ich harrte trotzdem noch aus, aber er schien wirklich unwiederbringlich verschwunden zu sein. Ich wusste, dass ich ihn und seinen Forscherdrang auf meinem Weg brauche, er hatte übrigens von sich und mir das Gleiche behauptet, aber keiner konnte sich uneingeschränkt auf die Gedanken des anderen einlassen.
Weg! Wirklich weg!
Während in mir die Erkenntnis reifte, dass meine Suche damit als erfolglos abgeschlossen angesehen werden muss, ergriff mich eine richtige Panik, mir wurde schwindelig und dann war auf einmal nichts mehr. Ich hatte plötzlich das Gefühl, mich in nichts oder im Nichts, das ist verständlicher, zu befinden. Anders kann ich es nicht ausdrücken. Ohnmachtsanfälle bringe ich normalerweise mit Dunkelheit in Verbindung, aber hier war nur unangenehme Helligkeit, ein strahlendes Weiß, das jeder guten Hausfrau die Tränen der Ergriffenheit in die Augen getrieben hätte.
Auch ich hatte Wasser im Auge, die Panik war noch da, denn ich schien nur zur Hälfte zu existieren. Nicht die linke ohne die rechte oder oben ohne unten. Mehr innerlich, als Person. Und es schien keine Richtung zu geben. Wie Weltall in weiß; ohne Sterne und all das andere Zeug."

Jetzt ist es an mir, Panik zu fühlen. Genau diese Empfindungen hatte ich doch auch gehabt, als dies alles anfing. Er muss die Veränderung in mir gespürt haben, denn er schweigt unvermittelt. Auch wenn ich ihn immer noch nicht sehen kann: ich habe das Gefühl angestarrt zu werden. Intensiv und nachdenklich; fragend.

Und seltsam - irgendetwas verändert sich. Fühlt sich an wie eine kaum spürbare zarte Brise. Der Nebel scheint in Bewegung zu geraten und einer aufkommenden Wärme zu weichen, die mich trotzdem frösteln lässt. Eine Gestalt neben mir ist in Umrissen mehr zu erahnen als zu sehen. Das diffuse Hintergrundleuchten, das mich schon am

Anfang angezogen hatte, als ich durch die Tür getreten war, wird intensiver, und seine Zugkraft nimmt merklich zu. Ich spüre deutlich: ich werde nicht mehr lange hier verweilen können. Der Schatten neben mir scheint eine ähnliche Veränderung zu erleben. Während es um uns herum immer klarer wird, erzählt er weiter. Und jetzt wird es wirklich komisch, nur ohne Lachen.

„Unruhe", sagt er. „Da war eine unglaubliche Unruhe in mir. Ganz starker Drang nach irgendwas.
Raus?
Aber wohin; ich wusste doch noch nicht mal, wo ich mich hier befand und warum.
Augen aufmachen schien eine gute Idee zu sein, aber ich traute mich nicht. Warum eigentlich?
Es war so angenehm dunkel und dieses Streitgespräch mit meinem Maulwurf hatte mich in eine so große Hoffnungslosigkeit gestürzt, dass ich fast froh war, nichts sehen zu können; als hätte ich jetzt die Möglichkeit, mir eine neue Realität zu schaffen. Ich konnte mir in meinem Geist alle Bilder malen, die ich wollte.
Es kam aber nichts Schönes dabei heraus, so sehr ich mich auch bemühte. Dann Augen auf und nur noch diese besagte unangenehme Helligkeit."

Meine Fassungslosigkeit wird immer fassungsloser. Mein Kopf summt wie ein russischer Männerchor, der dabei ist, sich vor seinem musikalischen Vortrag auf die selbe Tonart einzustimmen. Kleine lustige Pünktchen, einige schwarz, einige leuchtend, tanzen heiter beschwingt vor meinen Augen herum. Das Summen schwillt zu einem bedrohlichen Brummen an, während er weiter erzählt; was genau genommen völlig unnötig ist, denn ich weiß natürlich schon, was kommt:

Die Pseudowand, die vielen Türen, das Schweben nach oben, der Blick auf den leuchtenden Nebel, alles genau, wie ich es erlebt hatte.

Ich frage ihn, was ihn veranlasst hatte, meinen Namen zu rufen, und woher er ihn überhaupt kannte.

Er antwortet nicht, sondern blickt mich nur an. Wieso kann ich das sehen? Ich nehme ihn nicht mehr nur als Schemen wahr, sondern sehe ihn deutlich vor mir. Ich habe gar nicht mitbekommen, dass um uns herum inzwischen alles klar geworden ist, weil ich einfach zu sehr gebannt war von seiner Darstellung meines eigenen Erlebnisses; seines natürlich, aber eben genauso wie meines. Was ist hier los? Und warum kommt er mir so bekannt vor?

Er sieht mir immer noch unverwandt in die Augen. Als ob er dabei ist, in mich einzudringen. Sein Blick nimmt meinen in einen festen Griff; ich kann mich nicht mehr entziehen. Will es auf einmal gar nicht mehr. Ich tauche ebenfalls in ihn ein und beginne, Anteil an seinen Erinnerungen zu nehmen; Was ich vorher von ihm gehört habe, wird wie zu etwas selbst Erlebtem. Wieso weiß er, was *vor* dem weißen Nichts geschah, und ich sehe, höre und erinnere *nur* nichts?

Wirklich nichts? Geräusche formen sich in meinem Kopf zu leisen Stimmen; undeutlich und wie mit einem starken Hall versehen.
Kann ich etwas verstehen?
Höre vorwurfsvolle Stimmen miteinander streiten. In der einen, und das sollte mich verblüffen, glaube ich meine zu erkennen. Verbaler Schlagabtausch, sehr unfreundlich.
Die andere sagt etwa: „Hättest du dich nicht nach und nach in meine Gedanken eingemischt, wüsste ich gar nicht mehr, dass es dich gibt. Ich weiß doch was ich will..."

Woher kenne ich den Satz?
Dann: „Du redest von mir, als sei da einer in dir, der dich auf deinem neuen Weg ausbremsen will, der mit dir aber eigentlich gar nichts zu tun hat. Ich sag dir mal was: *du* bist derjenige, der *mich* aufhält."

Na klar, das war doch die Stimme, mit der mein kleiner Eugen hier gestritten hat in seiner Erzählung. Aber mir kommt es immer noch so vor, als hörte ich meine eigene Stimme in mir widerhallen.
Eugen starrt immer noch. Will der mich hypnotisieren? Sein forschender Blick erweitert sich um eine fordernde Komponente, die mir gar nicht gefällt.

Aus den Augenwinkeln sehe ich, wie sich im Hintergrund das Licht zu verändern scheint. Es nimmt die Form einer menschlichen Gestalt an. Muss an meiner seltsamen Fantasie liegen: sie erinnert mich an die Jesusdarstellungen, die ich aus unseren (unseren?) Zeitschriften kenne. Eugen registriert die Änderung meiner Blickrichtung und folgt ihr. Sollte mein Gesichtsausdruck seinem ähneln, weiß ich jetzt, dass ich ziemlich dämlich dreinblicke. Für die emotionale Vervollständigung der Szene müsste jetzt ein wohlgesetzter Frauenchor mit Orgelunterstützung die Atmosphäre um uns herum in fromme Schwingungen versetzen. Und die Gestalt dort hinten sollte über den Beistand eines Event-Coaches nachdenken. Ich fände es passend, er würde, wie man es von bunten Kirchenfenstern kennt, vielleicht noch von einem Heiligenschein umhüllt, mit einem goldenen Kreuz über seinem Haupt, etwa in Mannshöhe über dem Boden schweben. Tut er nicht. Hat wohl noch keine Showerfahrungen sammeln können und weder mit intelligenter

Imagepflege noch mit den emotionspushenden visuellen Auswürfen kreativer Bühnengestalter scheint er besonders vertraut zu sein. Steht einfach nur da, sieht ganz normal aus und uns an. So ein weißer Ganzkörperüberwurf mit bunter Hüftschärpe, wie man ihn ähnlich noch aus der Flower-Power-Zeit von den besonders Ausgeflippten kennt, ist heute wirklich nicht mehr so außergewöhnlich werbewirksam.

Die ganze Szenerie wirkt trotz ihres fantastischen Aspekts doch relativ real. Wir scheinen uns in einer Art Weizenfeld zu befinden. Es erstreckt sich bis zum Horizont, und auch seitlich ist kein Ende zu erkennen. Wohin ich auch blicke das gleiche Bild. Keine Spur von einer Wand. So lange war ich doch gar nicht gelaufen, nachdem ich die Tür passiert hatte. Aber eine Zick-zack-Spur an deren Ende wir sitzen. Eine, nicht etwa zwei. Befremdlicherweise sehen wir sie, obwohl wir am Boden hocken. Die Ähren kitzeln in meiner Nase; endlich mal was Lustiges. Wir stehen auf, grinsen uns ratlos an und schauen uns weiter um. Das Bild um uns herum ist nicht statisch; alles scheint sich ständig unmerklich zu verändern, kontinuierlich und immer wieder neu, und nicht annähernd (be)greifbar. An der Stelle, wo wir bis eben saßen, steht ein kleines Kästchen inmitten der Gräser mit einer Gittertür - eine Art Zelle. Aber nicht mal halb so groß wie wir.

„Sag mal, haben wir beide in diesem kleinen Verschlag gesessen während unserer…hm…Vergangenheitsbewältigung?", fragt mich Eugen. Unmöglich! Wir bücken uns, um hineinzuschauen. Ganz hübsch dort, wenn man mal von der unvorstellbaren Enge absieht. Tapeten – kleinkariert wie unser engstirniger Dialog über ebensolche Fragen – mit visionären Bildern behangen, die keine Unterscheidung zuließen, ob sie Fantasien oder reale Szenen darstellten. Wir richten uns wieder auf, sehen uns an und fragen uns, ob das nun der Ort ist, an dem unsere Betonköpfe aneinandergeknallt und explodiert sind, oder ob das schon vorher an anderer Stelle geschehen war und wir nur unabhängig voneinander zu unserer gegenseitigen „Selbstfindung" hierher geführt wurden. Vielleicht ist uns im Verlauf des Gesprächs erst die Beschränktheit der Thematik bewusst geworden, die uns doch wichtig genug gewesen sein muss, um einen Bruch zu rechtfertigen.

„Hol mal tief Luft, atme richtig durch und freu dich an der Weite um uns herum", versucht Eugen die Beklemmung zu durchbrechen, die uns noch im Griff hat. „Was mich betrifft, ich möchte da nicht mal mehr hinsehen", und als wolle er seinen Worten dadurch mehr

Wirkung verleihen, dreht er sich um und blickt nach oben in den blauen frischen Himmel.

Noch während er das ausspricht, kann ich zusehen, wie die Wände unserer Minizelle durchscheinend werden und verblassen, bis das ganze Kästchen verschwunden ist. Sollte es wirklich so einfach sein, Vergangenes hinter sich zu lassen?

„Aber das waren doch teilweise noch völlig ungeklärte Gedanken, über die wir uns so ereifert haben. Ist es wirklich die beste aller vorstellbaren Ideen, das alles einfach zu ignorieren?"

Ohne darauf einzugehen, sagt er: „Schau mal nach vorn. Fällt dir dasselbe auf wie mir?"

Ich gehorche und ich kann nicht wirklich beschreiben, welches Bild sich mir bietet. Immer noch alles im Wandel. Kein Nebel mehr, aber was man sieht, schien trotzdem in Bewegung zu sein, wie man es von Nebelschwaden kennt, aber nicht von fester Materie. Als würde man mit Hilfe eines Projektors zwei verschiedene Bilder auf einer Leinwand überlagern, die sich wie Wellen eines Gewässers zu bewegen scheint, und wechselweise die Schärfeeinstellung verändern. Da ist immer noch das Kornfeld, wir sehen aber gleichzeitig eine unüberschaubare bunte Menschenmenge; mal das eine, mal das andere deutlicher zu erkennen. Man scheint uns aber nicht wahrzunehmen. Vielleicht sieht man uns ja von der anderen Seite genauso unklar.

Die Veränderung geht weiter: wir scheinen nicht mehr wie vor einem Bild, sondern mitten in der Szene, der Menge, dem Feld, zu stehen.

„Ja, fantastisch; aber lenk nicht ab. Ich weiß nicht, ob ich einfach aufhören kann mit diesen Rückblicken. Ich empfinde, kleinkariert oder nicht, dass es da wirklich noch vieles zu bewältigen gibt". Ich muss ihm das einfach sagen und dabei hoffen, dass jetzt die Diskussion nicht wieder von vorn anfängt.

„Man kann Fragen aber nicht nur im Rückblick klären. Das geht auch vorausschauend".

„Wie meinst du das, du Rätselhafter"?

„Warum war denn unsere Situation oder Verfassung so beengt? Wir haben hauptsächlich zwei Denk- oder Glaubensrichtungen miteinander verglichen, aber das allein hat noch nicht die Enge ausgemacht. Was wir da so vehement streitend verglichen haben, sind nicht vorrangig echte Erkenntnisse, sondern Gedanken, die aus dem

Gemeinschaftsleben heraus entstanden und einfach nur von unserem Umfeld auf uns abgefärbt waren."

„Geht das jetzt schon wieder los? Ich hab doch damals die Bibel studiert und Dinge gelernt, von denen ich vorher nie etwas gehört hatte."

„Bleib ruhig. – Das ist es ja gerade: wir haben alles aus dem Zustand der Unkenntnis heraus angenommen. Und richtig: das ist immer so, wenn man was Neues lernt. Aber lass mal das hochtrabende Wort ‚Bibelstudium' beiseite. Das war kein Studium, das sollte dir eigentlich inzwischen klar sein. Wir haben diese Dinge als glaubwürdig empfunden, weil sie unsere Ängste und Sehnsüchte bedient haben; und weil sie mit einer Kritik an etablierten Glaubensklischees gewürzt waren, die uns damals aus der Seele sprach, und durch das Mitgehen in der Gemeinschaft und den besonderen Umgang mit dem Begriff ‚Gehorsam' haben wir bereitwillig alles geschluckt. Unkritisch. Haben wir nur nicht gemerkt, weil wir dachten, ein gesunder kritischer Geist habe uns aus dem alten Leben befreit, und diese Befreiung verdankten wir denen, die sie uns eröffnet hatten. Vielleicht vergleichbar mit der ‚Liebe', die manchmal ein Entführungsopfer mit seinen Entführern verbindet. Und die Lehren, die uns vom Rest der Welt abhoben, haben wir zwar schon durch Lesen und relatives Reflektieren angenommen, aber der Gehorsam, der absolute, ist nebenbei unterschwellig mitgewachsen.

Hätte man uns zu Beginn, bei der ersten Begegnung an der Tür, nicht dieses hübsche Zukunftsbildchen gemalt, verbunden mit den nachvollziehbaren Prognosen für die nahe schreckliche Zukunft, die der schönen vorausgehen sollte, sondern…"

„Pass auf, dass der Satz nicht zu lang wird, ich kann dir sonst nicht folgen".

„Oh, entschuldige. Was ich sagen will, ist, stell dir vor, die freundliche Dame damals hätte sich als Gesandte einer Organisation vorgestellt, die ein exklusives Mitteilungs- und Leitungsinstrument Gottes sei, der man absoluten Gehorsam zu zollen habe, hätten wir, hätte überhaupt irgendjemand einen Schritt in deren Versammlungsstätte getan; oder überhaupt weiter zugehört, geschweige denn, sich der Gemeinschaft angeschlossen?"

„Naja; wohl eher nicht."

„Eben. Also bezieht sie ihre Kraft und Macht aus der Orientierungslosigkeit vieler Menschen; verbunden mit den ständigen Hinweisen auf die Fehler der anderen, und das im Vergleich mit dem eigenen Gütesiegel; selbstverliehen zwar – das aber mit scheinbar biblisch fundierten Argumenten untermauert.".

„Ich glaube, ich muss dir zustimmen. Wirklich widerlegen konnten wir nichts von all dem Zeug, als wir gegangen sind."

„'türlich nicht. Aber wollten wir das überhaupt? Wir haben uns einfach nicht mehr dazugehörig gefühlt, ohne genau erklären zu können warum; hätten aber bestimmt nichts Besseres finden können, wenn wir unter den damaligen Voraussetzungen gesucht hätten. Also haben wir das einzig Logische in der Situation getan: wir haben *Gott* ignoriert. Hat ja zwanzig Jahre lang recht gut funktioniert; bis irgendwas in uns wieder anfing zu suchen…"

„…und ausgerechnet dort, wo wir es früher nicht mehr ausgehalten haben. Klar, dass das scheitern musste."

„Ich staune über die Einigkeit, die sich in unserem Denken breit macht. Bin ich gar nicht mehr gewöhnt. – Ja, und dann lernen wir ausgerechnet Leute kennen, die in ihrem Glauben all das repräsentieren, was wir als falsch bewiesen bekommen hatten, vor langer und doch unvergessener Zeit; und fühlen uns nach einer gewissen Eingewöhnungsphase wohl dort, nicht nur, weil wir frei denken dürfen. Also mussten wir doch ins Schleudern kommen."

„Und die Enge rührte daher, dass wir immer wieder nur das alte Zeug hervorgekramt haben."

„Ich hatte nicht das Empfinden, dass wir da lange kramen mussten. Das war alles schon präsent. Ständig und unausweichlich. Und durch dieses einseitige Vergleichen haben sich die immer selben Fragen und Antworten zu heftigen Rückkopplungen aufgebaut; kennste doch. Das ist, wenn's plötzlich ganz laut quietscht. Das war wahrscheinlich der Moment, wo es uns so zerrissen hat. Also rückwärts vorwärts gehen funktioniert nicht. Tun wir so, als wüssten wir nichts – ist ja wohl auch so – und gehen einfach los."

„Moment, Moment; einfach losgehen, ohne nachzudenken; etwa wie dumme Schafe?"

„Nein, natürlich nicht. Höchstens wie schwarze - sind wir ja wohl irgendwie. Aber die sind nicht dumm, sonst würde man sie nicht ablehnen; wegen dieser Anpassungsgeschichte; du verstehst?"

„Gar nicht so verkehrt, was du da sagst. Deswegen fallen wir ihm vielleicht auch besser auf. Kann ganz nützlich sein. *Seine* Herde setzt sich ja auch irgendwie aus schwarzen Schafen zusammen; zumindest waren die meisten von ihnen in ihrem früheren Umfeld wahrscheinlich tiefschwarz; aber ich glaube, bei ihm werden dann alle doch weiß, nur irgendwie anders.".

Als hätte er uns gehört, ruft der Mann, der vor unseren Augen aus dem Licht entstanden war, ohne dass wir bewusst irgendwelche psychedelischen Substanzen zur Hilfe genommen hätten, ein paar Worte, dreht sich dann um und geht. „Hast du was verstanden?", frage ich. „Hast du was verstanden?", fragt Eugen. Wir tun das wie aus einem Mund; gleichzeitig. Achselzucken beiderseits.

„Na los doch; komm!" Der Mann war noch mal stehen geblieben und hat sich zu uns umgedreht. „Meint der mich?", flüstert Eugen mir zu. Ich flüstere zur selben Zeit das Gleiche.

„Nun komm schon; schlag da keine Wurzeln; wir haben noch einiges zu erledigen."

„Ja aber was denn, wo denn, wie denn?"

„Folge mir nach, dann wirst du schon sehen.", dreht sich wieder um und geht weiter.

Wir zögern immer noch, obwohl diese Aufforderung wie eine Abrundung unserer Gedankengänge zu sein schien.

„Wenn wir also im Rückblick nichts klären können, versuchen wir's eben vorwärts. Kümmern wir uns lieber um Fragen, die sich beim Gehen ergeben, anstatt darüber nachzudenken, was früher alles falsch war. Ich denke gerade an ‚des Büchermachens ist kein Ende' und die Ermüdungserscheinungen, die in dem Zusammenhang von dem sprücheschreibenden Durchblicker vorausschauend oder aus Erfahrung angesprochen wurden. Wir konnten doch nun wirklich feststellen, wie unglaublich vielfältig und verwirrend die verschiedensten und widersprüchlichsten Lehren mit der Bibel belegt wurden. Also ermüdend ist gar kein Ausdruck. Halten wir uns doch einfach erst mal an seine trotz ihres Alters immer noch aktuelle Schlussfolgerung."

„Welche?"

„Ich meine den Abschluss im Buch Prediger. Soll ich hier jetzt wirklich mit Bibelzitaten anfangen?"

„Warum denn nicht?"

„Ich dachte, wenn ich das kenne, kennst du das auch. Also sinngemäß schreibt er: ‚Lass dich warnen, es werden viel zu viele Bücher geschrieben, und das viele Grübeln kann dich bis zur Erschöpfung ermüden. Fassen wir alles zusammen, so kommen wir zu dem Ergebnis: Nimm Gott ernst und befolge seine Gebote! Das ist alles, worauf es für den Menschen ankommt.' Und die sind in der Liebe zusammengefasst. Wir finden doch immer wieder mal Stellen in der Bibel, die genau darauf hinweisen.

Oder im Buch Micha, wo er die Frage, wie und womit der Mensch vor ihn hin treten kann, aufwirft und beantwortet. Auch da wieder: ‚Er hat dich wissen lassen, Mensch, was gut ist und was er von dir erwartet: Halte dich an das Recht, sei menschlich zu deinen Mitmenschen, und lebe in steter Verbindung mit deinem Gott.'

Und genauso Jakobus: ‚Ihr ehrt Gott den Vater auf die rechte Weise, wenn ihr den Waisen und Witwen in ihrer Not beisteht und euch nicht an dem ungerechten Treiben dieser Welt beteiligt.' – Das scheint mir eine gute Grundlage für einen Neuanfang zu sein und als Antwort zunächst ausreichend, wenn wir wieder auf selbstgerechte Besserwisser stoßen, die aus allen möglichen biblischen Aussagen verbindliche Regeln ableiten wollen. Gehen wir doch los und schauen, was auf uns zukommt."

„Wie; du meinst ‚pfeif auf die Bibel'?"

„Drück ich mich so unklar aus? Gut; das kann natürlich auch ein Punkt zum Nachdenken werden; wenn uns z.B. jemand beweisen will, dass die Bibel so viele Irrtümer enthält, dass man sie getrost in die Mythensammlungen der Welt einordnen kann. Es gibt bei allen Anlässen zum Zweifel genügend Aussagen darin, die das Vertrauen in Seine Inspiration unterstützen. Statt diverse Thesen über ihre Glaubwürdigkeit zu diskutieren, möchte ich lieber – für mich selbst, aber auch für andere – hervorheben, wie es sich auswirkt, wenn man von Gott berührt wird, sein Klopfen hört und ihn reinlässt. Das meine ich mit ‚Fragen vorausschauend und nicht im Rückblick klären'. Egal, wie viele Einzelgedanken in unserem Disput richtig oder sogar wichtig waren: es sind die schädlichen Bindungen, die gelöst werden müssen. Dann können wir anfangen, von ihm zu lernen.

Im Grunde lag ein großer Fehler schon in der Behauptung, der Jüngerschaft ginge das Lernen voraus, darum müsste man erst alle – wirklich *alle* – Lehren jener Schulungsspezialisten kennen und akzeptieren, um in die von ihnen interpretierte Form der Jüngerschaft einzutreten.

Jesus sagte aber, und beachte die Reihenfolge: ‚Macht Jünger, tauft sie… und lehrt sie…' Und alles, was wir aus den Evangelien und den Briefen erkennen, zeigt, dass das Lernen mit der Entscheidung zur Nachfolge beginnt und niemals aufhört.

Er hat auch gesagt: ‚Nennt niemanden euren Lehrer, denn einer ist euer Lehrer: der Christus.'

Darum noch mal: egal, wie richtig einige Gedanken waren, über die wir uns zerstritten haben, wir schließen die Tür zu diesem Verschlag jetzt ab und werfen den Schlüssel weg. Und dann gehen wir in die Richtung, die vor uns liegt."

Inzwischen ist die Gestalt schon fast am Horizont und wird sich gleich unseren Blicken entziehen. Nur seine Spur ist in dem Teil des Bildes, den wir als zart in der Brise wogendes Feld wahrnehmen, noch zu erkennen, aber die Zugkraft, die von ihm ausgeht, scheint sich trotz der Entfernung noch verstärkt zu haben. Aber auch die Ebene, die sich als Menschenmasse darstellt, scheint an den Stellen, die er passiert hat, irgendwie anders auszusehen. Auch eine Art Spur.

Wir warten jetzt auf keine weitere Aufforderung mehr, sondern gehen wirklich los. Durch ein Weizenfeld voller Unkraut, wie wir erkennen können.

Das erinnert uns natürlich an das Gleichnis mit genau diesem Bild. „Ich glaube, unser Versuch, ‚falsche' Vorstellungen darüber, was ein ‚richtiger' Christ ist, zu entlarven, war so, als wollten wir *selbst* alles Unkraut entfernen. Vielleicht will er uns auf diesem Weg zeigen, dass wir das den ‚Schnittern' aus dem Gleichnis überlassen und unseren Blick auf ihn gerichtet halten sollen, während wir uns durch diese gegensätzlichen Gewächse vorwärts bewegen? Ich empfinde es als unglaublich wohltuend, diese alte Geschichte endlich hinter uns gelassen zu haben."

„Ich auch. Aber tu mir jetzt bitte den Gefallen und schweig ein wenig. Ich möchte nur einfach mal die Umgebung, die Situation und meinen Argwohn darüber, wem wir hier wirklich nachlaufen, auf mich wirken lassen."

„Geht klar!" – Wir gehen schweigend nebeneinander her, sehen den Mann schon längst nicht mehr, folgen aber zuversichtlich seiner Spur und auf irgendeine geheimnisvolle Weise scheinen wir beide uns immer näherzukommen.
Es fühlt sich richtig und gut an.
Ich bin gespannt, wo wir landen werden.

Am liebsten würde ich jetzt den Rest der Erzählung jemandem übergeben, damit wir beide – ich – aus dem Bild gehen können/kann.

Vielleicht einer Kamera, die langsam nach oben steigt und den Blick freigibt auf ein riesiges Feld, das nirgendwo endet. Mittendrin eine Spur, die zum Horizont führt; auf der sich ein Mensch langsam vorwärtsbewegt. Während die Kamera noch höher steigt, gibt sie den Blick frei auf viele weitere Spuren, die zu der ersten hinführen, um sich mit ihr am Horizont zu vereinen. Und sie enden, wie kann es anders sein, jeder erwartet das, in einem roten Sonnenball; wunderschön groß und einladend leuchtend. Sinnvollerweise sollte es nicht der Sonnenuntergang sein, in den Westernhelden am Ende eines spannenden Films hineinzureiten pflegen, während sie sich eine Erfolgskippe gönnen, sondern der hoffnungsschwangere Sonnen*auf*gang, und ich finde…

„Also bitte; diesen Kitsch kann kein Mensch ertragen. Sei doch einfach still und geh!"

ANFANG